KB202202

중국의 딸

A DAUGHTER OF HAN
The Autobiography of a Chinese Working Woman
IDA PRUITT
From the story told her by Ning Lao T' ai-ai
Stanford University Press
Stanford, California
1945

닝 라오 타이타이의 자전적 삶의 기록

중국의 딸

초판 1쇄 인쇄 2008년 8월 1일
초판 1쇄 발행 2008년 8월 5일

펴낸곳 루덴스 • **펴낸이** 이동숙 • **지은이** 아이다 프루잇 • **옮긴이** 설순봉 • **편집** 박정익 • **디자인** 모현정

출판등록 2007년 4월 6일 제16-4168호
주소 서울시 강남구 역삼동 828-8 뉴서울빌딩 402호 • 전화 02-558-9312(3) • 팩스 02-558-9314

값 10,000원 • ISBN 978-89-960004-9-5 03820

중국의 딸

닝 라오 타이타이의 자전적 삶의 기록

아이다 프루잇 글
설순봉 옮김

들녘 / 루덴스

차례

3부 새 가정

이야기의 배경

봉래는 한국 쪽을 향해 황해로 뻗어 나온 산둥 반도 북쪽에 위치한 도시로, 만주를 건너다보는 바닷가 바위 언덕에 자리잡고 있다. 성벽은 동서로 또 남으로 뻗어 있는 바위 언덕 능선을 따라 오르내리기도 하며 둘러쳐 있다.

도시의 북쪽은 좁다란 띠를 이룬 경작지와 모래 언덕 너머로 바다에 이어지며, 앞 바다에는 여러 개의 섬들이 마치 만주 반도와 이곳을 잇기 위해 거대한 징검다리를 만들고 있는 양 산재해 있다.

서쪽 성벽 밖으로는 언덕의 선이 갑자기 높이 솟구쳐 올라 뾰족한 봉우리를 이루며 그 꼭대기에는 봉수대가 있다. 옛날 이 봉수대에서는 늑대 똥을 태운 가느다란 연기가 하늘로 꼿꼿하게 오르곤 했다.

수성과 바다에 면한 북문 안마을 봉래에 큰 채소밭이 있었다. 이 채소밭 가까이 예전엔 잘 살았지만 지금은 가난해진 수씨 성을 가진 집이 하나 있었다. 이 집은 봉래 도읍을 남과 북으로 꿰뚫은 큰 길에 이어진 작은 골목 안에 위치했다. 북쪽 담은 도읍을 가로질러 흐르는 강에 접해 있다. 강이라고 해야 여름 장마 때를 제외하고는 대체로 징검다리로도 건널 수 있는 정도밖에 안 된다.

검정색으로 칠해진 두 짝짜리 대문을 열고 들어서면 마당이 있고, 마당을 지나 안쪽으로 들어가면 방 다섯 개로 이루어진 나지막한 집채가 나온다. 이 집은 중국 집들이 으레 그렇듯이 남향이다. 집을 남향으로 짓는 것은 햇빛을 되도록 많이 받아 겨울에 따뜻하게 지내고 일 년 내내 건강하게 지내기 위해서다.

집안으로 들어가려면 다섯 개의 방들 중 중앙에 위치한 방으로 통하는 문을 지나야 한다. 이 문을 열고 들어가는 방은 이 집의 대청과 부엌, 사당을 겸하는 곳으로 식구들이 공용으로 쓴다. 제사가 있는 날에는 문 맞은편 벽에 천신과 지신 등, 각 의식에 해당하는 신들을 상징하는 족자가 걸린다. 정월 초하루에는 이 벽에 붙여서 상을 놓고 그 위에 조상의 위패를 모신다.

동쪽과 서쪽 벽에는 벽돌과 돌로 만든 난로가 있다. 난로마다 넓적한 솥이 걸려 있는데, 솥의 넓이는 두 자 내지 석 자 정도 된다. 평소 식사 준비는 무쇠로 만든 이 솥 중 하나만 이용한다. 동쪽 난로 윗벽에는 부엌신(우리나라의 조왕과 같음)의 화상이 붙어 있다.

대청의 동쪽으로는 부모의 방이 있는데, 거실로 사용되기도 한다. 방의 남쪽으로는 캉이 큰 창 아래 들어앉아 있다.

캉은 진흙과 벽돌로 만들어진 중국식 온돌로, 높이가 두 자 반쯤 되고 그 속에는 수많은 도관들이 들어 있다. 이 도관들은 앞방의 난로에서 나오는 연기를 빨아들여 건물 끝에 설치된 굴뚝으로 내보내고 또한 캉을 따뜻하게 해준다. 캉은 겨울밤 식구들의 따뜻한 보금자리이다. 또 낮에는 여자들이 앉아서 일할 수 있는 따뜻하고 편안한 자리를 제공한다. 캉 위에는 수수 껍질로 만든 자리가 덮여 있다. 북쪽 창으로 나무 창살과 창호지를 거쳐 들어오는 햇빛이 캉 위에 고운 창살무늬 그림자를 만든다.

캉의 한쪽 끝에는 나무로 만든 나지막한 장이 붙여 있다. 아침에 일어나 이 위에 이불을 개켜 올려놓는다. 침상 한가운데 낮은 테이블이 놓여 있어 식구들이 둘러앉아 같이 일하거나 밥을 먹는다. 밤에는 잠자리를 위해 치워진다.

동쪽 벽에는 서랍장이 있고 북쪽 벽에도 키가 큰 장이 하나 놓여 있다. 이 장에는 식구들의 옷을 반듯하고 납작하게 접어 푸른 보자기에 싸 보관한다.

서랍장 위에는 거울이 있고, 그 한쪽 옆으로는 조화가 꽂힌 꽃병이 놓여 있다. 이 병에는 물담배에 불을 붙이는 데 사용하는 종이 심지들을 꽂아놓기도 한다. 물담배를 피우는 도구는 서랍장 위에 놓고 사용한다.

동쪽 벽으로 서랍장 조금 지난 곳에 작은 문이 있어 이 집 안주인의 친정어머니와 큰딸이 같이 쓰는 안쪽 방으로 통한다. 이 안쪽 방은 이 집 부부가 쓰는 방과 크기가 같지만 그 일부가 물건을 두는 곳간처럼 쓰이고 있다. 방에 있는 캉의 절반은 상자라든가 수숫잎 자리로 쌓은 보따리들이 차지하고 있다. 남은 캉의 넓이는 요 두 개 깔기에 빠듯할 정도다.

캉의 아래 마루에는 큰 독들이 있어 기름이라든가, 밀가루, 곡식 등을 넣어 둔다. 벽과 천정의 들보에는 길게 엮어 매단 양파의 두릅들이며 양념거리가 담긴 자루들, 담뱃잎을 묶은 다발들, 솜뭉치 등, 이 집 살림에 필요한 모든 것이 매달려 있다.

가운데 위치한 대청의 서쪽으로도 방이 두 개 있다. 첫째 방에는 이 집 아들이 따뜻한 계절 동안 산다. 겨울에는 특별히 난로를 피울 필요가 생기지 않는 한 아들은 부모의 방에 가서 잔다. 두 번째 방에는 땔감으로 사용되는 솔방울과 솔가지가 보관되어 있다. 솔방울은 손으로 짜서 만든 여러 개의 바구니에 수북수북 담겨 있고, 솔가지는 가지런히 쌓아올려져 큰 더미를 이루고 있다.

이 집은 가난했지만, 전체적으로 공간은 넉넉한 편이었다. 마당은 그다지 넓지는 않으나 빨래를 내다 널기에 충분하고, 커다란 물독과 절인 채소를 저장하는 장독들을 놓을 만한 자리도 충분하다. 매일 일꾼이 와서 마당에 있는 우물물을 길어 물독들을 가득가득 채워주고 가고, 구정물은 담 밑 수챗구멍을 통해 길로 빠져나간다.

마당 남서쪽 구석에 있는 변소는 매일 청소부가 와서 치우고 간다. 이 청소부는 이 집 오물을 거두어 퇴비장에 내다 팔아 수익을 올리고 있으므로 이 집 변소를 청소해주는 것은 말하자면 오물을 거두어가는 특권을 누리는 대가다. 변소와 벽 사이에 있는 우리에는 돼지를 한 마리 길렀다.

수씨 집 부인은 대문 바로 안쪽에 있는 귀신가리개 밑에 담쟁이를 심어 그 넝쿨이 가리개를 덮도록 했다. 이 가리개는 대문이 열려 있는 경우 지나가는 사람들이 집안을 들여다보지 못하도록 막는 역할도 하나 또한 잡귀들이 이 집으로 들어오는 것을 막기 위하여 세워진 것이다. 귀신들은 일직선으로밖에 다니지 않는 것으로 알려졌기 때문에 대문 안에 가로세워진 이 가리개가 귀신들을 막아낼 것이라 믿었던 것이다. 여름에는 화분에 핀 꽃들이 마당을 수놓았다.

이 집에는 자식이 셋 있었는데, 이 이야기는 막내인 이 집 둘째 딸에 관한 이야기다.

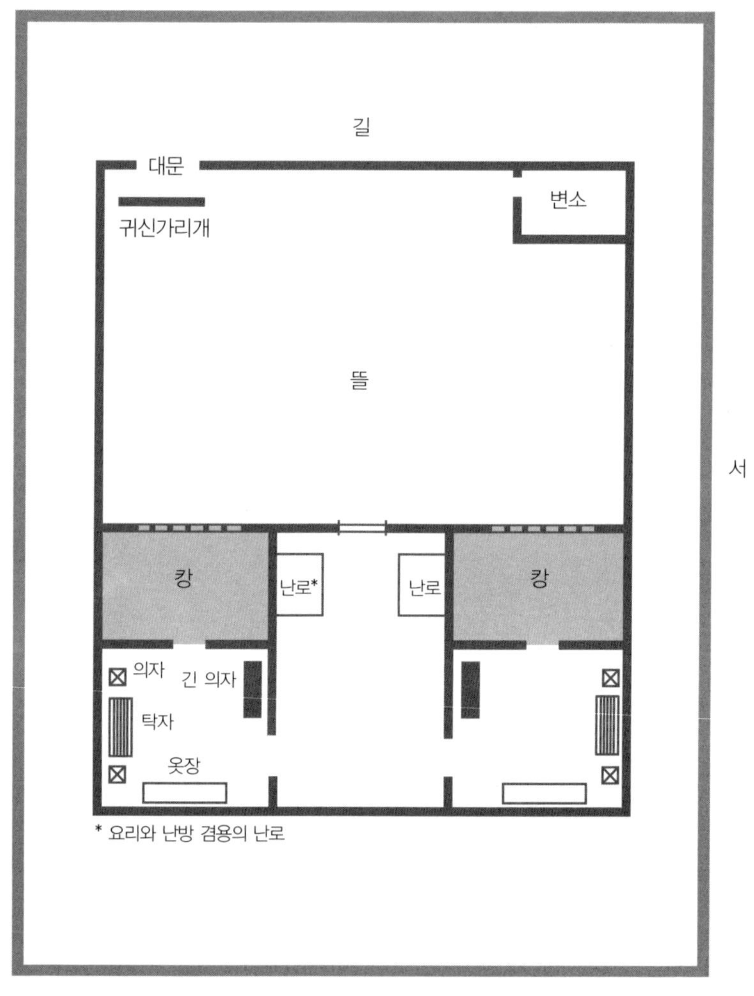

집의 구조

1부 가정

혼례

나는 목욕한 후 빨간 내의에 빨간 버선을 신고 있었다. 풍악 소리가 나자 사람들이 나를 의자에 앉히고 여자들이 내 머리를 빗겼다. 목덜미에는 결혼한 여자면 으레 하는 머리 매듭이 만들어졌다. 사람들은 내게 빨간 신부옷을 입히고 빨간 신부신을 신겼다. 머리에도 장식을 달았다.

녹색 제복에 술이 달린 붉은 모자를 쓴 악공들이 마당에 놓인 상 곁에 늘어앉아 있었다. 몇 사람은 피리를 불고 더러는 나무 나팔을 불었으며 가끔 바라도 울렸다.

신랑이 신부를 데려갈 시간이 되자 악공들은 일제히 일어나 합주를 했다. 나무나팔 소리가 피리소리와 어울려 울리다가 이제는 바라도, 북도 모두 끼어들었다.

신랑이 걸어 나왔다. 신랑은 관복을 본 따 만든 예복을 빌려 입고 있었다. 누구나 일생에 한두 번쯤은 나라에서 제일 높은 사람과 동등한 대접을 받을 자격이 있다. 혼인할 때와 무덤에 들어갈 때 중국 사람은 누구나 고관의 복장을 한다.

신랑이 가마에 올라타는 동안 가마 주위를 모두들 허리를 굽히고 서 있었다. 그리고 나를 태우고 갈 빨간 가마가 대문 앞에 놓였다. 가마와 대문 사이의 빈틈은 악귀가 범접을 못하도록 가마꾼들이 들고 서 있는 붉은 융으로 완전히 가려졌다. 드디어 길게 나팔 소리가 울리고 나는 늙은 남자의 팔 위에 엎드린 자세로 들려 나왔다.

나를 들어 내가준 노인은 목수 일을 하던 분이었다. 그 때는 이미 목수 일을 그만두고 사람들과 즐거이 어울리는 것을 낙으로 삼고 여생을 보내고 있었다.

이 사람은 종종 의원 노릇도 했다. 물론 으리으리한 자격증을 가지고 있지는 않았다. 다른 유명한 의원들처럼 문밖에 경력을 자랑할 만한 멋들어진 문구로 된 간판 하나 내다 걸지 못했지만 이 노인은 배앓이 하는 애기의 엄마에게는 배앓이를 가라앉히는 방법을, 마마를 앓는 아이의 엄마에게는 얼굴에 흉터가 남지 않게 하는 방법을, 또 뱃속에 열이 찼을 때는 열을 제거하는 방법을 일러주었다.

이웃 간에 불화가 생겼을 때도 그는 긴긴 날을 며칠이고 마다 않고 양지바른 담 밑 그늘에 앉아 이편저편이 하는 모든 이야기에 귀를 기울였다. 그리고 손수 나서서 화해를 시켰다.

양친 모두 살아 계셔 집에 모시고 있었는데, 돌아가실 때를 대비해 밀밭 한 구석 가파른 곳을 깊숙이 파 벽돌 방을 마련해 두기까지 했다. 인생의 오랜 동반자인 아내와는 열여섯에 혼인한 후 사십여 년 동안 한결같이 금슬 좋게 살았고, 슬하엔 아들과 손주도 여럿 두었다.

이런 이유로 이 사람은 혼례를 올리는 자리에 자주 불려나갔다. 새로 맺어지는 젊은 부부에게 복을 가져다 줄 사람이란 믿음 때문이었다.

검정 예복을 입고 붉은 신부옷을 입은 새색시를 들어내 가는 그의 모습은 혼인집에선 흔한 풍경이었다. 장식으로 무거워진 머리를 그의 한쪽 어깨에 내려뜨린 채 무릎을 꿇고 앉아 있는 신부의 모습은 마치 검정 띠 위에 붉은 띠를 말아 얹어 놓은 것 같았다. 그는 이렇게 수없이 많은 신부를 꽃가마로 옮겨 앉혔다.

그가 앉혀 놓은 채로 나는 가마의 넓은 자리에 다소곳이 앉아 있었다. 눈에 익은 이웃 여인네들이 흐트러진 옷자락을 바로잡아 주었다. 곧 붉은 융자락이 앞을 가리고 가마에 드리워졌다. 징이 울리자 가마꾼들이 달려들어 막대를 구멍에 꿰어 넣고 가마를 어깨 위에 짊어졌다. 혼례 행차가 시작된 것이다. 양쪽 집이 다 가난한 우리 같은 사람의 혼례에는 긴 행렬이 따르지 않았다.

작은 행렬은 목적지를 향해 움직이기 시작했다. 한 쌍의 등이 장대에 매달려 대롱거렸고, 그 옆으로 붉은 깃발 한 쌍과 황금색 글자가 커다랗게 적힌 붉은 판자 한 쌍이 행렬의 선두를 섰다. 그리고 그 뒤를 악공들이 따랐다.

이윽고 신랑을 태운 초록색 가마가 나가고 신부의 붉은 가마가 바싹 가까이 따라 나섰다. 붉은 융자락을 들고 오빠가 가마 옆을 따라 걸었다. 가마를 따라가며 우물이나 어두운 구석 또는 사당 앞을 지나갈 때마다 이 융자락을 펼쳐서 악귀들이 나를 못 보게 가렸다.

우물에는 빠져죽은 사람들의 귀신이 있다. 이 귀신들은 다른 사람을 우물에 빠져 죽게 하지 못하면 영영 우물 속에서 나오지 못한다. 어두운 구석에는 족제비나 여우의 혼백 같은 것들이 우글거린다. 사당에도 작은 악귀들이 많이 살고 있어 신부를 보면 따라나설지 모른다. 그것들이 신부의 시집까지 따라가는 날이면 신부를 홀리고 정신을 잃게 하여 옳지 않은 길을 걷게 할 수 있다.

지나가는 사람들이 오빠를 찬찬이 뜯어봤다. 오라비의 생김새로 신부의 인물됨을 짐작하려는 것이다. 마지막으로 완전한 부부를 태운 수레가 따랐다. 부모와 자식들이 모두 살아 있고, 여러 면에서 원만한 중년의 부부가 신부를 시집 식구에게 넘겨주는 일을 한다.

가마꾼들은 서두르지 않고 점잔을 빼며 걸었다. 한쪽 손은 허리에 갖다 대고 다른 팔은 위엄 있게 휘두르며 한 걸음 한 걸음 천천히 발을 떼어 놓았다. 그도 그럴 것이 이들은 지금 훌륭한 가마를 타고 비록 빌린 옷일망정 귀부인의 옷을 입은 신부를 모시고 가는 중이니까.

행렬은 계속 이어졌다. 가마꾼들의 팔꿈치가 돌담에 닿을 정도로 좁은 샛길을 나와 이제는 화강암으로 포장이 된 큰 길로 나왔다. 사당 앞에는 으레 그렇듯 한 도승이 점을 치고 있었고, 그의 꼽추 마누라가 동네 꼬마들에게 사탕을 팔고 있었다. 행렬은 북쪽으로 드디어 북문의 둥근 천장 밑을 통해 성 밖으로 나갔다.

성문을 통과한 행렬은 동쪽으로 성벽을 끼고 길을 따라 내려갔다. 밀밭을 가로지르고 바다가 이어졌다. 그리고 돌밭 위에 나지막하게 자리잡은 회색빛 마을이 나타났다.

이 마을은 어촌이었다. 신랑은 고기잡이배를 한 척 가진 어부였고, 농사도 조금 지었다. 마을 가까이에는 밀밭이 있었다. 이 마을은 닝 씨의 집성촌이었다. 마을 사람 전부가 닝 씨였다. 사람들의 이름은 마을 한복판에 자리잡은 가묘에 보관된 족보에 모두 기록되어 있었다.

나는 어린애였다. 그 때 열다섯 살이었다. 게다가 생일이 늦어 설달 한 달 만에 두 살이 된 것이다. 결혼했을 때 아직 열세 돌을 지나지 않은 어린애였다.

화려한 붉은 가마 안에서도 나는 아무 생각이 없었다. 예쁜 옷을 입었다는 것을 의식하였을 뿐이다. 내 어린 마음에 결혼이란 그저 예쁜 옷을 입고 머리에 고운 장식을 다는 것에 불과했다.

겁이 났다. 그리고 집이 그리웠다.

그 해에는 꼬리별(혜성)이 나타났다. 지금도 그 모양을 분명히 기억하고 있다. 또 태양 둘레에 수없이 많은 해무리가 생겼던 것도 생각난다.

결혼생활

손님들이 모두 돌아가고 나서야 나는 이 집에 한 여자가 살고 있는 것을 알았다. 남편의 사촌 형수였다. 몇 해 전부터 이 집에서 살았고, 우리 남편과의 사이에 아들까지 하나 있었다.

넷이서 캉 하나에서 잤다. 나는 어린 마음에 그 여자한테 같이 살게 되어 덜 무서워 좋다고 했다.

여자의 남편은 여러 해 전에 집을 떠났다고 했다. 지금은 살았는지 죽었는지조차 알 수 없었다. 이 여자에게는 큰아들도 하나 있었지만 이 아들마저 만주로 떠나 버리고 없었다.

우리 남편과의 사이에서 낳은 아들은 이름이 홧사이였다. 난 그 애와 금세 친구가 되었다. 친정집에서 하던 대로 나는 홧사이를 데리고 나가 동네 아이들과 숨바꼭질이라든가 제기차기, 동전던지기 같은 걸 하며 놀았다. 우리는 극성스럽게 놀았다. 무릎에 퍼렇게 멍이 들어 집에 간 적이 한두 번이 아니었다.

시아버지도 같이 살았다. 그이는 봄가을로 땅을 갈아 농사를 짓고 겨울에는 바구니를 짰다. 젊었을 때는 시내 한 관리 집에서 하인 노릇을 했다고 한다.

마을은 하루도 조용할 날이 없었다.

옆집의 처녀가 다른 마을로 시집을 갔다. 그런데 남편 된 사내가 자기 어머니하고 깨끗지 못한 관계를 맺고 있었다. 젊은 색시는 친정으로 돌아와 어머니를 붙잡고 슬프게 울었다. 한바탕 울고 나니 어머니가 말했다.

"사는 건 힘들지만 죽기는 쉽단다."

젊은 색시는 아편을 먹고 죽었다. 죽은 색시의 친정집 남자들이 시체를 짊어지고 시집으로 갔다. 사내는 도망치고 없었지만 시어머니는 붙잡혔다. 동네 어떤 집에 숨어 있는 것을 잡아낸 것이다. 모두들 달려들어 매질을 했다. 그리곤 바지를 벗기고 고추와 마늘 같은 독한 것들을 쑤셔 넣었다. 이웃 사람들이 말리려고 애쓰면서 죽이지만은 말아달라고 간청했다. 젊은 색시의 오라비들은 이렇게 해서 누이를 위하여 그나마 거창한 장례식을 올릴 수 있었다. 죽기에는 너무 아까운 처자였다.

마을 외진 곳에 사팔뜨기 구두장이 영감이 살고 있었다. 아들이 하나밖에 없었는데, 장신구 가게를 운영하고 있었다. 꽤 괜찮은 총각이었다. 영감은 아들에게 색시를 구해 장가들여 주었다. 색시는 어수룩한 여자였지만 그런대로 두 남자를 위해 살림을 꾸렸고 아들도 하나 낳았다.

그런데 바로 옆집에 젊은 처자가 있었다. 인물이 고왔고 자태가 요염했다. 또 제 몸 가꾸기를 즐겨서 머리에 기름을 바르고, 볼에 연지를 칠하고, 갖가지 장신구를 달고 다녔다.

이 처자가 영감 아들한테 추파를 던졌다. 그리고 둘은 곧 다정한 사이가 되었다. 둘은 담에 사다리를 놓고 오가며 만났다. 그러다가 서로 너무도 좋아하게 된 나머지 잠시도 떨어지려 하지 않았다.

하지만 청년에게는 아내가 있지 않은가. 아내가 낳은 아들이 벌써 여섯 살이었다. 아내 쪽에서는 처자가 첩으로 들어오는 것에 반대가 없었다. 반대하면 뭐하겠는가. 이 여자로서는 승낙하는 길밖에 없는 것을. 그렇지만 처자 쪽에서 그걸 원치 않았다.

어느 날 밤, 청년의 아내가 마당에 있는 큰 물독에서 시체로 발견되었다. 청년은 온 동네가 떠나가게 울부짖었다. 이웃 사람들이 모여들었다.

"또 발작을 일으켜서 물에 빠져 죽은 거라고요."

청년은 몰려든 사람들에게 얘기했다. 그리고 독을 쳐서 깨뜨렸다. 누군가가 밧줄로 목을 매 자살했을 때는 그 밧줄을 벗겨서 치우고, 우물에 빠져 죽었을 때는 우물에 물을 가득 채워 넣든지 아니면 있는 물을 모조리 퍼냈다. 그리고 이렇게 물독에 빠져 죽었을 때는 그 독을 쳐서 깼다.

청년은 죽은 아내를 부둥켜안고 한참을 울부짖었다. 그런데 깨진 독 밑바닥에서 끈이 하나 발견되었다.

죽은 여자의 친정식구들이 이 사건을 법정으로 끌고 갔다. 그렇지만 끈을 증거물로 제시했는데도 고소는 기각되었다. 이웃 사람들은 공연한 증언을 해서 곤란해질까 봐 끼어들려 하지 않았다. 재판부에서도 사형 선고를 내려야 할 재판은 되도록이면 피하려고 들었다.

지금은 누가 사형 당할 만한 죄를 지으면 재판관이 군인한테 총을 주고 죽이라고 명령만 하면 되지만, 그 때는 모든 절차가 지금과는 달랐다. 살인 재판은 한 번에 결정나지 않고 몇 단계를 거쳐 올라가야만 했다. 집안 송사를 법정에 끌고 가는 것은 별 소용없는 짓이었다. 재판관은 언제나 산 사람에게 유리한 판결을 내렸으니까.

몇몇이 마을을 발칵 뒤집어놓고 시끄럽게 했을 뿐, 이백 명쯤 되는 사람들 대부분은 평범한 인생을 살았다. 그들에 대해선 특별히 할 얘기도 없다.

관습에 따라 매달 친정어머니를 보러 갔다. 남편이 아편을 피우고 집에 양식을 잘 들여놓지를 않아서 나는 친정에서 다른 사람보다 더 오래 지내다 왔다. 보름은 시집에서, 나머지 보름은 친정에서 보내게 되었다. 오빠가 당나귀를 빌려 가지고 나를 데리러 오곤 했다.

친정집에 있다 시집으로 돌아갈 때면 언제나 눈물이 났다. 어머니에게 눈물을 보이지 않으려고 변소에 가서 눈물을 훔치고 나오곤 했다. 그리고 길모퉁이를 돌 때까지 한껏 참았다. 어머니가 보이지 않으면 그때서야 또다시 울기 시작했다.

언니는 시집으로 돌아갈 때면 울고불고 난리를 쳤다. 그러면 아버지는 늘 언니를 야단쳤다. 내가 부모 앞에서 눈물을 참은 것은 이

때문이다.

“어쩌겠단 말이냐, 그래?”

아버지는 언니를 이런 식으로 나무랐다.

“이제 어쩔 수 없는 일 아니냐? 그렇게 울고 떠들어댄다고 돌이킬 수 있는 일이 아니잖니!”

형부는 착하고 돈도 잘 벌었다. 언니가 불행했던 것은 시어머니가 심술 사납고 무자비한 사람이었기 때문이다.

언니는 열다섯에 결혼했다. 그때 나는 여덟 살이었다.

언니의 남편이 될 사람은 혼인 이야기가 났을 때 상당히 좋은 신랑감 같았다. 언니보다 나이가 서너 살밖에 많지 않았고 직업이 확실했다. 이발사였으니까. 게다가 언니의 시아버지 될 사람도 아직 정정하고 벌이가 있었다.

그러나 언니는 아직 어린애였다. 몸가짐이나 마음씀씀이가 다 어렸다. 일에 길이 들지 않아서 밀 빵이나 옥수수 빵을 만들 줄도 몰랐다. 반죽을 너무 되게 하든지 질게 해서 시어머니한테 자주 야단을 맞았다. 식단을 짤 줄도 몰랐다. 한 끼니는 너무 많이 장만하는가 하면 다음 끼니는 너무 적게 해서 음식이 모자라는 판이었다. 이 때문에도 미움을 받았다.

그런데다가 언니는 일은 배우지 않았으면서도 담배는 배워서 시집을 갔다. 이것 역시 시어머니를 화나게 했다. 시어머니는 며느리를 일하는 데는 아무 쓸모없고 사치하는 데만 똑똑한 계집이라고 욕했다.

시어머니는 절대 담배를 못 피우게 했다. 담뱃대를 빼앗아서 산산조각 내버렸다. 그러자 언니는 갈대로 담뱃대를 만들어 아무도 없을 때 피웠다. 하루는 시어머니가 느닷없이 방으로 들어왔다. 언니는 엉겁결에 불이 아직 붙어 있는 담뱃대를 입고 있는 옷 밑에 감추었다. 곧이어 자리 밑에 깔린 밀겨로 불이 옮겨 붙었다. 그 바람에 언니는 시어머니한테 매를 맞았다. 언니의 남편이 돌아오자 시어머니는 그 얘기를 고해 바쳤다. 언니는 남편한테 또 매를 맞았다. 그 와중에도 시어머니는 차마 입에 담지 못할 욕설들을 퍼부었다.

"방앗간 옆에 당나귀 털 안 떨어진 거 봤냐?"

며느리를 당나귀에 비긴 것이다. 결국 그 여자가 하려는 말은 우리 언니가 남의 집 며느리이면서도 며느리 행세는 안 한다는 것이었다. 언니가 일을 하지 않는다는 말이다. 그리고 시어머니는 곧 시아버지를 찾으러 나갔다. 언니한테 네가 아직도 정말 무서운 게 무언지 모른다고, 한번 맛을 보여주겠다고 위협을 하면서. 언니는 겁에 질려 실성해 버렸다.

그날 저녁 언니는 대문까지 걸어 나갔다. 하지만 거기서 멈추지 않았다. 대문을 곧장 빠져나와 남쪽을 향해 걸었다. 어느덧 남문에 이르렀고 남문을 빠져나와 삼리교까지 이름 그대로 삼 리를 줄곧 걸었다. 사람들이 미친 여자를 구경하러 몰려들었다. 외숙모 한 분이 그 부근에 살고 있었는데, 이분 역시 소문을 듣고 미친 여자를 구경하러 나왔다.

"아니, 이게 인쓰가 아니냐? 아이고, 인쓰야, 네가 이게 웬일이냐? 아가, 날 따라가자."

외숙모는 언니를 자기 집으로 데려갔다. 그런데 마침 그날 저녁, 오빠가 언니를 친정에 다녀가라고 하러 사돈댁에 갔다. 오빠가 갔을 때 언니는 이미 집에 없었다. 아무도 언니의 행방을 몰랐다. 그날 밤 내내 오빠는 언니를 찾아 헤맸다. 언니 남편과 시아버지도 같이 찾으러 나섰다. 그러나 끝내 못찾았다.

다음 날 외숙모는 언니가 있는 곳을 알리러 우리 집에 외사촌 오빠를 보냈다. 그래 아버지는 언니를 집으로 데리고 왔다. 그런데 언니의 시어머니가 오더니 우리가 언니를 숨겨주었으며, 언니는 그날 밤 딴 데 가서 재미를 보았다고 억지를 썼다. 그래서 언니는 시집으로 가지 않고 그 후 여섯 달 동안 우리하고 같이 살았다.

친정에 있는 여섯 달 동안 언니는 성한 사람이 아니었다. 집에 처음 데려왔을 때 언니는 울면서 머리를 쥐어뜯고 있었다. 머리는 말도 못하게 헝클어져서 도저히 빗질을 할 수가 없었다. 그러던 어느날 언니의 머리카락이 잘려 있는 것을 보았다. 결혼 매듭 한가운데가 비어 있었다. 잘려나간 머리카락은 뒤뜰 가시덤불에 걸쳐져 있었다.

언니는 종종 혼자 뭐라고 중얼중얼했다. 알아들을 수 없는 말들이었다. 갑작스레 몸이 빳빳해지기도 했다. 하지만 차차로 나아졌고 발작도 점차 뜸해졌다.

부모님은 아는 이한테 언니의 시어머니와 남편에게 화해의 말을 들여놓도록 부탁했다. 얼마 동안 얘기가 오고 간 뒤 시집에서 언니를 다시 데려갔다. 집을 한 채 세내서 언니하고 형부가 따로 살도록 해주었다. 언니는 다행히 형부와는 금슬이 좋았다. 그 후에도 언니는 가끔 발작을 일으키고 그럴 때마다 울고 소리치며 팔다리가 빳빳해지기도 했지만, 많이 나아졌고 그런대로 생활하는 데 아무런 지장이 없었다. 또 형부가 잘해주었다.

언니는 심술 사나운 시어머니 때문에 뜻하지 않은 고생을 했지만, 나는 시어머니가 없어 시집살이는 안 했다. 하지만 그 대신 남편이 돈을 벌어다주지 않아서 문제였다.

내가 며칠 친정집에 있다가 어머니 곁을 떠나올 때면 어머니는 항상 눈만 크게 뜨고 굳은 표정으로 앉아 있었다. 어머니는 웃지도, 그렇다고 울지도 않았다. 어머니가 굳은 표정으로 눈만 크게 부릅뜨는 것은 울음이 나오는 걸 억지로 참는 것이었다.

지금도 난 내 불행한 결혼 때문에 부모를 원망하지 않는다. 우리 부모도 말하자면 최선을 다한 것 아닌가. 그분들은 적어도 나를 시집보낼 때는 아주 알맞은 짝이라고, 내 장래를 위해 참으로 좋은 신랑감을 구해주었다고 믿었을 테니까. 지금에 와서야 나는 그게 다 내 운명의 일부라는 것을 알게 되었다. 내 결혼은 우리 부모나, 어느 누가 나를 위해 결정한 것이 아니라 하늘이 내게 정해준 것이었다.

우리 넷은 만쓰가 태어날 때까지 같은 캉에서 잤다. 그러나 아기가 태어나자 동네 사람들이 나를 위해 그 여자를 쫓아내 버렸다. 마을 사람들은 모두가 친척이었으니까. 사람들이 그 여자한테 따졌던 것이다.

"당신이 뭔데 그 집에서 살고 있는 거야?"

여자는 떠나가 버렸다. 나하고는 전부터 사이가 벌어져 있었다.

어느 날 나는 홧사이를 데리고 여느 때처럼 동네 아이들과 숨바꼭질을 했다. 아이들이 홧사이를 빈 물독에 넣고 나무 뚜껑을 덮었다. 난 아이들한테 숨이 막히면 안 되니까 너무 꼭 덮지 말라고 했다. 공기가 통하게 틈을 남기라고 일렀던 것이다. 그리고는 곧 그 애를 잊어버렸다.

집으로 돌아가려는데 홧사이가 겁을 집어먹었는지 큰 소리로 불렀다.

"아줌마, 아줌마."

홧사이는 나를 아줌마라고 불렀다.

"아줌마, 아줌마, 나 좀 꺼내줘!"

나는 돌아가서 꺼내주었다. 홧사이는 그때 천연두를 앓고 있었다. 물독에서 나온 그애는 붉은 꽃으로 덮여 있었다. 그애는 결국 죽었다. 홧사이가 죽었을 때 나는 친정에 가 있어서 몰랐다. 그 여자는 자기 아들이 놀라서 죽은 것이며, 그애를 놀래 켜서 죽게 만든 것은 나라고 비난했다. 그때부터 우리 둘 사이에는 싸움이 그치질 않았다. 싸움이 너무 심해지자 동네 사람들이 그 여자를 쫓아낸 것이다.

꼬박 2년 동안 그 여자와 같이 살았다. 쫓겨난 여자는 이웃 마을에 사는 구두장이한테 가서 살았다.

몇 해가 지나고 여자의 큰아들이 돌아왔다. 아들은 만주에서 장가를 들어 따로 살림을 차리고 있었다. 어머니를 위해 저축한 돈을 갖고 왔었다. 하지만 그때는 이미 그 여자가 죽은 후였다.

우리 집 담 너머에는 우리한테 아저씨 아주머니뻘 되는 노부부가 살았다. 아저씨는 우리 시아버지의 사촌이었다. 노인네들은 자식이 없어서 나를 몹시 귀여워했다. 그들은 버들가지로 광주리를 짜기도 하고 바닷물을 끓여 소금을 만들며 소일했다. 땅 얼마간과 집도 몇 채 있었다.

아저씨는 일흔이 넘을 때까지도 건강했고, 술을 좋아했다. 또 나를 위해 주고 우리 남편은 미워했다. 아주머니는 쉰 살이 조금 넘은 체격이 작은 여자였다. 난 곧잘 그집에 갔다. 남편이 먹을 것을 가져오지 않을 때면 그집에 가서 얻어먹기도 잘했다.

내가 스무 살쯤 되었을 때 아주머니가 돌아가셨다. 나는 그분이 임종할 때까지 병시중을 들었다. 한 달 가량 앓다 죽었는데, 그 중 한 반 달 동안은 무척 심하게 앓았다.

“난 류이쓰가 상주가 되길 원치 않아.”

류이쓰는 남편의 아명이다. 노부부는 그를 아명으로 불렀다. 격식대로 하자면 우리 남편이 제일 가까운 혈육이니까 상주가 되어야 한다. 하지만 노인네는 나에게 ‘유전의 항아리’를 맡기겠다며 상주가 되라고 했다.

‘유전의 항아리’는 조그만 옹기인데, 장례를 치를 때 쓴다. 죽은 이의 자손이 이 항아리에다 쌀, 자오쯔(곡물 반죽으로 만든 피에 각종 고기와 야채소를 넣어 만든 중국 전통 만두), 빵 같은 걸 넣는다. 음식을 넣는 것은 죽은 이가 긴 저승길에 굶지 말라는 배려에서 나온 것이지만, 자손이 번창하고 길이길이 복을 내려주십사는 기원의 뜻도 담겨 있다. 음식을 많이 넣은 자손일수록 큰 복을 받게 마련이다.

막내아들이 빵 덩어리를 항아리 위에다 얹고 젓가락을 그 빵 덩어리에 쑤셔 넣는 것이 관례였는데, 나는 혼자서 여러 아들 딸 노릇을 해야 했다. 우선 항아리에 여러 음식을 차례차례 채워 넣었다. 그 다음엔 막내아들 노릇을 하느라고 젓가락을 빵 더미에 찔러 넣고서는 다시 맏아들이 되어 항아리를 묘지까지 들고 갔다. 항아리를 들고 묘지에 가는 것이 상주라는 표시다. 묘지까지 가서 항아리를 무덤 속 관 머리에 올려놓는 것이다.

임종을 지켜보면서 나는 아주머니의 여행길을 편안하게 해줄 것들을 붉은 주머니에 챙겨 그분의 옷 단추에 달아드렸다. 주머니에는 차 조금, 사탕 한쪽 그리고 입맛을 돋우는 절인 야채 한 가닥을 넣었다. 귀걸이 한쪽도 떼내어 주머니에 넣어드렸다. 저승길에 사고 싶은 것을 사도록 말이다.

관습에 따라 나는 숨이 끊어지는 순간 이 작은 주머니를 단추에서 떼어내 아주머니의 입 속에 넣어드렸다. 이렇게 하면 길을 가는 동안 굶주리지 않는다. 아주머니의 손에도 작은 음식 보따리를 들려주었다. 이 음식은 험준한 '개의 산'을 넘어갈 때 개들에게 던져줄 음식이다.

나는 시신이 다시 일어나지 않도록 발목을 한데 묶었다.

아주머니가 숨을 거두자 우리는 지신묘로 갔다. 나는 반죽할 때

쓰는 방망이로 땅을 세 번 쳤다. 저승의 문을 열어달라는 뜻이다. 다음엔 방망이로 하늘을 세 번 가리켰다. 하늘나라의 문을 열어달라는 뜻이다.

다음 날은 도읍신의 사당에 갔다. 밤새 지신이 죽은 이의 혼을 이리로 데려다 두었을 것이기 때문이다. 우리는 죽은 이의 혼에게 음식을 먹이러 찾아간 것이다. 죽 한 그릇을 사당에 붓고 절하며 곡을 했다.

장례식은 오 일째 되는 날 치렀다. 나이 많은 이가 돌아갔을 때는 적어도 칠 일을 기다렸다가 장례식을 올렸고, 젊은이의 경우엔 적어도 사흘이 지난 다음에 장례를 치렀다. 하지만 아주머니는 오일장으로 치렀다.

발인 전날 밤 끝을 감치지 않은 흰 옷을 입고 관 둘레에 꿇어 앉아 밤새껏 곡을 했다. 그리고 길 떠나는 혼을 위로하기 위해 악공들을 불러다 조곡을 연주하게 했다.

혼이 육신을 떠날 때는 며칠이고 망설일 것이다. 이역만리 여행길에 오르기가 여간 쉽지 않겠지. 차마 발이 안 떨어지기도 할 테고.

친척들은 죽은 이를 위해서 종이돈과 옷 그리고 종이하인들을 태워 만든 재를 질그릇 대야에 담았다. 관이 들려지고 묘지로 가기 전 질그릇을 땅에 내동댕이쳤다. 그리고 또 곡을 했다.

나는 삼베옷을 입고 머리에 상주가 하는 새끼줄을 두르고 '유전의 항아리'를 두 팔로 받쳐 든 채 앞장서서 걸었다.

아저씨도 일 년인가 이 년 후에 세상을 떴다. 유산은 대부분 그분의 조카들에게 분배되었다. 하지만 두 노인은 내게도 집 한 채를 남겨주어 자기네의 고마운 마음을 표시했다.

그집도 남편이 몽땅 아편 연기로 날려 보냈다.

결혼할 때 남편은 스물아홉 살이었다. 아편은 열아홉 살때부터 피웠다. 아무거나 다 들어내다 팔았다. 자기 자신도 어쩔 수 없는 일이라고 했다. 그저 닥치는 대로 다 팔아 없앴다. 빨래를 내다 널 때도 나는 안심하지 못하고 마를 때까지 곁에 서서 지켜야만 했다. 어쩌다 동전 한 닢을 이불 밑에 숨겨 두면 귀신같이 찾아냈다. 땅은 차차로 줄더니 없어졌다. 남편이 팔아서 쓴 것이다.

한번은 이렇게 물어보았다.

"아편은 왜 피우죠?"

"당신은 몰라…… 구천의 선녀가 모두 내려와 내 품으로 달려드는데, 그런 기분을 당신이 알 리가 없지."

남편은 어부였다. 고기를 잡으면 많든 적든 오 리 밖에 있는 성내로 들고 갔다. 성문이 열리길 기다렸다가 곧장 장터로 갔다. 거기서 고기를 넘기고 돈을 받았다. 하루 종일 담배를 피우고 술을 마시고, 아편을 피웠다.

형부는 언니를 때리는 버릇이 있었지만 우리 남편은 한 번도 나한테 손을 댄 적이 없다. 하지만 양식을 가져다주지 않으니 무슨 소용이 있는가. 나는 보름은 친정에 가서 양식을 축내고, 나머지 보름은 오빠가 갖다 주는 곡식으로 끼니를 때우며 시집에서 지냈다.

만쓰가 태어났을 때 친정어머니가 와서 해산구완을 해주었다. 나는 어머니가 와 있는 나흘 내내 자리에 누워 있었다. 마마를 앓을 때를 제외하고는 자리에 제일 오래 누워 있었다. 애는 딸이었다.

만쓰가 두 살 되고 내가 둘째를 뱄을 때 집을 나왔다. 남편을 그런 식으로 떠난 것은 처음이었다.

나는 남편과 꼬박 사흘을 싸웠다. 그 사람은 내 전 재산을 팔아버렸다. 친정에서 가져온 은으로 된 머리핀 한 쌍을 간신히 지켜왔다. 난 그 머리핀을 아주 좋아했는데, 남편이 그걸 팔려고 들었다. 난 내주지 않았다. 그래서 사흘 동안 꼬박 싸웠다. 싸우는 사흘 내내 우리 식구는 좁쌀죽 일곱 그릇밖에 못 먹었다. 그 사람은 기어이 머리핀을 빼앗아 가지고 나갔다. 그리고 머리핀을 판 돈으로 아편을 피웠다.

먹을 거라곤 아무것도 없었다. 어린것의 손목을 잡고 무거운 배를 이겨가며 걷기 시작했다. 봉래에서 체면을 생각하는 여자라면 길거리에 다닐 때 네모난 검정 헝겊으로 얼굴을 가렸다. 그러나 나는 부끄러운 줄 모르고 구걸을 하겠노라고 하며 떠났다.

시댁의 친척들이 집집마다 문간에 서서 내가 지나가는 것을 지켜봤다. 아저씨 되는 노인이 나를 따라오며 돌아가자고 졸랐다. 아저씨의 얼굴에는 눈물이 흐르고 있었다. 내가 가련해서 흘리는 눈물이었다. 하지만 나는 너무 화가 난 나머지 아저씨의 손을 뿌리치고 다시 걸었다. 걸어서 친정집에 갔다. 다행히 집에서는 나를 받아들여 주었다.

내가 구걸을 하겠다고 한 것은 홧김에 한 소리였다. 그러나 구걸도 할 줄 알아야 하는 거라는 걸 곧 깨달았다.

얼마를 그렇게 친정에서 지내다 별수없이 남편한테 돌아갔다. 둘째 애도 딸이었다.

아버지, 어머니

내가 결혼하던 해에 아버지는 잡화상 점원 자리를 그만두고 장삿길로 나섰다. 성내에 조그만 상점을 열고 살림하는 아낙네들이 필요로 할 만한 물건을 놓고 팔았다. 네 사람한테서 각각 이만 냥씩 빌려 장사 밑천을 삼았는데, 이 팔만 냥이란 돈은 아버지가 점원으로 일하면서 일 년 동안 받는 봉급보다 조금 많았다.

돈을 빌려준 네 사람 중 한 명은 비단과 보석을 파는 가게를 가지고 있었다. 또 한 사람은 큰 음식점을 하고 있었고, 한 사람은 범선을 여러 채 가지고 있었다. 나머지 한 사람은 우리 고모의 아들이었다. 고모는 토지를 많이 갖고 있었는데, 우리 채소밭도 바로 이 고모가 샀었다. 아버지한테 빌려준 돈 같은 건 이 사람들한테는 푼돈에 불과했다.

아버지는 고용인들을 너무 믿었다. 일 년 남짓 장사는 망하고 말았다. 회계를 보던 사람이 사기꾼이었다. 가게를 저당 잡고 그 돈을 가지고 도망가 버렸다.

아버지는 빚쟁이들에게 쫓겨 지부로 떠났다. 그곳에서 상점 점원 자리를 구해 일했다. 1년 봉급이 오만 냥이었고 정월엔 상여금도 받았다.

떠난 지 1년 정도 후에 아버지가 집에 오셨다. 때는 가을이었다. 아버지는 집에 열흘 정도 머물렀다. 아버지는 나를 보러 내가 사는 마을까지 오셨지만 여기저기 돌아다니지도 못하고, 돌아왔다는 것을 이웃에 알리지도 못했다. 돌아왔다는 소문이 나면 빚쟁이들이 몰려와 돈을 달라고 조를 판이었으니까.

그래 아버지는 나를 만나지도 못하고 떨어지는 해가 나무 끝에 흔들리는 모습을 보면서 집으로 돌아갔다. 쓸쓸한 길이었을 것이다. 아버지가 오셨다는 소식을 뒤늦게야 듣고서 친정집으로 갔다. 친정집에서 이틀인가를 같이 지내다가 아버지를 다시 지부로 떠나보냈다.

그렇게 떠나간 후 아버지는 한 번 더 고향에 돌아오셨다. 하지만 그땐 만나보지 못했다. 둘째를 배고 있을 때라 배가 불러 꼼짝을 못했다. 언니도 마침 애가 아파서 친정에 가지 못했다고 한다.

그 후로는 아버지는 영영 살아서 돌아오지 못했다. 아버지는 지부에서 세상을 떴다. 어머니는 내가 조산이라도 할까봐 무슨 일로 돌아가셨는지 알려주려 하지 않았다.

아버지가 두 번째로 고향에 오실 때의 일이다. 집에 다녀오기로 마음먹고 길을 떠난 것은 음력 2월, 아직 바람이 매서울 때였다. 강에 도착해 보니 나룻배는 있는데 사공이 없어 등짐을 진 채 배에 들어가 기다렸다. 물이 깊지는 않아 걸어서 건널 수 있었지만, 차가워서 물속에 들어가기가 망설여졌다. 아픈 다리 때문이었다.

내가 여섯 살인가 일곱 살 때 우리 밭에 있는 우물에 독사의 독이 퍼졌다는 얘기가 돌아 우물을 깨끗이 치우기로 했다. 아버지는 일꾼들을 내려 보내려고 했지만 도무지 내려갈 생각을 안 했다. 한 번 더 얘기해 봤지만 역시 소용이 없었다. 아버지가 직접 내려가는 수밖에 없었다.

바닥까지 채 내려가기 전에 우물 벽의 돌들이 흔들리는 소리가 들렸다. 내려다보니 미끈미끈한 진흙 속에서 무언가가 꿈틀거리고 있었다. 아버지는 곧 종을 울렸다. 끌어올리라는 신호였다. 뱀에 물리지도 않았는데 다리에는 벌써 독이 퍼진 모양이었다. 다리는 점점 마비되고 퉁퉁 부어올랐다. 우리는 아버지의 다리를 문질렀다. 그랬더니 시뻘게지면서 일곱 군데나 살갗이 벗겨졌다.

의원이 처방을 내려줬지만 돈이 모자라 처방에 맞춰 약을 쓰지 못했다. 그저 아주까리 씨와 살구 씨를 찧어 물에 이겨서 상처에 발랐을 뿐이다. 이 일이 일어난 때는 음력으로 사월인가 오월이었는데 칠월이 되어서야 새 살이 나왔다. 제사 때도 절을 올리지 못할 정도였다. 다리는 뻣뻣하기만 하고 구부러지지 않았다. 그 후에도 가끔 다리가 붓고 갈라졌다.

아버지는 등짐을 진 채 뱃사공이 돌아오기를 기다렸다. 그런데 갑자기 어디서 아버지를 부르는 소리가 들려왔다.

"웬주완, 웬주완!"

아버지는 사방을 둘러보았지만 아무도 없었다. 이상해서 왔던 길을 되짚어 얼마쯤 돌아가 보았다. 그래도 아무도 보이지 않더란다. 그래서 강가로 돌아오면서 생각했다.

"뱃사공은 오지 않을 모양이군. 어디 그냥 건너가 보자."

신과 양말을 벗고 바짓가랑이를 걷어 올리고 강을 건너기 시작했다. 그런데 또 그 소리가 들렸다.

"웬주완, 웬주완!"

돌아보았지만 이번에도 역시 아무도 없었다. 와락 겁이 나서 되도록 빨리 강을 건너려고 다리를 재게 움직였다. 물은 얼음같이 차가웠다.

아버지는 집에 도착해서 어머니한테 그 얘기를 했다. 그리고는 지부로 돌아갔다. 떠난 지 한 달이 채 못 되어 아버지는 돌아가셨다. 내장에 열병이 생겨 그랬다는 것이다. 아버지를 부른 것은 산 사람의 소리가 아니었다.

아버지가 돌아가시자 어머니마저 앓아누웠다. 나날이 병세는 악화되기만 했다.

"어쩌면 이리도 편칠 않나 모르겠다. 중병인가 봐. 난 죽을 거다. 이 에미가 죽으면 넌 어떡한단 말이냐?"

나는 피로와 수면부족으로 눈앞을 가릴 수 없게 되도록 일곱 낮과 일곱 밤 동안 어머니를 구완했다. 난로에 불을 지필 때도 쓰러지지 않으려고 난로 밑 벽에 몸을 기대야 할 정도였다.

가끔 어머니는 정신이 흐려졌다. 그럴 때마다 어머니는 자리에서 일어나 집안을 서성거렸다. 난 누우시라고 빌었으나 당신은 오히려 경황 중에도 나를 생각하고 나에게 누우라고 권하는 것이었다.

"네가 눕지 않으면 나도 안 잘란다."

내가 누우면 어머니는 작은 등잔을 들고 자리에서 가까스로 일어나 집안을 여기저기 뒤지며 무언가를 찾는 것이다. 나는 울면서 애원했다.

"어머니 가실 때 나도 데려가줘요."

"그건 염라대왕이 하실 일이지."

어머니는 자리에서 일어나 계속 왔다갔다했다. 아주 급한 듯 움직이는 것이다. 그러나 손만 바쁠 뿐 아무것도 이루는 것이 없었다. 그러다가 정신이 맑아지기도 했다. 그럴 때면 또 내 걱정을 했다.

"내가 갈 때가 왔나 보다. 염라대왕께서 나를 부르시는구나. 부름을 거역할 수는 없지. 그렇지만 너를 어떡한단 말이냐. 네 언니한테는 살림을 돌보고 며느리를 보살펴주는 좋은 시아버지가 있지만 너는 어느 누가 돌봐줄 것이냐 말이다. 네 오빠는 사내니까 괜찮아. 누가 도와주지 않아도 제 치다꺼리는 할 수 있을 거야. 내가 두고 갈 수 없는 건 너란다. 어쩌다가 센 팔자를 타고나서…… 어쩌면 좋으냐?"

그리곤 요를 마구 잡아뜯었다. 요 밑에 깐 두꺼운 깔개를 손톱으로 찢고서 깔개 속을 절반쯤 끄집어내기도 했다.

어머니가 기력을 잃어가는 게 눈에 보였다. 나는 어머니의 얼굴을 씻기고 머리를 빗겨드렸다.

"왜 내 머리를 오늘따라 다르게 손질하니?"

어머니는 내 손에 붉은 끈이 들려 있는 것을 보았던 것이다. 어머니는 평소에 다른 중년 부인들과 마찬가지로 검정 끈으로 머리를 묶었다. 그러나 긴 여행을 위해서는 붉은 끈으로 묶어야 한다. 어머니는 그 붉은 끈을 두고 말한 것이다. 난 감추려고 했지만 들키고 말았다.

"네, 알았어요. 검정 끈으로 묶을게요."

내가 그렇게 얼버무리자 어머니는 비로소 마음을 놓는 것 같았다. 하지만 난 붉은 끈으로 묶었다. 임종이 가까운 것을 알았으니까. 어머니를 여행에 대비해서 꾸며드려야 했다. 몸치장을 아무렇게나 해서 보내는 것은 불효막심한 짓이었다.

머리단장이 끝난 후 새 옷을 끄집어냈다. 바지를 입히고 저고리를 입혔다. 어머니는 우리가 입혀드리는 옷가지들을 물끄러미 쳐다보더니 저고리의 앞자락을 뒤집어 보았다. 안감이 붉은 색이었다. 어머니는 그것이 무얼 뜻하는지 알고 있었다. 그리곤 한마디 했다.

"옷이 두 가지 더 있어야지."

격식에 맞추자면 혼례 때 입는 것과 같은 예복치마와 긴 웃옷이 더 있어야 한다. 나와 오빠는 그만 울음을 터뜨리고 말았다. 오빠가 어머니를 위로했다.

"어머니 가시지 않고 2년만 더 머물러주시면 모든 걸 다 준비해드리겠어요."

우리는 여유가 없이 살았기에 준비를 다 할 수 없었다. 돌려 쓸 만한 돈이 없었다. 아버지는 혼자 쓸 만치밖에 벌지를 못했다. 오빠는 어머니를 부양했고 또 내 살림을 돌봐주었다. 그러느라 남는 돈이 없었다. 그런 형편이었으니 어머니께서 무덤에 입고 갈 옷이 덜 갖추어졌다고 푸념했을 때 울지 않을 수 없었다.

잠시 후 어머니를 벽돌 침상에서 '영생의 나무 침상' 으로 옮겨 눕혔다. 벽돌 침상에서 돌아가게 할 수는 없었다. 그렇게 되면 어머니는 영원히 등에 벽돌을 올려놓고 있어야 한다. 그런 불효를 할 수는 없었다.

이모와 사촌들, 그리고 고모들이 어머니의 임종을 지켜보았다. 어머니는 마지막 순간에도 내 걱정을 했다. 혀가 굳어서 말을 잘 알아들을 수 없었지만 애기 때 이름으로 나를 부르고 있었다.

어머니는 가까이 오라고 했다. 나는 침상 곁으로 갔다. 어머니는 당신이 어디다 돈을 얼마씩 감춰두었는지 일러주려고 애썼다. 그 돈은 내 것이라고 다짐하시는 거였다. 하지만 나는 알아듣지 못했다. 그러곤 숨을 거두었다. 우리는 곡을 시작했다. 아주머니와 아저씨들, 언니, 오빠 모두 어머니를 위해 곡을 했다.

나는 어머니가 쓰던 장과 서랍들을 치우기 시작했다. 여기저기서 돈이 나왔다. 여기서 백 냥, 저기서 이백, 이런 식으로 감춰져 있었다. 나는 돈을 거둬 모았다.

"이 돈은 내 거야. 어머니가 나한테 남겨주신 거니까. 하지만 나야 이 돈이 있으나 없으나 굶주리기는 마찬가지인걸."

나는 그 돈으로 흰 종이돈과 종이로 만든 금화와 은화를 샀다. 어머니가 여행길에 쓰시도록 그걸 태워드릴 생각이었다. 난 눈앞이 안 보일 때까지 울고 또 울었다.

어머니는 아버지가 돌아가신 지 한 달 만에 돌아가셨다. 그때 어머니 나이 쉰셋이었고, 나는 스물한 살이었다. 어머니가 그렇게 일찍 돌아가시지만 않았던들 내 인생은 그토록 고생스럽지 않았을 것이다.

얼마 안 가 오빠도 같은 병으로 몸져누워 이부자리를 잡아뜯기 시작했다. 어머니는 음력 사월 열여드렛날 돌아가셨고 오빠는 오월 초이튿날부터 병을 앓았다. 나는 오빠의 병구완도 맡아서 했다. 오빠는 정신이 가물가물할 때 큰 소리로 이상한 말을 지껄였다.

"둘째가 내 바지를 훔쳤어."

"왕가네 흰 말을 타야겠어. 그놈은 썩 잘 달리거든."

이렇게 밑도 끝도 없는 소리를 중얼댔다. 오빠가 실성해서 이런 식으로 자꾸 외쳐댈 때마다 무서웠다. 이상한 소리를 지껄이면서 오빠는 쉴 새 없이 구두 고치는 시늉을 했다. 예전에 구두장이 기술을 배웠던 탓이다.

나는 침 잘 놓는 사람을 구해 침을 놓게 했다. 오빠는 아직 젊고 튼튼해서 얼마 안 가 회복되었다. 그러나 병을 앓은 지 사십 일이 지나서야 땅을 다시 밟기 시작했다. 기력이 워낙 빠져 있었다. 부축을 받아야 겨우 발을 뗄 수 있는 지경이었다.

병이 낫고 오빠는 내게 잘 대해주었다. 어머니가 살아 있을 때처럼 잘해주었다. 하지만 언니는 달랐다. 오빠에게 곧잘 이렇게 말했다.

"너는 그래 언제까지 너하고 성도 다른 것들을 위해 일만 하고 종노릇을 할 참이냐? 무슨 득이라도 볼 것 같아? 하다못해 아들이나 있으면 모를까 아들도 없으니 나중에 네 집을 떠맡아 갈 사람도 없지 않느냐. 너는 그래 생전 결혼도 안 할래? 자식 낳고 안정적으로 살 생각이 없냐 말이야."

언니는 계속 오빠에게 성화를 냈다. 마침내 오빠도 언니 말에 넘어가 마음까지 변해버렸다. 어느 날 오빠는 지부로 떠났다. 나한테 간단 말도 안 하고 떠난 것이다.

굶주림

매일같이 나는 집에만 앉아 있었다. 배가 고파 창자가 쓰렸다. 무슨 뾰족한 수가 있었겠는가. 부모님은 돌아가 안 계시지, 오빠도 객지로 떠나버렸으니. 어쩌다 남편이 양식을 갖고 오면 그저 그걸 애들과 나눠 먹었다. 여자는 아무렇게나 하고 대문 밖으로 나갈 수가 없었다. 이웃에 일손이 모자라서 품이라도 팔라치면 웃음거리가 되었다.

"아무개 마누라는 남의 집 살이를 한대."

"누구네 집 딸내미는 식모를 풀렸더구먼."

나는 구걸도 할 줄 몰랐다. 그러니 집이나 지키고 앉아 굶을 도리밖에 없었다. 하루는 어떻게 배가 고프던지 벽돌을 빻아 그 가루를 먹기도 했다. 그랬더니 배고픔이 한결 가시는 것 같았다.

내가 무얼 어떻게 해야 할지 알 까닭이 없지. 여자들이 할 줄 아는 것이란 그저 머리나 빗고 발 묶고 집구석에 앉아 남편이 들어오기를 기다리는 것뿐이었으니까. 어머니는 배가 고파도 아버지가 양식을 가지고 들어올 때까지 꼼짝 않고 기다렸다. 나도 마찬가지였다. 남편이 먹을 걸 갖다 주기만을 바라고 집에 앉아 있었다.

남편은 죄다 팔아 없앴다. 땅도 집도 아편으로 다 날려버렸다. 결국 우리는 읍내에 방 한 개를 세 들어 살아야만 했다.

털모자가 하나 있었는데 남편은 그것마저 팔려고 들었다. 나는 제발 팔지 말자고 애걸했다.

"이건 갖고 있읍시다."

그 모자는 내 외삼촌 것이었다.

"차라리 내 웃옷을 갖다 팔아요."

남편은 내 말대로 옷을 들고 나가 곡식과 바꿔 왔다. 그런데 막상 그는 좁쌀죽 두 그릇밖에 먹지 않았다. 남편이 왜 그것밖에 먹지 않는지 의아했다. 그러나 곧 이유를 알게 되었다. 모자가 없어진 것이다. 팔아서 아편을 사 피운 거다. 아편을 피우는 사람은 밥을 잘 안 먹는 법이다.

그러던 어느 날 남편은 행상을 해서 돈을 벌어보겠다고 했다. 나는 이렇게 얘기했다.

"장사 밑천이 없는걸요."

남편은 이불을 들고 나가서 찹쌀과 대추를 조금 사왔다. 그것으로 쫑쯔(연잎이나 대나무잎에 찹쌀, 돼지고기, 대추 등을 넣어 쪄 먹는 중국 음식)를 만들라는 것이다.

"당신이 잘못 만들면 내다 팔 게 없을 테니 알아서 잘해 봐."

그는 사흘 동안 쫑쯔를 팔았다. 그러나 밑천이 다 날아갔다. 그 길로 남편과 시아버지는 떠나버렸다. 좁쌀 한 톨도 남겨 놓지 않고 가버렸다.

남편과 시아버지가 떠난 것은 가을이었다. 나에겐 애들 둘만 남아 있었다. 만쓰는 다섯 살이었고, 작은딸 진야는 세 살이었다. 먹을 거라곤 아무것도 없었다. 모조리 팔아 버리고 갔기 때문에 팔 것도 없었다.

나한테 먼 아저씨뻘 되는 사람 중에 리우라는 이가 있었다. 우리 농장을 산 사람이다. 그이가 시장에 내다 팔 수 없는 오이나 호박 같은 것들을 한 광주리 갖다 주었다. 하지만 나한테는 그걸 요리할 기름도, 불을 지필 솔방울도 없었다.

나는 마음을 독하게 먹었다.

"밭에 가서 이삭을 주우리라."

그때가 음력 칠월, 추수의 계절이었다. 바지 끈 한쪽 끝으로 애기를 묶고, 캉에서 떨어지지 않게 하려고 나머지 끝을 창틀에 갖다 묶었다. 두 애를 그렇게 방에 가둔 채 들판으로 나갔다.

그렇게 여러 날 동안 들판에 나가서 이삭을 주웠다. 밭에 떨어진 옥수수와 콩 이삭으로 우리는 배를 불릴 수 있었고, 먹고 남기까지 했다. 옥수수와 콩이 단지에 절반 정도나 되게 남았으니까. 또 길가와 묘지터에 떨어진 마른 풀을 갈퀴로 긁어모아 방 한구석에 쌓아 놓았다. 음식을 익혀 먹을 수 있게 된 것이다.

어느 날이었다. 그 날도 하루 종일 이삭을 줍고 집에 돌아오니 만쓰가 길에 나와 놀고 있었다. 난 어떻게 밖에 나와 있느냐고 물었다.

"지금 금방 나왔어."

방에 들어가 보니 작은년은 어찌도 많이 울었던지 얼굴이 새파랗게 질려 있었다. 창틀에 붙잡아 맨 바지 끈에 묶인 채 캉 밖으로 떨어져 공중에 매달려 있었다. 내가 들어갔을 때 아이는 그런 모양으로 잠들어 있었다. 울다 울다 지쳐서 잠이 든 것이다.

집에는 솥이 없었다. 주워 온 콩을 요리할 때도 이웃집 솥을 빌려다 했다. 솥도 남편이 팔아 없앴다. 밤중에 내가 잠든 사이 그 사람은 친정어머니가 준 솥을 뒷담 너머로 넘겨주었다. 아편하고 바꾼거다.

음식을 담아 먹을 그릇도 빌려 써야 했지만, 이젠 배불리 먹을 수 있었고 여분도 조금 갖게 되었다.

하루는 남은 콩 한 그릇을 선반에 얹어 놓았다. 바로 그 날 남편이 시아버지를 큰 바구니에 담아 가지고 돌아왔다. 바구니를 긴 막대에 꿰어 어떤 남자하고 같이 메고 왔다. 시아버지는 괴질을 앓고 있었다. 우리는 그를 방 침대에 눕혔다.

남편은 동전을 어른 새끼손가락 길이만큼 꿴 뭉치를 갖고 있었다. 일흔 냥쯤 되어 보였다. 난 이십 냥을 빼어 가지고 남편한테 찹쌀을 사 오라고 했다. 그 찹쌀을 콩이랑 함께 요리해서 남편 부자에게 먹였다. 그리고 나머지 돈은 벽에 박힌 못에다 걸어 두었다.

나는 늙은이를 돌보았다. 괴질에 걸리면 얼마 안 가 죽기 마련인데 이 노인네는 용케 버텼다. 노인은 계속 토하고 설사를 했다. 그렇게 며칠이 지나갔지만 노인네는 죽지 않았다. 나는 줄곧 노인네 옆에서 병간호를 했다. 병든 이의 아들이야말로 곁에 있어야 할 게 아닌가. 하지만 남편이라는 작자는 또 어디 가서 아편을 태우고 있을 게 뻔했다. 아편을 피우는 사람은 가족도 모르고 자존심도 체면도 없는 법이다.

마당을 같이 쓰는 이웃 사람이 안 돼 보였던지 말을 걸었다.

"지금 사람 손이 필요할 텐데요."

그 사람 말은 우리 남편이 집에 있어야 한다는 뜻이었다.

"누가 아니래요. 지금은 손이 꼭 필요하지요."

남편은 한동안 돌아오지 않았다.

밤에 꿈을 꾸었다. 꿈속에서 두 작은 악귀가 내 침대로 다가왔다. 악귀들은 이제 내가 떠날 때가 되었다고 말했다. 난 안 가겠다고 버텼고, 악귀는 가야 한다고 우겼다. 저승에 계신 염라대왕께서 데리고 오라는 명령을 내린 지가 한참 됐는데 너무 바빠서 지금까지 오지 못했다는 것이다. 그러니까 오늘은 꼭 가야 한다고 을러대며 들고 있던 쇠사슬로 내 손을 묶으려고 했다. 나는 오빠에게 하직을 고하게 해달라고 사정했다.

그때 시아버지는 난로 앞에 웅크리고 앉아 담뱃불을 붙이고 있었다. 남편은 캉 위에서 잠이 들어 있었고, 아이들은 울고 있었다. 아이들은 울면서 나를 못 가게 붙들었다. 난 어찌해야 좋을지 몰랐다. 속상했다. 어린것들을 차마 떼어 놓고 갈 수가 없었다. 난 울음을 터뜨렸다. 그랬더니 악귀들이 떠나버렸다.

다음 날도 꿈을 꾸었다. 나는 이웃집 층층대에 앉아 해가 반쯤 기울어 가는 모습을 쓸쓸히 바라보고 있었다. 그때 갑자기 몸집이 아주 큰 귀신이 나타났다. 시뻘건 눈알에 얼굴이 얽어 있는, 굉장히 사나워 보이는 귀신이었다.

"이제 때가 되었어. 네가 먼저 온 사자들이 너무 작다고 가지 않는 것 같아서 내가 데리러 왔다. 네가 그놈들을 교묘히 속여서 돌려보냈지? 하지만 난 어림없어. 널 데리고 가고 말겠다. 앞으로 보름 안에 가야 한다."

나는 고개를 푹 숙이고 아무 대꾸도 하지 않았다.

그 해 여름 지진이 있었다. 일이 손에 잡히지 않았다. 보름 안에 죽을 거란 생각에 늘 불안했다. 그러다 어느 날 꿈 풀이를 잘한다는 이웃 사람에게 꿈 얘기를 했다. 그 사람은 얘기를 다 듣더니 나를 위로했다.

"걱정 말아요. 아마 당신은 할아버지가 꿀 꿈을 대신 꾼 걸 거요."

나는 가슴을 쓸어내렸다.

노인은 두 달을 꼬박 시름시름 앓다 세상을 떴다. 노인이 세상을 뜨던 날 나는 마당에 나가 신을 만들고 있었다. 갑자기 무엇이 쿵 하고 떨어지는 소리가 났다. 방으로 뛰어들어가 보니 노인네가 캉에서 떨어져 나자빠져 있었다. 노인네를 끌어안고 외쳤다.

"아버님, 아버님! 왜 이러시는 거예요?"

노인이 중얼거렸다.

"아무 일도 아냐. 이젠 나을 거다. 이 고비만 넘기면 되는데. 하지만 이번에 만약에라도 내가 낫질 않으면 말이다. 내 여동생이 관을 사준댔으니 그리 알아라. 내 아들놈한테 돈을 맡기기가 겁난다고 했어. 아편을 피워 없앨까봐 못 맡긴 거야. 좋은 관을 살 만한 돈을 주더라도 나쁜 관을 살까 봐 걱정이고, 나쁜 관을 살 만한 돈을 주면 아예 관을 사지 않고 나를 거적때기에 말아서 묻을까봐 걱정이다. 그래 돈을 미리 주지 않은 거란 말이다. 어쨌든 돈을 주겠다고 약속했어."

나는 시아버지를 다시 자리에 들어다 눕혔다. 그리고 아편굴로 갔다. 남편을 찾아 시아버지가 해준 얘기를 하고 가서 돈을 받아오라고 일렀다. 남편은 아침에 출발했다. 하루 종일 나는 병구완을 했다. 오후부터 노인은 기력이 떨어지기 시작했다. 캉 위에 누워서 울며 보챘다.

"내려갈란다, 내려갈래."

집에는 아이들밖에 없었다. 우리는 영생의 침상도 준비해 두지 못했다. 나는 안쪽에 있는 방의 문짝을 떼어냈다. 거기에 노인을 누일 생각이었다.

그이는 늙고 몸집이 작아 젊고 튼튼한 나로서는 그다지 힘들진 않았다. 먼저 노인을 부축해 캉에서 내렸다. 그리고 문짝 위에 올려 눕혔다. 이렇게 몇 시간을 보냈다. 그러나 노인은 좀처럼 숨을 거두지 않았다.

점점 어두워졌다. 마침 이웃에 사는 아이가 돈을 빌리러 왔다. 남포에 부을 기름을 사야 한다고. 난 빌려주겠다고 했다. 빌려줄 돈이 있다는 게 자랑스러웠다. 벽을 더듬어 돈 꾸러미를 찾았으나 아무리 찾아봐도 안 보였다. 아편쟁이 남편이 들고 나간 것이다.

이웃집 애는 다른 집으로 돈을 빌리러 갔다. 그애는 보기에 딱했던지 기름을 조금 얻어다 주었다. 여기저기서 조금씩 얻은 것이 술잔으로 하나가 되었다. 심지를 술잔의 한쪽에 기대 세우고 불을 붙였다.

바람이 불어와 불이 까딱까딱 흔들렸다. 남편은 돌아올 기미가 보이지 않았다. 기름이 다 닳았다. 그래도 어둠 속에서 그냥 그렇게 앉아 있었다.

노인이 몸을 일으키더니 소리를 질렀다.

"내 자리로 올라갈랜다."

"올라가려면 먼저 내려와야 하지 않아요?"

이렇게 구슬렸지만 노인은 거듭 소리를 질렀다.

이웃 사람들에게 와 달라고 부탁했다. 노인이 자리에 오르겠다니까 도와 달라고. 사람들은 곧 가겠다는 말만 할 뿐 아무도 오지 않았다. 혹시 괴질이 옮을까봐 두려웠던 것이다.

노인은 계속 소리를 지르며 캉에 오르겠다고 졸랐다.

"기운이 모자라니까 참으세요."

그래도 시아버지는 계속 졸랐다. 할 수 없이 어깨 밑으로 팔을 넣어 부축하고 캉 쪽으로 갔다. 캉까지 거의 다 갔을 때 노인이 갑자기 무너지듯 쓰러졌다. 몸의 반은 캉 위에 엎혀져 있었고, 나머지 반은 캉 밖으로 늘어졌다. 불러도 대답이 없었다.

나는 이웃집 여기저기를 돌아다니면서 기름을 구했다. 겨우 불을 켰다. 노인네는 죽어 있었다. 내 팔에 안긴 채 숨을 거둔 것이다. 나는 소리 높여 울기 시작했다. 죽은 이를 위해 곡을 한 것이다. 그래도 이웃 사람들은 오지 않았다.

문이란 문은 다 닫았다. 그리고 애들을 안고 마당에 나가 앉았다. 나는 시아버지가 죽은 게 섭섭지 않았다.

진작 와 있어야 할 작자는 날이 샐 무렵에야 돌아왔다. 마당으로 들어오는 것을 보고도 나는 아는 체를 하지 않았다. 안을 기웃거리던 이웃 사람들도 인사를 건네지 않았다. 모두들 화가 치밀어 있었다.

"아버님 좀 어떠세요?"

남편이 안에다 대고 소리쳤다. 옆집에 사는 여자가 화가 잔뜩 나서 빈정거렸다.

"돌아가신 건 아니죠. 숨이 끊어진 것뿐이라오."

나는 남편이 시체를 누이는 것을 도왔다. 머리를 남쪽으로 향하게 하고 문짝 위에 눕혔다. 그러고 나서 천으로 죽은 이의 얼굴을 덮었다.

남편은 관 살 돈을 빌리러 나갔다. 사흘 동안 돈을 빌리러 다녔지만 한 푼도 빌리지 못했다. 아주머니가 준 돈도 아편으로 날려버리고 없었다.

시체는 며칠을 문짝에 누워 있었다. 배가 부어오르고 악취가 심해서 아무도 방안에 들어갈 엄두를 못 냈다. 방안뿐 아니라 마당에 있기도 힘들었다.

결국 관을 못 사고 시체를 그대로 문짝에 올린 채 자리로 덮어 내갔다. 남편은 지게에 노인을 메고 가서 집안 공동묘지에 묻었다. 그리고 몇 해 후 남편은 우리 집 묏자리마저 팔아버렸다. 묏자리를 팔아서는 안 되는 법이지만 아편을 피우는 사람들이 무슨 의리나 염치가 있을 리 없었다.

노인이 죽고 얼마 후 오빠가 돌아왔다. 떠난 지 3개월 만이었다. 갈 때 입고 간 옷을 그대로 입고 있었다. 흰 무명 저고리와 무명바지차림 그대로. 저고리는 흙투성이었다. 오빠는 지부에 아는 사람이라곤 한 명도 없었다. 그래서 일자리를 구할 수가 없었다. 나는 그렇게 도둑놈처럼 슬그머니 도망칠 필요가 뭐 있었느냐고 쏘아주었다. 오빠는 내게 미안하다고 했다.

언니는 마음씨가 좋지 않았다. 말만 잘 했다. 나이가 서른인데 장갈 가서 가정을 꾸려야지, 언제까지 나하고 내 자식들을 위해 종노릇을 할 작정이냐고 오빠를 위하듯 말했다.

그 해 겨울 내내 오빠는 집에서 지냈다. 그리고 전처럼 나를 위해 줬다. 그러나 봄이 오자 오빠는 만주로 숭 장군을 찾아 떠났다. 숭 장군은 우리 고장 출신이었다. 그분 밑에 들어가 군인노릇을 할 생각이었다. 그 후 오빠의 소식을 영영 듣지 못했다. 우리나라가 일본, 영국 그리고 러시아 등 여러 나라와 한참 전쟁을 할 때였다. 아마 오빠는 숭 장군 밑에서 싸우다가 전사했을 것이다. 그렇게 짐작할 뿐이다.

어머니가 돌아가신 지 일 년이 지났을 때 나는 지팡이와 그릇을 들고 구걸에 나섰다. 봄이었다. 내 나이 스물두 살이었다. 여자가 집 밖으로 나간다는 것은 보통 일이 아니었다. 아편쟁이 남편하고 그토록 오랫동안 갈라서지 않고 산 것도 그 때문이었다. 그렇지만 이젠 더 이상 견딜 수가 없었다. 밖으로 나가서 뭐라도 해야 했다.

창피해서 사람들이 나를 알아보지 못할 곳에 가서 구걸을 했다. 남편은 작은딸 진야를 안고, 나는 만쓰의 손을 잡고 다녔다. 대문이 열린 집이 있으면 만쓰를 들여보냈다. 사람들이 아이들한테는 정이 더 가기 마련이었다. 우리 부부는 매일 이렇게 구걸을 했다.

겨울이 되고 눈이 내리기 시작했다. 사흘 동안 계속 내렸다. 동냥을 다닐 수 없었다. 아이들 입술이 갈라지고 얼굴은 누렇게 뜨기 시작했다. 안쓰러웠던지 이웃 사람들이 죽을 한 그릇 갖다 주었다.

나는 신을 세 켤레 겹쳐 신었다. 세 켤레가 모두 구멍이 나서 그렇게 겹쳐 신고서야 겨우 발을 가릴 수 있었다. 이젠 발을 묶지 않았다. 그래서 발이 마음대로 늘어났다.

신 세 켤레를 신고 서쪽 바다를 건너온 사람들이 사는 집 뒷문을 두드렸다.

사람들은 코쟁이 선교사들에 관한 별의별 무서운 얘기들을 다 했다. 그리고 또 그걸 믿었다. 약을 먹여 사람을 끌고 간다고 했다. 그 약을 먹으면 자기도 모르게 선교사들을 따라가 시키는 대로 한다는 것이다. 어찌도 홀리는 힘이 센지 한밤에 자다가도 벌떡 일어나 선교사들에게로 간다고 했다. 그러면 선교사들은 이들을 잡아서 개

머리가 달린 사람이 사는 나라로 보내 돈을 번다는 것이다. 몸값은 몸무게와 같은 은덩어리라고 했다.

어느 날 한 여자가 장터에 앉아 다리를 꼬고 두 손을 무릎에 얹은 채 고개를 숙이고 있더란다. 여자는 이렇게 꼼짝하지 않고 오랫동안 앉아 있었다. 이상해서 사람들이 물었다.

"왜 그리 꼼짝 않고 앉아 있소? 잠을 자는 거요?"

그런데 가만히 보니 여자는 죽어 있었다. 여자의 두 눈과 손에는 붉은 반창고가 붙어 있었다. 반창고를 떼어 보니 눈알이 없었고, 손바닥에는 구멍이 뚫려 있었다. 심장도 빼내 갔고. 사람들은 모두 선교사들 짓이라고 했다.

하지만 이때쯤 나도 선교사들이 어떤 사람이라는 걸, 그들이 친절한 마음을 가진 사람이라는 걸 알고 있었다. 내가 먹을 걸 구하면 그들은 박대하는 법이 없었다. 항상 그릇 가득 음식을 퍼 주었다.

그래 신 세 켤레를 끼어 신고 깊게 쌓인 눈을 헤치며 선교사네 뒷문까지 찾아갔다. 선교사네 요리사가 내게 빵 끄트머리 모은 것 한 보따리와 쌀과 밀가루를 한 단지씩 주었다. 그리고 아이에게 입힐 따뜻한 웃옷도 주었다. 나는 이걸 가지고 집으로 돌아와 식구들과 요기를 했다.

동냥을 다니다 하루는 공연히 슬퍼지고 쓸쓸한 마음이 들었다. 그때 거리에서 동냥을 하고 있는 늙은 여자 하나가 눈에 띄었다. 노파는 짐승처럼 기어다니며 동냥을 하고 있었다. 팔과 무릎은 온통 상처투성이었다. 가슴이 뭉클했다. 그리고 마음이 편안해졌다. 적어도 나는 두 발로 걸어다니고 있으니까.

궁금해서 나는 그날 친구에게 그 노파에 대해 아느냐고 물었다. 친구는 안다고 했다. 그리고 이야기를 들려주었다.

노파도 전에는 재산도 좀 있고 집도 한 채 있었다고 한다. 남편이 폐병으로 죽고 나자 이 여자는 벼슬하는 집에서 바느질을 해주며 살았다. 이 벼슬아치를 따라 아홉 개 성을 옮겨 다니며 바느질을 해줬다. 솜씨가 좋아서 못 만드는 옷이 없었다.

노파에겐 아들이 하나 있었다. 떡 장사로 학비를 대면서 아들을 공부시켰다. 장가도 보냈다. 그런데 이 아들이 폐병으로 죽어 버렸다. 손자 하나만 남겨 놓고. 노후에 이 노인을 모셔야 할 손자였다. 하지만 손자는 쓸모없는 자식이었다. 제 엄마도 마찬가지였다. 모자는 노파의 재산을 하나씩 팔아먹었고, 결국 아무것도 남지 않게 되었다. 노인네가 바느질할 때 쓰는 돋보기안경이 마지막이었다. 노인네는 안경이 없으면 바느질도 못했다.

"그걸 좀 주세요."

며느리가 말했다.

"이걸 주면 난 무얼 쓰고 바느질을 하나?"

며느리는 대꾸도 없이 시어머니 얼굴에서 안경을 홱 낚아채더니 노인네 등을 탁 때리고는 아들을 데리고 집을 나가 버렸다.

노파는 이제 돈벌이도 못하고 집세도 낼 도리가 없어 한데로 쫓겨났다. 추운 곳에서 한뎃잠을 자면서 다리를 못 쓰게 되었다.

어느 날 친구가 문을 열고 나가려는데 집 문간에서 노파가 잠들어 있더란다. 친구는 노파에게 돈도 집어 주고 위로도 해주었단다. 하지만 다른 데 가서 자라고 했다고 한다. 자기 집 문간에서 죽기라도 하면 손자가 찾아와 억지떼를 쓸까봐 겁이 나서 그랬다는 것이다. 노파의 손자는 불량하고 양심도 없는 망나니로 소문이 났었다. 집에 찾아와서 자기 할머니가 죽었으니까 책임을 지라고 생떼를 부릴까 두려웠던 것이다.

얼마 후 노파는 다리에서 뛰어내렸다. 죽기로 작정한 것이다. 나는 그 여자가 다리 밑에서 몸이 둘로 겹쳐져서 신음하고 있는 것을 보았다. 사람들은 큰 구경거리라도 난 듯 몰려왔다. 하지만 아무도 노파를 구해줄 생각은 않고 멀찌기 떨어져 보고만 있었다. 그때 선교사 부인이 다리 밑으로 내려가 노파를 끌어안았다. 노파의 머리에는 이가 득실득실했다.

선교사 부인은 노파를 자기네 집으로 데려가 상처를 씻어주었다. 노인네는 선교사네 집에서 여러 날을 지내다 죽었다. 선교사들은 자기네들 방식대로 노파에게 무덤까지 마련해 주었다.

딸을 팔다

동냥을 다니는데 하루는 어떤 남자가 말을 걸었다.

"아주머니 성씨가 닝씨 아니오?"

나는 빨리 그 자리를 피하려고 다리를 재게 놀렸다. 지팡이를 소맷자락 깊숙이 넣었다. 거긴 전에 우리가 살던 동네라 여간 조심스러운 게 아니었다. 친정집 식구들을 망신시키고 싶지 않았다.

"닝씨 성 가진 사람으로 류이쓰란 남정네를 아시지요?"

낯선 남자는 따라오며 다시 물었다. 나는 그 사람이 하는 말을 전혀 못 알아듣는 척했다. 그랬더니 남자가 중얼거렸다.

"그 사람이 애를 팔려고 한다는 얘기를 들었는데……"

난 그때만 해도 어렸고 어수룩했다. 세상물정을 몰랐다. 그래서 '어떻게 그럴 수야 있을라구?' 하고 반신반의했다.

그래도 집에 돌아가서 미심쩍어 남편에게 물어보았다. 남편은 그냥 웃어넘겼다.

"내가 그런 농담을 했는지도 모르지. 아마 그 소리를 듣고 그러는 걸 거야."

나는 남편 말을 믿었다.

겨울이 되자 읍내 부자들이 천막을 쳐서 바람막이 방을 만들고 못 사는 사람들에게 죽을 끓여 주었다. 우리는 매일 뜨끈한 죽을 얻어먹으러 그리로 갔다. 남편과 나는 거기서 만나곤 했다. 그 사람은 진야를 데리고 동냥을 다녔고, 나는 만쓰와 함께 다른 구역에서 동냥을 했다.

그날도 급식소에서 남편을 만났는데, 남편은 여느 때와 마찬가지로 "젖 먹여!" 하고 진야를 내밀었다. 그 광경을 지켜보던 급식소의 한 일꾼이 나에게 다가왔다.

"저 사람이 아주머니 남편이오?"

나는 그렇다고 대답했다.

"저 사람, 애기를 팔려고 애를 씁디다. 사람들한테 애기 어머니가 지난 칠월에 세상을 떴다며 애기를 팔려고 안달이던데……"

"그건 구걸하는 핑계로 하는 말이에요."

그렇게 나는 변명 비슷한 말을 했다. 그러나 마음속으로는 남편이 정말로 아이를 팔려고 하는 게 아닌가, 나 혼자만 그런 사실을 모르고 있는 게 아닌가 하고 의심했다.

어느 날 나는 신발을 세 켤레 겹쳐 신어도 발을 다 가릴 수 없다는 것을 알았다. 그 날은 눈이 반쯤 녹아 땅이 질퍽했다.

"당신은 집에 있지? 내가 뭘 좀 얻어올 테니까."

남편이 나섰다. 그는 평소처럼 애기를 안아 들었다.

"집에서 기다려. 먹을 걸 얻어올 테니까."

그는 다시 다짐을 두었다.

나하고 만쓰는 집에서 기다렸다. 하루해가 다 기울고 어둠이 몰려왔다. 남편은 돌아오지 않았다. 공기가 차가웠다. 나는 옷 앞섶을 풀고 만쓰를 옷 속에 품었다. 이웃집의 불빛들이 하나둘씩 꺼졌다. 그래도 남편은 돌아오지 않았다. 나는 어둠 속에 누워 기다렸다. 그해 겨울 우리는 기름 살 돈이 없어 등잔을 켜지 않고 살았다. 야경꾼이 세 번째 도는 소리가 들렸다. 밤이 반쯤 샌 것이다.

이윽고 문 여는 소리가 났다. 잠시 후 문지방에 걸려서 비틀거리는 소리도 들렸다. 남편은 아편에 취한 것이다. 나는 여느 때처럼 그가 애기를 내주며 "자, 애기 받아! 젖 먹여!" 하기를 기다렸다. 하지만 남편은 아무 말이 없었다.

남편이 무언가 묵직한 것을 침대에 던졌다.

"그렇게 내던지면 애기 숨 넘어 가겠어요. 이리 줘요."

남편은 묵묵부답이었다.

"왜 그래요? 애기를 달라니까."

남편은 대답도 무엇도 아닌 외마디 소리만 낼 뿐 애기를 주려는 기색이 없었다. 그러더니 겨우 입을 열었다.

"등잔불 좀 켜! 그럼 애길 해줄 테니."

"이 집에서 언제 불 켜고 산 적 있어요? 당신이 나를 몰라요, 내가 당신을 몰라요? 뭘 하러 불을 켜고 얘기를 하자는 거예요? 자, 어서 얘길 해 봐요."

남편은 성냥을 그었다. 그제야 애기가 없는 것을 알았다. 남편이 내던진 건 고구마 한 보따리였다.

"애를 팔았어."

난 자리에서 펄쩍 뛰었다. 만스 생각도 나지 않았다. 다짜고짜 남편의 변발을 낚아채서 내 팔뚝에다 세 번을 감았다. 그리고 죽기 살기로 싸웠다. 남편과 엉켜서 바닥에 뒹굴었다. 이웃 사람들이 와서 말렸다.

"아직 이 고장을 뜨지만 않았으면 애기를 찾을 수 있어. 걱정 마. 애를 산 놈을 잡을 수 있으니."

이웃 사람들과 애를 찾으러 나섰다. 밤새도록 찾아 헤맸다. 북문을 갔다가 남쪽을 갔다가 다시 과장 건물이 있는 곳까지 되돌아 왔다. 성내를 한 바퀴 돈 것이다. 팔에는 여전히 남편의 변발이 감겨 있었다. 남편은 도망칠래야 도망칠 수 없었다.

드디어 한 집을 알아냈다. 애 아버지에게 문을 두드리게 했다. 남자 몇이 문간으로 나왔다. 그 집은 계집애들을 사다가 다른 지방의 사창굴에 팔아넘기는 뚜쟁이들의 소굴이었다. 이런 일은 불법이었고 들키면 감옥에 가 처벌을 받았다. 뚜쟁이들은 내가 떠들어댈까 봐 세게 나오지 못했다. 큰 소리로 울기라도 하면 사람들이 당장 우르르 몰려나올 것이었다. 그래서 나를 달래려 했다. 같이 간 이웃들이 한 남자를 가리켰다.

"저 사람 약속은 지키는 사람이야. 저 사람을 잡았으니 이젠 애를 찾은 거나 다름없어."

하지만 딸은 그 집에 없었다.

"애 있는 데로 갑시다."

나는 약속을 지킨다는 그 남자에게 말했다. 그 사람은 그러마고 했다. 그래서 그 사내를 앞세우고 다시 밤거리를 걷기 시작했다. 어두워서 더듬거리며 이거리 저거리 계속 걸었다. 이웃 하나가 내게 귀띔을 해줬다.

"무엇 하러 바깥양반을 지금까지 붙잡고 다녀? 인제 아무 쓸모없어. 놔줘 버리고 이젠 저 사람을 붙들어. 도망치지 못하게. 애 있는 델 아는 건 저 사람이니까."

난 그때까지도 남편의 머리채를 틀어쥐고 있었다. 그 말을 듣자 얼른 남편의 변발을 풀고 한걸음에 달려들어 그 남자의 변발을 움켜잡았다. 그 사람은 왜 이러느냐고 물었다.

"도망치지 못하게 하려고 그래요, 왜! 당신을 놓치면 딸을 못 찾을 테니까!"

남편은 어느 새 어둠 속으로 사라져 버렸다. 그렇게 얼마를 걸어 일행은 작은 골목 어귀에 도달했다.

"모두 여기서 기다려요. 내가 들어가서 데려올 테니."

남자가 말했다.

"천만에!"

나는 딱 잘라 말했다.

"당신이 가면 나도 가는 거요. 도대체 내가 못 들어갈 데가 어딨어요?"

그러자 뚜쟁이는 지금 들어가는 집은 점잖은 가정집이라고 했다.

"점잖은 가정집이라고? 그럼 더 잘 됐네. 남자인 당신이 들어갈 수 있는 집이라면 여자인 내가 못 들어갈 까닭이 없겠구먼. 혼자 사는 남자 소굴이라고 해도 상관없어. 자식 찾으러 나선 년이 무서울 게 뭐 있어요?"

나는 사내의 변발을 걸머쥔 채 좁은 골목 안으로 따라들어갔다. 사내는 한 집 앞에 멈춰 서더니 대문을 두드렸다. 문을 연 남자는 누가 들어올까 봐 문짝 두 개를 양팔로 버텨 잡고서 내다보았다. 나는 재빨리 그 사람 팔 밑으로 빠져들어갔다. 그 사람도 미처 나를 잡지 못했다. 나는 대문에서 안으로 난 통로를 쏜살같이 지나 마당으로 뛰어들었다. 이리저리 뛰어다니며 딸 이름을 큰 소리로 불렀다.

"진야, 진야!"

어디선가 딸이 내 목소리를 듣고는 대답했다. 딸을 찾은 것이다. 그 집 여자가 애를 감추려고 넓은 소맷자락을 들어 방문을 가렸다. 나는 그 여자를 밀치고 뛰어들어가 딸을 품에 안았다. 남자가 문을 막고 서서 못 나간다고 을러댔다.

"그럼 난 여기서 살겠소. 애기를 찾았으니까. 애기를 안고 여기 있다 죽으면 그만이야."

그리고는 아이를 품에 껴안은 채 마룻바닥에 퍼져 앉았다.

이웃 사람들이 몰려와 이집 사람들과 담판을 시작했다. 엄마의 허락 없이는 애를 팔 수 없다고 했다. 그집 사람들은 우리 남편이 내가 허락을 안한다고 해서 몸값을 오백 냥이나 더 냈다고 떠들어 댔다. 처음에 그들은 삼천 냥을 주었다가 오백 냥을 더 얹어 주었다는 것이다. 남편은 딸을 고작 삼천오백 냥에 팔아먹은 것이다.

그집 사람들은 나를 겁주려고 들었다. 나하고 딸을 싸잡아 팔아서 돈을 되찾겠다고 협박했다. 나는 그때만 해도 젊었다.

그때서야 나는 만쓰 생각이 났다.

"그건 안 돼요. 집에 애가 또 하나 있어요. 난 그애한테 가야 해요."

이웃 사람들도 거들고 나섰다. 뚜쟁이들은 돈을 찾아야 한다고 아우성이었다. 양쪽에서 옥신각신 실랑이가 벌어졌다. 그러다 뚜쟁이 쪽에서 한 발 물러서면서 말했다.

"그럼 우리가 가서 돈을 찾아 올 테니 그때까지 여기서 기다리라구."

하지만 결국 다 같이 우리 집을 향해 떠났다. 나는 애기를 안고 걸었고 뚜쟁이들은 돈을 받아내려고 뒤따라왔다. 이웃 사람 중에 머리가 빨리 돌아가는 이가 말했다.

"오늘 밤은 유난히 쌀쌀하군. 아직도 집이 먼데 말이야. 너무 많이 걸어서 피곤할 거야. 나한테 애기를 맡기라구."

나는 괜찮다고 했다. 피곤하지도 않고 기운도 있으니까 애기는 내가 안고 가겠다고. 그렇지만 그 여자는 같은 소리를 되풀이했다.

"내 웃옷이 당신 것보다 큼직하지 않소? 내 옷 속에 넣어서 안고 가면 애기도 찬바람을 덜 쐴 거야."

그래서 그 여자한테 애기를 내주었다. 그이는 앞장서서 걷기 시작했다. 그리곤 곧 어둠 속으로 사라져 버렸다. 뚜쟁이들이 비추는 불빛이 닿는 데까지 다 둘러봐도 그이는 보이지 않았다.

집에 도착해 보니 그 여자는 애기를 데리고 먼저 와 있었다. 아편쟁이 남편은 집에 없었다. 이 여자는 남편이 벌써 애기 판 돈을 다 써 버렸다는 것을 알고는 남편에게 도망치라고 미리 알렸던 것이다. 만약에 남편이 집에 있다 뚜쟁이들에게 붙들렸으면 몰매를 맞았을 게 뻔했다. 그 여자 때문에 남편도 애기도 무사할 수 있었다.

그 일이 있고 남편은 며칠이 지나서야 돌아왔다. 돌아와서 한다는 말이 참 가관이었다. 캉 위에서 무릎에 얼굴을 파묻고 맥없이 앉아 있다가 갑자기 고개를 번쩍 쳐들고는 호통을 쳤다.

"이것 봐! 어떻게 좀 해보지? 먹을 걸 구할 생각 좀 해보란 말이야!"

나는 어이가 없어 쏘아주었다.

"당신은 그래, 돌아와서 한다는 말이 고작 그거예요? 미안하단 말 한마디 없어요? 나보고 뭘 어쩌란 말예요? 친정에도 돈 없는 게 뻔하고 아는 사람도 없는데."

남편은 다시는 애기를 팔지 않겠다고 약속했고 나도 그 말을 믿었다.

이웃 사람들은 남편과 헤어지라고들 부추겼다. 다른 사내를 따라가 살든지 차라리 도둑이나 창부가 돼 버리라는 것이었다. 하지만 우리 부모는 내게 다른 건 아무것도 물려주지 못했지만 적어도 명예를 소중히 하는 것만은 잘 가르쳐주었다. 나는 가문의 명예를 더럽힐 수 없었다.

나는 남편을 떠나지 않았다. 구걸도 하고 공중 급식소에 가서 죽을 얻어먹기도 하며 또 한 해를 넘겼다.

애 아버지는 한동안 얌전했다. 이제는 혼이 좀 나서 나아질라나 보다 생각했다. 그러던 어느 날 그자는 또다시 애를 팔아먹었다. 이번에는 애를 영영 놓치고 말았다.

그자가 두 번째로 내다 팔았을 때 내 어린 딸은 네 살이었다. 그날 남편이 애 없이 돌아왔을 때 그자가 무슨 일을 저질렀는지 곧 알아차렸다. 나는 목을 매어 자살하겠다고 했다. 그리고 만쓰도 목매어 죽이겠다고. 그애하고 나하고 같이 죽어버리겠다고 말이다. 나는 너무도 괴롭고 노엽고 가슴이 찢어져 땅바닥에 데굴데굴 굴렀다. 그자는 겁을 집어먹고 죽을 필요는 없다고 하며 애를 판 집으로 나를 데리고 갔다.

처를 둘씩이나 거느린 관리의 집이었다. 큰 마누라는 자식을 많이 낳았지만, 작은 마누라에겐 애가 하나도 없었다. 이 여자는 창부 노릇을 하던 여자였지만, 마음이 착했고 이제는 얌전한 가정부인이 되어 있었다. 이 여자가 우리 딸을 산 것이다. 작은 마누라가 마당으로 나오더니 좋은 말로 구슬리기 시작했다.

"어떻게 구걸을 해서 애기를 둘씩이나 기를 수 있겠어요? 댁의 남편은 쓸모없는 사내인 게 뻔한데. 댁에서도 그건 알고 있을 테지만. 난 댁의 딸을 종으로 삼으려는 게 아니라 내 딸로 키우려는 겁니다. 아이한테도 나하고 있는 것이 더 낫지 않겠어요? 도루 데려가더라도 애 아버지는 또 내다 팔 텐데. 나한테 애기를 맡기더라도 보고 싶을 때 언제라도 와서 봐도 되구요."

그 여자의 말이 맞다고 생각했다. 그래서 애를 맡기고 돌아왔다.

남편은 처음 애를 팔았을 때 삼천오백 냥을 받았었다. 두 번째는 얼마를 받았는지도 모르겠다.

나는 여러 번 딸을 보러 갔다. 그리고 그 집 사람들이 애를 잘 돌보고 있다는 것을 확인했다.

아이가 일곱 살쯤 됐을 때 그 집은 봉래를 떠나 다른 곳으로 이사를 갔다. 그 후 내 손녀딸이 처녀가 될 때까지 아무 소식도 못 들었다. 그러다가 그 집에서 우리 딸에게 약속대로 잘 해주고 있다는 것을 전해 들어 알게 되었다.

그 집에서는 내내 우리 애를 자기네 딸처럼 키워주었다. 아녀자가 지켜야 할 행실들을 잘 가르쳐서 과일 가게를 하는 젊은이에게 시집보내주었던 것이다. 그애는 그 집에 가서 호강도 하고 귀염도 받고 자랐다. 혼숫감도 잘해 받았다. 그러나 나는 그애를 다시는 보지 못했다.

남편이 두 번째로 딸을 팔았던 날 나는 그자를 떠났다. 만쓰를 데리고 집을 나와 버렸다. 남편에게 이제부터 당신은 당신대로, 나는 나대로 인생을 사는 거라고 말했다. 그는 내가 세 든 집에 살고 있었지만, 나는 그곳으로 돌아가지 않았다. 집세 내는 날짜가 다 되었을 때도 그냥 내버려 두었다. 어디 가서 살든 상관 않기로 했다.

남편은 이 아편굴 저 아편굴을 전전하며 지냈다. 나는 만쓰에게 아버지가 보이면 무조건 도망치라고 일렀다. 그애마저 팔까봐 겁이 났다. 절대로 남편한테 돌아가서는 안 된다고 결심했다.

나는 만쓰의 손을 잡고 구걸을 다녔다. 알고 보면 거지 인생도 그리 나쁘진 않다. 지켜야 할 체면도, 남 눈치 볼 일도 없다. 오늘은 음식이 부족하지만 내일은 어쩌면 배불리 먹을 수도 있다. 그 날 구걸한 것을 그 날 먹으면 그만이다.

거리의 풍물을 공짜로 구경하고, 절에서 잔치를 열 때도 공짜로 들어갈 수 있다. 구경거리를 찾아 밀려드는 군중들, 끝에 작은 깃발이 달린 막대 사탕, 공중에 무지개를 그리며 돌아가는 떠들썩한 회전목마, 사당 앞 향불 냄새와 타오르는 불길. 이런 풍경들을 나는 자유로이 만끽하며 다녔다.

노천 무대에선 연극이 공연되곤 했다. 대갓집 마나님도 거지 여자만큼 무대 가까이에 가서 볼 수 없었다. 마나님들은 체면을 지켜야 하기 때문에 벽을 막은 수레 속에 앉아서 가까스로 구경을 해야 했다. 그것도 아니면 차를 파는 임시 점포 앞에 모여 선 사람들 뒤에서 먼발치로 바라보는 것이 고작이었다.

거지 여자 말고는 어떤 여자도 화려한 예복 차림을 한 지현님의 행차를 마음껏 구경할 수 없었다. 그분은 경사스러운 날이면 성내의 각 사당을 찾아다니며 제사를 지냈고, 나는 그런 광경을 유감없이 구경할 수 있었다.

점심때가 되면 거지들은 급식소로 모여들었다. 장안의 거지란 거지는 모두 만날 수 있었다. 이곳에는 자연스럽고 인간적인 어울림이 있었다. 따뜻한 죽을 같이 먹으며 농담을 주고받기도 했다. 가까이에 다른 사람의 호흡을 느낄 수 있다는 것은 위안이 되는 일이다. 앞날을 향한 희망이나 기대도 없었지만 걱정도 없는 인생이었다. "2년 동안 거지 노릇을 하고 나면 지현님하고도 자리를 바꾸지 않는다."는 옛 속담 그대로였다.

하지만 난 거지 노릇을 그만두기로 했다. 1년 동안 구걸을 하면서 나는 내 집에서 살았다. 남편이 둘째 애를 팔고, 이제 나는 더이상 내 집에서 살 수가 없었다. 이제 '밖으로' 나와야 했다. 우리 집 여자 중에서 아무도 '밖으로' 나왔던 일이 없었다. 그러나 이젠 그렇게 하는 도리밖에 없었다.

2부 남의 집 살이

무관집에서

나는 만쓰를 데리고 읍내 부자들이 가난한 사람들에게 죽을 끓여 주는 절로 갔다. 거지들뿐만 아니라 가난한 사람들을 이용해서 돈벌이를 하는 사람들도 그리로 모여들었다. 애를 팔고 사기도 했는데, 남편이 우리 둘째를 판 곳도 거기였다. 중매쟁이라든가 식모를 구하는 사람들도 일단 그리로 모였다. 나는 거기서 한 무관집에서 집안일 할 사람을 구한다는 얘기를 듣고 그 집 식모로 들어갔다.

집을 나간 것은 섣달 열이렛날이었다. 스무사흗날에 내 딸은 천연두를 앓기 시작했다. 그건 하늘이 내린 병이니 어찌해볼 도리가 없었다.

주인에게는 자식이 넷 있었다. 맏아들은 다 장성했고, 열다섯 살 먹은 딸과 열두 살 되는 아들 그리고 우리 애와 동갑내기 딸이 또 하나 있었다.

만쓰는 무척 심하게 앓았다. 식모의 몸으로 이 집에 살면서 딸년 병구완을 제대로 할 수 없다고 생각했다.

나는 마님을 찾아갔다.

"여길 나가야겠어요."

마님은 극구 말렸다.

"어디로 갈 건데? 아이를 따뜻하게 해주려면 캉을 덥힐 솔가지가 있어야 하고, 뭐래도 먹이려면 밀가루가 있어야 하잖아? 내가 주인 어른께 말씀드려 볼게."

이 여자는 주인의 후처였다. 아이들에게는 계모였다. 이 집 아이들은 자기 자식이 아니어서 아이들 문제만큼은 마님이 마음대로 못했다. 그러나 밑에 있는 사람들의 아이들한테는 여간 자상한 게 아니었다.

나는 주인 앞으로 불려갔다.

"자네가 나가겠다고 했다면서?"

"달리 도리가 있어야죠."

"어디 기다려 보자고."

"그러다 아이의 병이 더할지도 모르는 걸요."

"그렇게 되면 그때 가서 또 무슨 방법을 찾아보면 될 거 아냐? 우리 집에 방이 없어 걱정인가, 마당이 모자라 걱정인가?"

주인어른은 나가지 말라고 붙잡았다. 나하고 아이에게는 마당 한 구석에 떨어져 있는 방을 쓰게 해줬다.

주인은 아랫사람에게 붉은 명함을 들려서 의원을 부르러 보냈다.

하인은 주인의 명함을 높이 치켜들고 뛰어갔다. 애 얼굴은 온통 종기로 덮이고, 벌써부터 고약한 냄새가 나기 시작했다. 의원은 아이의 맥을 짚어 보고는 처방을 내렸다.

"한 가지 방법밖에 없습니다. 잉어를 먹여야 합니다."

다른 건 다 소용없고 잉어를 먹어야만 움푹 꺼진 딸의 눈이 살아난다는 것이다. 주인은 다시 하인에게 명함을 들려서 내보냈다. 그는 이 관아에서 저 관아로 뛰어다녔다. 드디어 지사의 관아에서 신년 선물로 들어온 잉어를 찾아냈다. 하인은 잉어를 요리해 국을 끓여 들고 와서는 만쓰를 팔에 안고 떠 먹였다. 딸애한테서 고약한 냄새가 나는데도 주인집 딸이 아픈 애 손을 잡아주었다. 이렇게 해서 만쓰는 병이 나았다.

나는 거의 여섯 해를 그 집에서 살았다. 주인 내외는 무척 친절했다. 주인은 곧잘 이렇게 말하곤 했다.

"왜 자네들은 캉에 불을 안 떼지?"

나는 애들 옷을 꿰매느라 바빠서 불을 땐다든지 할 틈이 없었다.

어느 날 이 집 큰 딸이 쫓아왔다.

"저것 봐요. 아버지가 아줌마 방에 불을 때주시려나봐요."

그분은 털이 든 비단 웃옷자락을 걷어붙이고 솔가지 한 아름을 안고 내 방의 캉 아궁이로 가고 있었다. 주인이 나를 위해 불을 때주려는 것이 분명했다. 나는 급히 뛰어나가며 소리쳤다.

"송구스러워 안 됩니다."

나는 그분 팔에서 나뭇단을 빼어들었다.

어린 두 아이의 옷을 바느질하는 것과 열 사람 분의 밥을 짓는 게 내 일이었다. 빨래도 내 책임이었다. 일하는 사람들한테도 잘 보이려고 그 사람들 빨래까지 해주었다.

어느 날 어떻게 알았는지 애 아버지가 찾아왔다. 그러나 대문을 지키는 남자들이 들어오지 못하게 막았다. 남자들은 그런 사람 모른다고 시치미를 뗐다. 남편은 나를 만날 수 없었다. 그는 대문 앞에 주저앉아 내 이름을 크게 불렀다. 나는 무서워서 제일 깊은 구석에 가서 숨어 있었다. 그 후로도 남편은 종종 나를 찾아왔다. 올 때마다 대문 앞에서 고래고래 소리를 질렀고, 대문을 지키는 남자들도 그런 사람 없다며 나를 보호해주었다. 나 역시 남편을 외면했다. 남편에게 절대 돌아가면 안 된다고, 그저 각자의 인생이 있는 거라고 다짐하고 다짐했다.

우리 주인은 소령이었다. 사령관인 왕 장군이 교외로 출장을 나간 동안은 우리 주인이 그분 대신 사령관 노릇을 했다. 그럴 때는 식사 때 풍악이 울렸다. 나팔과 바라가 주인이 집에 도착하는 것을 알렸고, 음식이 바뀔 때마다 그때그때 알맞은 곡이 울려 퍼졌다.

적어도 한 달에 두 번 주인은 예복을 차려 입고 다른 관리들과 함께 제사를 올렸다. 그럴 때면 참 근사했다. 화려하게 수놓은 웃옷의 가슴과 등에는 네모난 장식들이 번쩍거렸다. 옷자락에는 단에 맞추어 둘러가며 파도 무늬가 수놓아져 있었고, 모자에는 새빨간 술이 드리워져 있었다.

그러나 우리 주인이 정말로 멋지게 보인 때는 무관의 정장을 했을 때다. 그분은 부하들의 승급심사를 하는 자리나 귀빈을 영접하러 삼 리 밖에까지 나갈 때 그런 차림을 했다. 어깨가 굉장히 넓은 갑옷과 화려한 수를 놓은 가슴바대, 그리고 긴 투구, 정말로 멋지고 훌륭했다.

그분은 내가 아는 어떤 사람보다도 활을 잘 쏘고 칼을 잘 썼다. 기술뿐 아니라 맵시도 아주 좋았다. 예순을 넘긴 나이임에도 동작이 민첩했다. 얼굴은 불그스레하고 풍채 또한 대단했다.

주인은 뼈대 있는 집안 출신이 아니었다. 어렸을 때는 돼지치기를 했고, 커서는 군인으로 들어가 병졸 노릇을 했다. 글은 읽을 줄도 쓸 줄도 몰라 대신 하인이 읽어줘야 했다. 계산도 잘 할 줄 몰랐다. 마님도 마찬가지여서 하인이 장부 정리를 도맡아했다.

마님은 주인의 본처가 아니었다. 그 여자는 남편보다 정확히 서른여섯 살이 아래였다. 내가 식모로 들어가던 해에 마님은 스물여덟 살이었다. 주인어른과 결혼한 지 오 년인가 육 년쯤 되었을 때다. 본처가 죽은 후 후처로 들어온 건데, 사람들 얘기로는 결혼하기 전부터 주인어른과 알고 지냈다고 한다.

마님은 아편굴에서 나온 여자였다. 그러나 우리한텐 좋은 주인이었고, 아이들에겐 좋은 엄마였다. 성질이 급해서 걸핏하면 욕설을 퍼붓곤 했지만, 바탕은 좋은 여자였다.

주인은 나이가 들어선지 일하기를 싫어하고 놀음을 좋아했다. 놀음이라고 하지만 푼돈밖에 나오지 않는 돈내기였다.

집에 손님이 없을 때면 부관들이나 하급 장교들을 불러 놀음을 했다. 비나 눈이 많이 와 부하들까지 오지 않을 때는 하녀와 계집종들을 불러들여 같이 놀자고 했다.

"어서들 들어오너라. 한판 벌여볼까. 네 사람이 있어야 상에 빈자리가 안 생기지."

우리는 주인 방에 가서 놀았다. 친구처럼 상에 둘러앉아 함께 노는 것이다. 그러다가도 누가 오기라도 하면 우리는 곧 하인으로 돌아가 주인과 손님을 모셨다.

밥을 먹는 중인데도 주인이 부를 때가 있다. 그럴 때 우리는 "지금 밥 먹고 있으니까 기다리세요!" 하고 소리친다. 그러면 "빨리들 먹고 와!" 하고 재촉하곤 했다. 어떤 땐 "아직 설거지가 덜 끝났어요." 하고 소리치면 "내버려 둬. 나중에 하고 어서들 와!" 하고 조바심을 치는 것이다. 당연히 요리사와 부엌 심부름꾼은 싫어하는 기색을 보였다. 놀고 나서도 어차피 할 일은 해야 했으니까. 그래도 우리는 누가 뭐래도 가서 놀았다.

어느 날 주인은 마당에서 햇빛을 쬐고 있었다. 꽃과 나무가 무성한 아름다운 정원이었다. 목수며 미장이 같은 사람들이 들락날락하며 집수리를 하는 중이었다. 요리사는 채소를 다듬고 하녀들도 각자 제 할 일을 했다.

안방 쪽에서 주인집 두 딸이 발 묶기를 받고 있었다. 안주인이 두 딸의 발을 묶는 참이었다. 발을 더운 물에 담갔다가 젖은 붕대로 꽁꽁 묶는데 아프다고 비명을 질렀다. 딸들이 지르는 비명이 마당에서 쉬고 있는 아버지를 심란하게 했던 모양이다. 주인어른이 갑자기 땅에 침을 탁 뱉고는 욕을 했다.

"행실 나쁜 계집의 딸년 같으니라고. 뒈져 버려라!"

아이들한테 한 말처럼 보였지만 마님은 자기 들으라고 하는 소리라는 걸 알아차렸다. 나는 그때 옆방에서 밀가루를 체치고 있었는데 창이 열려 있어서 모든 걸 볼 수 있었다. 마님은 그 작은 발로 종종걸음 쳐 대야를 들고 밖으로 나왔다. 나는 물을 비우려고 들고 나온 줄 알고 가서 받으려고 했다. 하지만 마님은 나를 거들떠보지도 않은 채 대야를 들고 주인이 앉아 있는 곳으로 갔다.

"당신 집에 행실 나쁜 계집년이 있지! 그리고 당신은 그 계집이 죽기를 바라지!"

그러더니 들고 있던 질그릇 대야를 주인 발밑에 내동댕이쳤다. 대야는 요란한 소리를 내며 박살이 났다. 물이 튕겨 나가고 발 묶는 긴 헝겊이 바람에 나팔거렸다. 발 묶는 헝겊은 여자에게 속옷과 같은 것이었다. 외간 남자에겐 보여선 안 되는 것이었다.

우리는 우스워 죽을 지경이었지만 감히 소리 내어 웃질 못했다.

주인은 어찌나 화가 났던지 목덜미까지 시뻘게졌다. 평범한 부부였더라면 대판 싸움이 났을 거다. 하지만 주인은 높은 지위에 있는 사람이었고, 또 하인들이 죄다 보고 있었기 때문에 마님을 때리거나 욕하지 못했다. 그렇지만 화를 그냥 삭이지는 못하겠던 모양이었다.

주인은 벌떡 일어나더니 회초리를 잡아들고 개들을 마구 때리기 시작했다. 개들은 놀라서 이리저리 뛰었다. 덩달아 놀란 닭들이 도망치는 바람에 거위까지 놀라서 푸드덕 푸드덕 야단이 났다. 정말 눈 깜짝할 사이에 집안이 온통 난리법석이었다. 개 세 마리, 닭 스무 마리 그리고 거위 다섯 마리가 집안 여기저기를 헤집고 다녔다. 한참 동안 정원은 개 짖는 소리, 닭과 거위가 꽥꽥대는 소리, 그리고 하인들의 웃음소리로 떠나갈 듯했다. 우리는 배꼽을 잡고 실컷 웃었다. 이젠 마음 놓고 웃어도 상관없었다.

주인 내외는 하인들한테 정말 잘해주었다. 우린 나이도 어린데다가 뒤퉁스러웠다. 어떤 집에서는 나이 어린 하인들을 두지 않으려 한다. 나이 든 사람만치 일을 잘 못하기 때문이다. 그렇지만 우리 주인집엔 나이 어린 하인들이 많았다.

어느 해 설엔 끈적끈적한 좁쌀떡을 만들었다. 좁쌀 한 말이 솥에서 지글지글 끓고 있었다. 우리는 밤에도 자지 않고 계속 일했다. 설날에 먹을 음식을 장만하느라 잘 시간이 없었다.

요리사는 지쳐서 부엌의 캉에 누웠다가 잠이 들었다. 나도 너무 졸리고 고단해서 부엌의 상 위에 머리를 얹고 엎드려 있다가 그만 잠이 들었다. 부엌 심부름꾼 왕씨 역시 난로의 벽돌 받침 벽에 기대서 꾸벅꾸벅 졸기 시작했다. 깜짝깜짝 잠이 깰 때마다 왕씨는 나무가 다 탔나 보고 솔가지를 밀어 넣었다. 그러다가 나중엔 눈이 떠질 때마다 덮어놓고 솔가지를 쑤셔 넣었던 모양이다. 캉 위에 깔린 이부자리에 불이 붙었다. 캉을 덮고 있던 두꺼운 융 깔개에 큰 구멍이 뚫렸다. 이불도 타 버렸다. 솥에 들어 있던 음식도 완전히 못쓰게 된 건 물론이다. 먹을 만한 거라곤 한 그릇도 남지 않았다.

마님은 몹시 야단을 쳤다. 우리보고 쓰잘머리 없는 철부지들이라고 욕을 퍼부었다. 주인은 “내버려 둬. 아, 글쎄 내버려 두라니깐.” 하며 말렸다.

하루 저녁은 주인어른이 평소보다 밤 아편 피우는 일이 길었다. 나는 마당으로 나가는 대청 문을 잠글 때까지 잘 수가 없었다. 식구들 모두가 잠든 다음 빗장을 지르는 것이 내 일이었다.

아주 무더운 밤이었다. 젊은 마님은 나와 아이들이 자는 방에서 바느질을 했다. 마님은 내가 퍽 피곤해 보였던 모양이었다.

“누워 자지 그래. 모두 자러 들어가면 내가 깨워줄게. 빗장은 이따가 한숨 자고 질러도 되니까. 어서 누우라구.”

웃옷을 벗고 바지바람으로 드러누웠다. 그런데 주인어른은 마음이 좋은 분이라 나를 깨우는 대신 들어오면서 손수 빗장을 질렀다. 나는 빗장 지르는 소리에 후딱 잠이 깼다. 자리에서 벌떡 일어나 빗장을 질러야겠다고 중얼거리며 캉에서 내려섰다. 졸음에 취해서 아침이면 하는 버릇대로 벼룩을 털려고 바지를 벗었다. 바지를 팔에 걸친 채 어슬렁어슬렁 걸어나가기 시작했다. 마님이 놀라 내 팔을 붙들며 고함을 질렀다.

“그런 꼴을 하고 어딜 나가? 정신 차려!”

마님은 나를 참 아슬아슬한 찰나에 구해주었다. 마님이 말리지 않았더라면 얼떨결에 벌거벗고 주인어른 앞으로 뛰어나갈 뻔했다. 내가 정신이 들자 모두들 한바탕 실컷 웃었다.

내가 그 집에 있을 때 그 집 맏아들이 장가를 들었다. 나는 신부를 데리러 가는 시중드는 여자로 뽑혀 신부 집으로 갔다.

가마 네 대가 앞서갔다. 하나는 신랑이, 하나는 신부가 탈, 또 하나는 신부를 데리고 올 시집의 여자 식구, 나머지 한 대는 신부 쪽 여자 친척을 위한 것이었다. 뒤로는 당나귀가 끄는 수레가 시중드는 하녀들을 싣고 따라갔는데, 내가 거기 낀 것이다.

신랑은 허리에서 어깨 너머로 붉은 띠를 두르고 신부집으로 들어갔다. 그리고 나올 때는 띠를 하나 더 두르고 나왔다. 우리는 신부를 집으로 데리고 왔다.

신부는 다른 현에서 지사를 지낸 어른의 딸이었다. 지사로 재직하는 동안 부인이 계집종을 때려죽이는 바람에 공직에서 쫓겨나 낙향한 사람이었다. 살림이 몹시 구차했지만 벼슬하지 않는 집에는 딸을 주려고 하지 않았다. 그런데 또 벼슬하는 집에서는 며느리로 데려가려 하지 않았다. 그래서 우리 주인집에 딸을 준 것이다. 옛날 같으면 지체도 그다지 높지 않은 무관인 우리 주인이 지사 자리를 지낸 문관의 딸을 며느리로 맞는다는 건 생각할 수 없는 일이었다.

양가의 여자 친척들이 각시를 집으로 데리고 들어와 캉 위에 올려 앉힌 다음 각시가 입고 있던 옷을 벗기고 따로 준비해둔 옷을 입혔다. 각시는 앉혀놓은 대로 침대 위에 다소곳이 있었다. 참 고왔다.

관가의 손님들이 흥을 돋우러 몰려 들어왔다. 두어 시간 동안이나 이들은 신부를 놀리고 떠들며 놀았다. 관리고 선비고 간에 그런 일에 있어서는 보통 사람들과 다를 게 없었다.

밤이 되자 하인들이 있는 아래채에서는 소위 '엿듣기'를 할 채비를 했다. 나이 많은 이들은 첫날밤 식구들이 신방에서 새어나오는 얘기를 듣지 않으면 악귀들이 와서 엿듣는다고 했다. 엿듣기는 보통 신랑의 친형제나 사촌들이 하는 것이 상례였다. 그렇지만 우리 주인집에는 그런 것을 할 만한 사람이 없어 하인들이 대신하게 되었다.

하인 중에서 세 사람이 뽑혔다. 우리는 신방 창문으로 살금살금 다가갔다. 신랑 신부가 주고받는 말을 엿듣고 눈치껏 신방 동정을 들여다보는 것이다. 우리는 발자국 소리가 날까 봐 겁이 나 조심조심 걸었다. 발을 높이 치켜들고 두 손으로 들어 내리듯 하며 소리를 안 내려 버둥거렸다. 그런 꼴이 우스워 웃음이 나오는 걸 억지로 참느라 무진 애를 썼다.

나는 웃음이 새나오지 않도록 옷소매로 입을 틀어막았다. 그랬더니 허덕이는 소리 같기도 하고 웃음소리 같기도 한 이상한 신음소리가 새어나왔다. 조용히 하려다가 오히려 더 소란을 피워서 방안에서 하는 얘기를 한마디도 못 들었다. 창에 발린 창호지는 형편없이 찢어졌다. 우리는 구멍만 수없이 뚫어놓은 채 아무것도 보지 못했다.

시집온 새댁은 편한 걸 좋아하는 여편네였다. 두꺼운 깔개 위에 누워서 하루 종일 아편을 피웠다. 결혼하기 전부터 아편을 피운 중독자였다. 남편인 젊은 주인도 마찬가지였다. 그때는 아편을 조금씩은 다 했다. 그러나 새로 들어온 이 집 며느리는 보통이 넘었다. 하루 종일 누워서 우리한테 별별 심부름을 다 시켰다. 까다로운 여자였다. 무엇이고 최고라야 만족했다.

후에 우리 늙은 주인이 고향으로 돌아가고 아들은 자기 상관을 따라 남쪽으로 떠나자 이 여자는 몹시 궁한 처지에 놓이게 되었다. 아편을 구하느라고 천한 여자들처럼 길거리를 헤매고 다녔다. 그 여자는 아편을 끊지 못했다. 두 아들을 남의 집 하인으로 들여보내면서까지 아편을 계속 피웠다.

혼인을 했는데도 젊은 주인은 기생하고 지내기를 즐겼다. 새댁도 그걸 상관 안 했다. 오히려 장려하는 듯했다.

어느 날 저녁 젊은 주인은 기생 하나를 안마당까지 끌어들여 그네를 타게 했다. 나는 그때 마님의 방에 있었다. 그래 마님에게 말했다.

"저것 좀 보세요. 기생이 와서 그네를 타고 있다니까요."

마님은 그 여자를 안방으로 불러들였다. 안방에는 안락의자가 있었지만 마님은 등 없는 의자를 가리키며 그리로 앉으라고 했다. 여자는 이르는 대로 가서 앉았다. 시어머니의 체면을 보아 약간 뜸을 들이던 새댁이 여자에게 안락의자로 옮겨 앉으라고 했다. 이제 내가 차를 대접할 차례였다. 그러나 마님이 지시를 내리지 않아 차를 돌리지 않았다. 그러자 젊은 주인이 일어나서 차를 돌렸다. 여자에게도 주었다. 여자는 차 마시기 전 관습에 따라 찻잔을 방에 있는 사람들에게 차례차례 권했다. 우선 마님과 새댁에게, 그 다음은 젊은 주인에게. 그리고는 아마 나한테도 권했던 모양이다. 젊은 주인이 갑자기 버럭 성을 냈다.

"이 집에선 하녀가 주인보다 높군. 손님이 권하는 차를 거절하다니!"

나는 그 여자가 내게 차를 권한 걸 전혀 몰랐다. 기대하지도 않았고. 그래서 그쪽을 보지도 않았던 것이다. 젊은 주인이 자기 계모와 싸우려고 괜히 나를 트집 잡은 것이다.

그 일이 있고 얼마 지나지 않아 젊은 주인이 또 싸움을 걸어왔다. 빨래를 널고 있는데 다짜고짜 내게 욕을 해댔다.

"야, 썩은 달걀! 저리 굴러가 버려!"

아무리 하인의 신분이었지만 이런 말은 참을 수 없는 모욕이었다.

마님이 내 편을 들고 나서서 아들에게 왜 나를 보고 썩은 달걀이라고, 굴러가 버리라고 했냐고 따졌다. 결국은 세 사람의 싸움이 되었다. 싸움은 밤새껏 이어졌다. 주인어른은 감히 안으로 들어오지 못했다. 하지만 끝내 젊은 주인의 사과를 받아냈다.

싸움은 일단락되었지만, 그 후로 오히려 마님과의 사이가 점점 벌어졌다. 내가 그 집에서 지낸 오 년이라는 긴 세월 동안 마님은 한결같이 나한테 잘해주었지만, 내 성미가 사납다는 얘기를 자주 했다.

하루는 마님이 몹시 화가 나서 내게 욕설을 퍼부었다. 나도 악담을 하며 대들었다.

"마님이야 주인이지만 저는 고작 하인이잖아요? 출신부터가 비교가 안 되지요."

이렇게 빈정거리자 마님은 머리끝까지 화가 났다. 그 날 마님과 대판 싸웠다.

"계산을 하십시다."

그리고 내 대신 일할 사람을 구하라고, 난 이 집을 나가겠다고 말했다.

"좋은 데가 있거든 가라구, 가."

"잘 데가 없으면 동냥을 하지요."

나는 그 길로 그 집을 떠났다.

그 때가 오월이었는데 나는 팔월에 다시 돌아갔다. 주인어른이 나를 보고 물었다.

"어떻게 지내지?"

"여전하죠, 뭐."

"돌아오지 그래. 월급을 올려줄 테니까. 우리가 돈을 너무 적게 줬나 봐. 옷도 사 입지 못했으니."

그래서 나는 다시 들어갔다. 그 후 일 년 넘게 그 집에 있었다. 마님은 여전히 욕을 했고, 나도 늘 대들었다.

"아무래도 자네 남편을 좀 불러와야겠어. 자네 버릇 좀 고쳐주라고 말이야."

"이 집에서 일하는 건 내가 정한 일인데, 왜 남편까지 끌어들이죠?"

마님은 내 남편이 아편쟁이라는 것을 알고 있었다. 내 말에 마님은 더 화가 났다. 그리고서는 나에게 성질머리가 나쁘다고 욕을 했다.

"인제 나가거든 다시 올 필요 없어."

"이제 대문을 나가면 절대로 돌아오지 않을 테니 걱정도 마시라고요."

세 치 끈에 낀 동전이 내 전 재산이었다. 이백 냥쯤밖에 안 되었다. 그렇지만 딸이 있어 마음이 평화로웠다.

우선 언니네 집으로 갔다. 하지만 언니도 가난한 형편이라 오래 머물러 있을 수는 없었다. 집으로 돌아가 봤다. 남편은 여전히 한심하기 짝이 없었다. 아편을 피우지 않을 때는 바구니를 짜서 팔고 있었다. 어떤 날은 들어오고 어떤 날은 안 들어오고 마음대로였다. 나도 일이 얻어 걸리면 품을 팔고 일이 없으면 동냥을 다녔다. 그럴 수밖에 다른 도리가 없었다.

일본인들이 오다

마님과 싸운 것은 구월이었다. 그 해 섣달 스무사흗날부터 나는 성내 인씨 댁에 설날 음식을 차려주러 갔다. 그 집에서 설날 음식을 장만하는데 일손이 모자라 나는 날품을 팔 수 있었다.

그 해 겨울은 눈이 많이 내려 밖으로 나다니기가 여간 힘든 게 아니었다. 눈이 무릎 높이까지 차올랐다. 매일 나는 인씨 댁에 가서 하루 종일 설날 준비를 거들다가 저녁에야 돌아왔다. 그 집 마님의 옷을 만드는 양복장이도 와 있었다. 보통 외간 남자는 안채에 들어올 수 없었지만, 마님의 감독 하에 옷을 만들게 하려고 안채까지 들어오게 한 것이다. 대청에서 옷을 만들었는데 나도 거기서 일을 했다. 몇 시쯤 되었을까 양복장이가 말을 걸어왔다.

"이 관아에서는 점심 먹는 것도 모르나? 점심때가 훨씬 지났는데 아무 기척도 없으니."

나는 그 사람한테 여기서 일하는 사람들은 하루 두 번밖에 식탁에 앉지 않는다고 알려줬다. 보통 가정집에서처럼 세 끼니씩 먹는 게 아니라고. 주인집 식구들은 언제고 시장할 때 점심을 들여오래서 먹지만, 아래서 일하는 사람들은 배가 고프면 빵으로 요기를 했다. 빵은 아무 때나 마음대로 먹을 수 있었다.

그렇게 얘기를 나누고 있는데 요리사가 들어왔다. 한 손에는 밥그릇을, 다른 손에는 고기 접시를 들고. 양복장이를 특별히 대접하는 것이었다. 바로 그때 천지를 진동시키는 벼락 소리가 났다. 대포였다. 포탄이 쌔액 하며 머리 위를 날아갔다.

요리사는 음식을 내동댕이치고 도망쳤다. 양복장이도 가위하고 자까지 내동댕이치고는 뺑소니를 쳐 버렸다. 나는 마님한테 달려가 어린애 때문에 집에 가 봐야겠다고 말했다. 마님은 가라고 했다. 옆에 있던 유모도 덩달아 따라나섰다.

"저도 가도 될까요?"

"자넨 있어야 해. 자네가 가면 애기 젖은 어떡하나."

남자들이 이리저리 뛰어다니며, 말에다 안장을 달아야 한다고 외치고 있었다. 대포 소리는 북문 항구 쪽에서 났다. 사람들은 모두들 남문을 향해 내달았다. 발을 묶은 계집애들이 엉엉 울고, 거리엔 나와 본 일이 없는 젊은 아낙네들이 울부짖으며 눈 속을 뒤뚱거리고 있었다. 설날 대목장을 보려고 길거리를 메우고 있던 장사꾼들도 팔던 물건을 길바닥에 쏟아 버리곤 그저 당나귀나 노새만 끌고 성 밖으로 도망치기에 바빴다. 온갖 음식이 길바닥에 버려져 있었지만 아무도 주워 갈 생각을 안 했다. 그저 남쪽으로만 내딛고 있었다.

나는 거꾸로 북쪽으로 향했다. 우리 집은 북문께에 있었다. 남으로 가는 인파를 겨우 헤치고 나갔다. 떠밀려 넘어지기도 했지만 악착같이 일어나 집으로 달음박질쳤다. 집에 도착해 보니 만쓰는 얼마나 울었던지 눈이 퉁퉁 부어 있었다. "엄마가 안 온다. 엄마가 안 온다." 하며 엉엉 운 것이다.

나는 애를 안았다. 애랑 같이 죽든지 살든지 할 결심이었다.

나는 애를 데리고 다시 인씨 댁으로 가 보았다. 마님은 벌써 피난 가고 없었다. 바깥주인이 바구니에다 곡식과 밀가루, 고기와 야채를 얼마큼씩 넣어주었다. 식구들하고 설을 쇠라고 주는 것이었다. 돈도 조금 주었다. 다시 집으로 돌아갔다.

집에 가는 길에 선교사 번즈씨네 지붕에 흰 깃발이 꽂혀 있는 게 보였다. 사람들은 군함이 이제 물러갔고 대포도 그만 쏠 거라고 얘기하고 있었다. 나는 자오쯔를 만들어 만쓰와 나눠 먹었다. 그 날은 그 해의 마지막 날이었다.

다음 날 만쓰와 나는 전날 밤 만든 자오쯔를 데워 먹었다. 그리고는 장기 말을 꺼내 점을 쳤다. 장기 말이 뒤집혀져 나오는 것으로 새해 신수를 점치는 것이다. 바로 그때 대포 소리가 또 울렸다. 우르릉 쾅쾅쾅!

"또 대포를 쏴 대는데."

나는 옆집에다 대고 소리질렀다.

"설날 불꽃놀이일 거야."

옆집 여자는 태평이었다.

"어떤 넋 나간 사람이 이럴 때 불꽃놀이를 해요?"

나는 이렇게 쏘아주며 마당으로 나갔다. 선교사 집에서 요리사 노릇을 하는 한씨가 망원경을 들고 자기네 집 지붕에 있는 게 눈에 띄었다.

"뭘 보고 있수?"

"배요. 세 척이 더 왔네."

"아이고, 큰일나겠네. 빨리들 나와."

나는 옆집 식구들에게 소리쳤다.

"북쪽 성벽 밑으로 가요."

북쪽 성벽 밑에는 진흙으로 만든 집이 몇 채 있었다. 그리로 가서 숨으면 성벽이 두꺼워서 어느 정도 보호 받을 수 있을 거라고 생각했다. 나는 만쓰 손을 잡고 그리로 도망치기 시작했다.

"어서 나와요, 형님."

옆집 여자에게 소리쳤다. 하지만 이 여자는 지금 막 자오쯔를 끓는 물에 넣었다고 조금만 기다려 달라고 했다. 옆집 여자는 성벽을 향해 걸어가면서 구슬프게 탄식했다.

"일 년에 한 번이나 먹을까 말까 하는 그 맛있는 걸 못 먹게 되다니!"

만쓰를 끌다시피 하며 눈에 뒤덮인 들판을 달음박질쳤다. 만쓰는 발을 막 묶기 시작해서 몹시 아파했다. 딸은 발이 아파서 더는 못 가겠다고 엉엉 울었다. 둘이서 애를 잡아끌며 걸음을 재촉했다.

도중에 번즈씨를 만났다. 이 사람은 망원경을 들고 성벽으로 배를 보러 가는 길이었다. 그때 큰 포탄이 머리 위로 날아갔다. 번즈씨는 마음을 돌려 자기 집으로 달려갔다.

우린 성벽 밑에 있는 집으로 갔다. 사람이 너무 많아서 앉을 데도 없었다. 사람들 틈을 비집고 겨우 앉을 만한 자리 하나를 구해 만쓰를 앉혔을 때였다. 사람들이 웅성거리기 시작했다. 들어보니 누구를 살리자는 소리였다. 늙은 여자 하나가 우물로 뛰어들었다는 것이다. 아들과 며느리가 둘이서만 도망을 가서 우물에 몸을 던졌다고 했다. 그 여자를 꺼내느라고 한참 법석을 떨었다. 끌어올려 보니 물에 흠뻑 젖어서 추위로 반쯤 죽어 있었다. 마른 옷을 구해 입히고 캉에 불을 때주었더니 조금 후에 생기를 되찾았다.

얼마쯤 그렇게 있는데 이제 군함이 돌아갔으니 집으로 돌아가도 괜찮다는 말이 돌았다. 그래 집으로 갔다. 뒷담이 무너져 있었다. 도시 전체가 입은 피해는 그리 크지 않았다. 그러나 아무도 일본 사람들이 대포 몇 방 쏘고 말 거라고 생각지 않았다. 사람들은 공포에 떨며 하루하루를 지냈다. 많은 이들이 어쩔 줄 모르고 이리저리 내달았다. 눈보라를 헤치고 언덕을 넘어 도망쳐 가기도 했다. 눈구덩이 속에서 아기가 태어나기도 하고 얼어붙은 시체가 눈밭을 뒹굴기도 했다.

겁이 났다. 대포알이 머리 위로 휭휭 날아가고 가정집에 떨어지기도 했다. 나이든 여자 하나가 자기 방 캉에 앉아 있다가 포탄에 맞아 두 동강이 나기도 했다.

일본 놈들이 또 올 거라고 모두들 말했다. 나는 친척집으로 피난을 가 며칠 동안 묵었다.

그러나 이젠 일거리가 없었다. 일하던 집에서 준 양식이 다 떨어져 다시 구걸을 나가야 했다. 만쓰를 데리고 동냥을 다녔다. 다른 도리가 없었다.

나는 언니한테 지부로 갈 거라고 말했다. 그리 가면 일거리가 있을 거라고. 나는 구걸해서 번 돈 이백 냥을 들고 만쓰를 데리고 떠났다. 그때 돈 이백 냥이면 우리 둘이서 며칠은 지낼 수가 있었다.

하루 종일 걸었는데 아직도 시를 빠져 나가지 못했다. 시내를 그냥 빙빙 돌기만 했다. 떠나기가 싫었다. 걸으면서 구걸을 하고 또 울었다. 울고 구걸하고 하며 결국 어떤 대갓집 대문 앞까지 왔다. 나는 대문 앞에 주저앉아 만쓰를 들여보내 구걸을 하게 했다.

거기 그렇게 앉아 있는데 그 집의 하녀가 나왔다가 나를 보고는 거기 앉아서 무얼 하고 있느냐고 물었다. 나는 구걸하고 있다고 말하기가 창피해서 일자리를 구하러 지부로 가는 길이라고만 대답했다. 그 여자는 어째서 여기서 일자리를 찾아보지 않느냐고 되물었다. 나는 어린애가 딸려서 일자리를 구하기가 어렵다고 설명했다. 그랬더니 그 여자는 기다려 보라며, 새로운 관리 하나가 하녀를 구하는 것 같더라고 했다. 나는 그 집에서 벌써 사람을 구했다고 알려주었다.

"아니."

그 여자가 토를 달았다.

"하나 구했는데 대포 소리에 놀라서 가 버렸대요."

그 여자는 자기가 그 집 사정을 알아볼 테니 내일 여기 와서 기다리라고 했다.

나는 언니한테 돌아갔다. 언니는 왜 돌아왔느냐고 물었다. 자초지종을 이야기하고 언니네 집에서 하루를 더 묵었다. 다음 날 만쓰를 언니 집에 맡겨 놓고 약속 장소로 갔다. 그 여자는 그 집에서 나를 고용하는 건 좋은데, 아이하고 같이는 안 되겠다고 하더라고 전했다. 그 집에는 어린 하녀들이 많아서 내가 애를 데리고 들어가면 어린 것들끼리 싸울까 봐 안 되겠다는 것이다.

나는 어찌해야 좋을지 몰랐다. 가면 좋겠지만 애를 떼 놓을 수는 없었다. 더군다나 그 집에서는 밤에 집에 돌아가는 것도 허락지 않을 것이다. 나는 사흘 정도 기다리면서 형편 돌아가는 것을 보기로 했다.

회교도와 함께

나는 다시 남의 집 일하는 사람으로 들어갔다. 집주인은 재판장이었다. 성이 리씨였다. 이 사람은 읽고 쓸 줄도 몰랐지만 봉래에서 제일 높은 무관의 직속 부관 자리에 있었다.

주인은 출세하기 전엔 요리사였다. 군인 노릇도 좀 했는데, 그러다가 도둑을 잡아 죽이고 승진을 한 터였다. 부인이 넷이었다. 둘은 베이징 근처에 있는 고향집에서 머물게 하고 셋째 부인하고 넷째만 데리고 왔었다. 요리사가 아홉이나 되는 큰살림이었다. 전속 목수와 양복장이까지 있었다.

매일 이백 명이 넘는 사람이 식사를 했다. 식사가 끝나면 남은 음식은 모조리 쓰레기통에 들어갔다. 고기에 진귀한 해산물 같은 것도 쓰레기통에 처넣었다. 우리 딸은 설날에도 구경 못하는 귀한 음식들이었다.

사흘째 되는 날, 살림 책임을 맡은 마님이 불렀다.

"이 집이 마음에 드나?"

"제가 마음에 들고 안 들고는 문제가 아니죠. 이 댁 어른들이 저 같은 게 마음에 드시는지가 문제겠지요."

"그럼 눌러 있겠어?"

"일은 문제없어요. 제 딸년이 걱정이긴 하지만."

"있겠어?"

속이 뒤집혔다. 있고는 싶지만 애를 어떻게 한단 말인가. 잠시 생각했다.

'한 달만 있어 보자. 혹시 마음을 바꿔 딸애를 와 있게 할지도 몰라.'

그래서 있겠다고 말했다. 그러자 딱딱하던 마님의 태도가 싹 바뀌었다. 하녀들에게 분부가 내려졌다.

"어서들 가서 계집종 애 옷 좀 가져와. 아래 위 한 벌로. 발 묶는 헝겊하고 신발도 가져오고. 그걸 이 사람 딸한테 갖다 줘. 그리고 내일이나 모레쯤 애를 나한테 데려오도록. 지금 그애가 어디 있다고?"

나는 애를 언니 집에 맡겨 놓았다고 했다.

하룬가 이틀 후에 딸을 마님에게 데리고 갔다. 만쓰는 그때 아홉 살이었다. 그애는 줄곧 관아에서 자라온 터라 몸가짐이 발라 금세 마님의 눈에 들 수 있었다. 그 후론 뻔질나게 애를 들여보내라고 했다. 하루는 언니 집에 가 있고 하루는 나한테 와 있고 이런 식으로 했다.

우리 주인은 회교도였고 마님들도 마찬가지였다. 그들은 우리네와 다른 관습을 많이 지켰다. 가족 중 누구라도 세상에 나가 어울리면 그 사람은 불결해진 것으로 여겼다. 집에 돌아오는 즉시 손을 씻고 입을 헹군 다음에야 다시 깨끗해졌다. 이들은 일곱 날 중의 하루를 특별한 날로 지켰다.

가족이 죽으면 시체를 물에 담그고 눈썹과 머리털만 남기고 온몸의 털을 밀었다. 눈썹과 머리털은 어머니 뱃속에 있을 때부터 가지고 온 것이라 해서 남겼다. 전족을 한 여인은 발가락을 펴서 원래 모양대로 만들었다. 사람은 누구나 이 세상에 온 모습대로 무덤에 들어가야 한다는 것이다. 시체는 흰 천으로 쌌다. 남자의 시체는 남자가 다루고 여자의 시체는 여자가 다루었다. 그리고는 코란을 낭독하고 향불을 피우는 것이다.

매년 봄이면 금식을 했다. 사십 일 동안 그랬다. 아침 일찍 해가 뜨기 전에 잘 차려먹고는 해가 질 때까지 아무것도 먹거나 마시지 않았다. 또 돼지고기를 안 먹고 양고기만 먹었다. 양은 집에서 요리사가 직접 잡았다. 그는 키 큰 모자를 쓰고 무어라고 칼에 대고 중얼거린다. 그러고 나서 칼을 들이대는 것이다.

어느 날 내가 마님들과 앉아 있는데 계집종 추국이 달려 들어왔다. 추국이는 들어오더니 바쁜 듯이 쫑알거렸다.

"솥에서 기름이 끓고 있어요."

셋째 마님이 물었다.

"그 사람 기름에 들어갔니?"

추국이는 그렇다고 했다.

나는 외국인들의 종교에 대해 무섭고 끔찍한 얘기를 워낙 많이 들은데다가 직접 내 눈으로 이상한 관습을 많이 보아 온 터라 그런 말을 듣자 왈칵 의심이 들었다.

"이 사람들이 정말 늙은이를 끓는 기름에 처넣는 건가?"

나는 살짝 방을 빠져나가 주방 쪽으로 돌아가 보았다. 주방엔 늙은이와 그 우스꽝스런 키 큰 모자를 쓴 요리사밖에 없었다. 요리사는 자루가 짧은 넓적한 국자를 들고 기름이 끓는 솥 주변을 껑충껑충 뛰어다니며 떡을 튀기고 있었다. 이 사람들이 의식이나 선물에 사용하는 떡이었다.

이 사람들은 자기네 종교를 믿지 않는 우리 같은 사람에게는 떡에 손도 못 대게 했다. 자기들이 먼저 손을 대서 자국을 조금 낸 다음에야 먹게 했다. 요리사는 이 떡을 그 사람들의 독특한 방식에 따라 정성들여 만들고 있는 중이었다. 마님이 "그 사람 기름에 들어갔니?" 하고 물었던 말은 실은 "그 사람 떡을 기름에 넣었니?"라는 뜻이었다. 어리석게도 공연히 의심을 한 것이다. 나는 혼자 실컷 웃었다.

주인이 한 달 넘게 출장을 떠났을 때의 일이다. 두 마님은 오랜만에 함께 외출해 관아의 경내를 구경했다. 아름다운 집들과 정원들을 거쳐 궁수들이 활쏘기를 연습하는 활터를 지나 남쪽으로 내려가 관우를 모신 사당까지 갔다 왔다.

집에 돌아와 셋째 마님은 방으로 들어갔고, 넷째 마님은 목욕을 하러 안으로 들어갔다. 회교도들은 목욕을 자주 했다. 목욕도 그들에겐 의식의 하나였다.

갑자기 안쪽에서 이상한 소리가 들렸다. 사람의 소리 같지도 않은 날카롭고 이상한 비명이었다. 우리는 소리가 들려오는 안방으로 달려갔다. 문을 열려고 했지만 안에서 잠겨 있었다. 불러도 대답이 없었다. 괴상한 소리만 시끄럽게 울려 나왔다.

우리는 더 이상 기다릴 수 없어 문을 송두리째 뽑아 버렸다. 그리고 몰려 들어갔다. 넷째 마님은 캉 위에서 벽에 등을 대고 비스듬히 누워 있었다. 바지라도 입고 있는 게 다행이었다. 안 그랬더라면 완전히 벌거벗은 몸을 보일 뻔했다. 발 묶는 헝겊까지 풀어 놓은 채 맨발 차림이었다. 늙은 하인이 마님의 입에 손을 갖다 대고 물었다.

"어찌된 일이오?"

마님은 큰 소리로 대답했다.

"나는 관우다."

"무얼 원하십니까?"

"칼을 다오."

"알겠습니다. 갖다드리지요."

하인이 얼른 대답했다. 그래도 마님은 계속 이상한 소리를 질러댔다. 그래서 다시 한 번 원하는 게 무엇이냐고 물었다.

"대포를 다오."

활터에 대포가 하나 있었다. 그래 선뜻 대포를 갖다 바치겠다고 약속했다. 사당으로 가져다 놓겠다고. 그래도 귀신이 몸에서 떠나지 않았다.

"꽃 달린 대포를 다오."

마님이 다시 말했다. 우리는 용의 무늬가 새겨진 대포를 말하는 것인 줄 알고 가져다 주겠다고 했다. 그러나 마님은 굉장히 화를 냈다. 그래서 우리가 말을 잘못 알아들었다는 것을 깨달았다. 알고 보니 마님이 원한 것은 수를 놓은 긴 웃옷이었다. 마님이 원했다기보다 귀신이 원했다고 하는 것이 옳겠지. 그것도 약속을 했고 사당에 새 휘장을 칠 것도 서약했다.

그래도 마님은 계속 소리를 질러댔다. 늙은 하인이 또 물었다.

"왜 그래요?"

"셋째 형님은 하루 종일 삼국지를 읽어. 거기 나오는 남자들이 셋째 형님이 자기들하고 너무 친하려 든다고 불평이야."

두 마님이 삼국지를 즐겨 읽는다는 것은 누구나 알고 있었다. 모두 책을 찾기 시작했다. 관우 신이 자기 책을 찾으러 온 것이라고 생각했던 것이다.

드디어 삼국지 몇 질을 찾아 밖으로 들어 내갔다. 그래도 마님은 여전했다. 그래서 더 찾아 봤다. 책상의 서랍 끝에서 또 한 질이 발견되었다. 그것도 내갔지만 소리를 그치지 않았다.

결국 늙은 하인이 무당을 데리고 왔다. 무당은 마님 몸에 붙은 신을 위해 향을 피우고 종이돈을 태웠다. 마침내 관우 신을 한 발자국 한 발자국 잡아끌다시피 하여 집 밖으로 끌어내는데 성공했다. 일단 밖으로 끌어낸 다음에 여러 개의 정원과 활터를 지나 사당까지 유인해 갔다. 그제서야 마님은 잠잠해졌다. 하지만 그 후에도 가끔 한참씩 소리를 질러댔다.

만사가 평온한 어느 날 우리는 셋째 마님 방에 함께 앉아 있었다. 넷째 마님은 캉 위에 올라앉아 책을 읽었고, 셋째 마님은 작은 화로에 불을 쬐고 있었다. 나는 창 옆에 있는 긴 의자에서 바느질을 했다. 첫째 마님한테 가 있는 이 집의 딸한테 보내줄 앞치마였다. 그때 갑자기 내 머리가 밑으로 드리워지기 시작했다.

"왜 그래, 라오? 졸려서 그래?"

나는 아무렇지도 않다고 대답했다. 그러나 곧 몸이 끄덕끄덕 좌우로 흔들렸다.

"안색이 좋질 않군 그래. 방에 가 눕도록 해."

넷째 마님이 말했다. 그런데 일어나자마자 그만 몸이 폭삭 꺼지면서 쓰러져 버렸다. 그리고 넘어지면서 내 몸은 하필이면 마님들이 앉아 있는 캉 위에 가서 엎혀 버렸다. 내가 기억하는 마지막 말은 "그래, 내 자리에 눕겠다는 거야?" 하는 셋째 마님의 앙칼진 목소리였다. 나머지 일들은 나중에 들어서 알았다.

셋째 마님은 놀라서 버선 바람으로 캉에서 뛰어내려 어쩔 줄 모르고 방안을 빙빙 돌기 시작했다.

"왜들 이러는 거지? 저번엔 동생이 놀래 키더니 이번엔 또 자네 차례가?"

애들과 어린 계집종들, 그리고 내 딸이 울부짖었다.

"엄마, 엄마, 죽지 마요, 엄마!"

"아줌마, 아줌마, 죽었어요? 아줌마!"

남자 하인들이 달려왔다. 늙은 하인이 나를 일으켜 앉히고는 내 머리를 내 무릎 사이에 밀어 넣고 이름을 불렀다. 사람들 말에 의하면 한참 그렇게 부른 다음에야 겨우 정신이 들더라는 것이다.

내가 저승에 가 있는 동안에 일어난 일은 전혀 모른다. 그러나 저승에서 이승으로 돌아온 순간 우레처럼 요란한 소리를 들었고, 몹시 불쾌했다. 그리고는 토했다.

당장 기분이 좋아졌다. 요리사가 나가서 토한 것 위에 재를 퍼다 뿌리고 치우려 했다. 나는 빗자루를 뺏었다. 기분도 썩 좋았고 기운이 우러나는 것 같았다. 토한 걸 치우는 것쯤은 문제가 아닐 것 같은 기분이었다. 그러나 사람들이 나를 억지로 방에 눕혔다. 다음 날은 거의 회복되었다. 셋째 마님은 나한테 몹시 화가 나 있었다. 나 때문에 너무 놀란 탓이었다.

셋째 마님은 전에 이 집 여종이었는데, 주인의 아들을 둘이나 낳아서 특별한 지위를 차지하게 되었다. 그러나 두 아들은 본가에 있는 첫째 마님 밑에서 지냈다.

넷째 마님은 기생집에서 데려온 여자였다. 기생이라서 그런지 자식이 없었다.

셋째 마님과 넷째 마님 사이에는 상당한 암투가 있었다. 주인이 셋째 마님 방으로 들어가면 넷째 마님이 싫어하고 넷째 방에서 자면 셋째가 싫어했다. 하지만 이럴 때를 제외하고는 둘이 퍽 친했던 것도 사실이다.

싸움엔 언제나 주인어른이 끼어 있었다. 두 마님의 방은 대청 양쪽으로 갈라져 있었다. 셋째 마님은 동쪽 방, 넷째는 서쪽 방. 열흘간 아니면 닷새간 주인은 한쪽 방에 가서 자고, 그다음 열흘이나 닷새는 맞은편 방에 가서 잤다. 하루나 이틀 밤 이렇게 지나고 나면 빈 방을 지키는 마님은 화를 내기 시작했다. 내가 차를 들고 들어가면 내쫓기 일쑤였다.

"그런 건 저쪽 방에나 가져가! 여기 올 물건이 아니니까."

사이가 나쁠 때면 두 마님은 곧잘 나를 핑계 삼아 싸움을 걸기도 했다. 셋째 마님이 억지를 부렸다.

"내가 자네를 들여온 거야. 그러니 내 말을 들어야지. 저 여자가 불러도 꼼짝 말라구!"

나도 지지 않고 대들었다.

"그건 옳지 않아요. 마님이 절 부르면 물론 여부없이 달려오지요. 하지만 제가 할 일이 없을 때 넷째 마님이 부르면 그리로도 가 봐야 한다고 생각하는데요."

마님은 얼굴이 벌게졌다.

두 여자는 계속 다투었다. 한 여자가 주인한테 이 말을 하면 또 한 여자는 저 말을 고해 바쳤다. 어느 날 넷째 마님이 주인의 옷시중을 들었다. 둘은 싸우는 중이었다. 주인이 넷째 마님을 타일렀다.

"네가 잘못했다고 빌어."

넷째 마님은 발을 탁 구르며 자기 방으로 들어가서 문을 세차게 닫아 버렸다. 셋째 마님도 자기 방으로 들어가 문을 닫았다. 주인은 대청 식탁에 앉아 있더니 잠시 후 나한테 일렀다.

"라오, 외출한다고 일러라. 들를 데가 몇 군데 있어. 나갔다 올 테다."

주인이 나간 다음 나는 늙은 하인의 아내한테 갔다. 그 여자에게 둘 사이를 화해시키도록 부탁했다. 하루 종일 안에서 두 마님과 지내면서 화해를 시키려 애썼다. 나하고 둘이서 이야기를 하고 또 했다. 드디어 화해가 이루어졌다.

주인은 집에 돌아오자 안채로 들어서다 말고 나에게 물었다.

"둘이 화해를 했나?"

늙은 하인의 아내와 내가 둘이서 화해를 시켰노라고 대답했다. 차를 한 잔 들고 가자 주인이 자기 신세를 한탄했다.

"저런 것들을 아내라고 데리고 있는 남자가 나 말고 또 있을까? 이번 일일랑 입 밖에 내지 말아야 해."

주인은 승진을 해서 다른 곳으로 부임하게 되었다. 주인집에선 나를 데리고 가길 바랐지만 나는 따라갈 수 없다고 말했다. 집을 떠나 그렇게 먼 곳까지 갈 수는 없다고. 부임지는 지부였다. 마님은 나를 자기 친구들에게 소개시켜주며 좋은 자리가 나면 알선해주도록 부탁했다.

마님은 늙은 행상인 리우마를 불러 오라고 사람을 보냈다. 리우마에게 내 수양 엄마가 되어 달라고 부탁했다. 내가 힘들 때 조언해주고 밥을 굶을 때 한 끼씩 얻어먹을 곳을 마련해주려는 것이었다. 리우마는 나를 수양딸로 삼아주었다. 마님 앞에서 그렇게 하기로 약속한 것이다.

내가 짐을 챙겨 정식으로 하직을 고하자 주인집 식구들 모두가 섭섭해 했다. 눈물까지 흘리며 이별을 슬퍼했다. 출발하려고 수레에 오르는데 셋째 마님이 충고를 해주었다.

“라오, 자네는 젊으니까 아직도 희망이 있어. 자넨 좋은 여자야. 일도 성심껏 하고 마음도 착하지. 흠은 단 한 가지, 성미가 너무 급한 것이 탈이야. 나무라는 소리를 절대 안 들으려고 하는 그 성질머리 말이야. 다른 사람도 사람이잖아? 그 사람들의 눈으로 보고 자기 말을 참는 걸 배워야 해.”

그리고는 떠났다. 얼마 후 나는 양씨네 집으로 들어갔다. 이 집 주인도 무관이었고 회교도였다. 이들은 우리 마님한테서 나를 도와주라는 부탁을 받았던 것이다. 내가 그 집에 가서 열흘인가 스무날을 지냈을 때 그 집 마님이 나를 불렀다.

“우리 집에 음식은 얼마든지 있어. 애한테 먹일 것도 충분하고. 그렇지만 돈은 줄 수가 없네.”

이 마님한테는 하녀가 이미 둘이나 있었다. 내가 할일이라곤 아무것도 없었다. 일거리를 찾았다 싶으면 그건 벌써 다른 하녀들의 소관이었다. 내가 그 일을 하면 다른 사람의 일을 빼앗는 꼴이 되곤 했다.

바느질거리도 밀리는 게 없었다. 그래 나는 안절부절 못했다. 별수없이 수양엄마한테 가서 구원을 청했다. 수양엄마는 부지사 댁 하녀 자리를 구해줬다. 이 집에서는 아이도 데리고 오라고 한다고 했다.

나는 딸을 양씨 마님에게 맡기고 부지사 댁으로 가 보았다. 부지사는 몸이 오그라지고 풍채가 볼품없는 늙은이였다. 보잘 것 없는 턱수염에다가 말까지 더듬었다. 마님도 늙은이였고, 게다가 아편까지 피웠다. 이들은 체면 같은 걸 별로 생각지 않았다. 가진 건 모두 아편을 사 대느라 팔아 버렸다.

젊은 주인은 겁쟁이였다. 걸음도 점잖지 못하게 잔걸음을 쳤다. 여자처럼 몸을 간들간들하면서. 또 자기 아내를 좋아하지 않았다. 허구한 세월을 여자 역을 맡은 남자 배우들과 어울려 지냈다. 그 집 며느리는 내 옷보다 더 더러운 옷을 입고 다녔다. 솜을 두어 누빈 짧은 윗도리를 입었는데 기장이 어찌나 짧던지 바지허리께는 살이 내비쳤다.

나는 그 집에 오후에 도착했다. 하녀는 여섯 명이었다. 같이 식탁에 앉아 식사를 했다. 먹을 것이라곤 몇 해 지난 쌀로 만든 밥과 배춧국밖에 없었다. 먹을 때도 아무 질서가 없었다. 되는 대로 손을 뻗어 아무거나 집어다 먹는 식이었다.

큰 방으로 안내를 받았는데, 하녀들이 다 같이 자는 곳이었다. 여섯이 한 침대를 썼다. 나는 틈을 비집고 이불을 깔고 드러누웠다. 여자들은 몸을 이리저리 뒤틀고 엎치락뒤치락 했다. 그럴 때마다 침대가 온통 흔들렸다. 갑자기 목덜미가 따끔했다. 잡아 보니 커다란 이였다. 밤새도록 이한테 뜯겼다.

식전부터 일어나서 일을 하기 시작했다. 곧 점심때가 되었지만 음식이 나오지 않았다. 배가 몹시 고팠다. 그 집에선 하루에 두 끼밖에 먹지 않았다. 첫번째 식사는 늙은 마님이 일어날 때 먹었는데, 그 늙은이는 그때까지 아편에 취해 자고 있었다. 다른 여자들은 제각기 배고플 때 먹을 밥 한 그릇씩을 감춰 두었다가 먹었지만, 나는 신참이라 그런 걸 몰랐던 것이다.

나는 그 집 며느리한테 가서 수양어머니 집에 두고 온 것이 있어서 가져와야 한다고 둘러댔다. 그랬더니 아침 먹고 가지 그러냐고 했다. 나는 수양어머니 집에 가서 아침을 먹겠다며 빠져 나오려고 했지만, 며느리는 기다렸다가 늙은 마님이 일어나거든 만나보고 가라면서 굳이 말렸다. 그렇지만 아편을 피우는 사람이 언제 일어날지 모르는 일이었다. 그렇게 말했더니 며느리는 나를 자기 시아버지한테 데리고 갔다.

"가려고 그러나?"

"수양어머니 집에다 아주 중요한 걸 두고 와서 그럽니다. 가서 가져오려고요."

그는 허락해주었다.

나는 수양어머니한테 가서 사정을 얘기했다.

"그 집에선 살 수가 없어요. 지금까지 아무것도 먹질 못한 걸요. 난 하루 세 끼 식사하는데 길이 든 사람인데. 일이 센 건 참을 수 있지만 배고픈 건 못 참겠어요. 게다가 어린애를 그런 데로 어떻게 데리고 갈 수가 있어요? 해가 하늘 복판에 솟을 때까지 딸애가 아무것도 못 먹으면 어떻게 견디겠어요? 전에 있던 집에서는 배가 고프면 아무 때고 먹을 수 있었는데."

수양어머니는 다른 자리를 구해 보겠다며 나갔다. 그러나 나는 전 주인을 찾아 지부로 가겠다고 말했다.

내가 당나귀 수레를 세내고 짐을 싸고 있는데 수양어머니가 일자리를 구해 갖고 돌아왔다. 지현의 보좌관으로 있는 사람의 집이라고 했다.

이 집에서도 식사는 두 번밖에 하지 않았다. 식사 시간에 얼른 가서 먹지 않으면 눈 깜짝할 사이에 음식을 걷어가서 굶을 때가 많았다.

게다가 나는 요강을 비우는 일을 해야 했다. 이 사람들은 남부지방 출신이었다. 전엔 한 번도 요강을 치운 적이 없어서 이런 일이 마음에 안 들었다. 내가 그때까지 일한 집들은 모두 북쪽지방 출신이었다. 그들은 밤에도 요강을 쓰지 않았다. 마당 한쪽 구석이나 집 뒤쪽에 있는 변소에 가서 일을 보았다.

내 딸은 한창 클 나이였다. 한창 때 하루 두 끼만 먹고 어떻게 견딜 수 있으랴. 더군다나 간식 같은 것도 전혀 없었다. 나는 또 수양어머니를 찾아가서 지부로 가겠다고 말했다. 전 주인이 아니더라도 우리 둘쯤 몸 붙일 데 하나 없을까 하는 생각에서였다.

나는 전에 일하던 곳을 일일이 찾아다니며 마님들에게 하직 인사를 했다. 마님들은 하나같이 가지 말라고 말렸다.

"친구들이며 가족들이 모두 여기 있는데 거기 가서 뭘 하겠다는 거야. 지부는 물설고 낯선 객지데 왜 가려고 야단이야? 가서 더 고생할지도 모르잖아. 같이 여기서 눌러 살자구."

짐도 모두 꾸리고 떠날 준비가 다 되었다. 마지막으로 수양어머니에게 하직 인사를 했다. 한 손은 짐 보따리를 다른 한 손으로는 만쓰의 손을 잡고 문을 나섰다. 그런데 문 앞에 보좌관 댁 하인들이 와 있었다.

"어디 갔나 했지. 마님이 자네 찾아오라고 난리가 났었어."

나는 마님을 만나러 갔다.

"어딜 갔었나? 자네 뒷자리로 들어온 여자가 가 버렸어. 그러니 다시 돌아왔으면 좋겠네. 요리사하고는 얘기가 다 됐어. 그 사람 너무 빡빡하고 밥상을 너무 빨리 치워 버리는 버릇이 있지. 이제 그 사람한테 고기하고 야채 요리만 시키기로 했어. 밥은 총각애보고 지으라고 하고. 바삭바삭한 누룽지는 자네 딸한테 뒀다 주라고 일렀어. 기름에 튀겨서 줘도 좋다고."

우선 수양어머니와 의논해 보겠다며 물러났다. 수양어머니는 그냥 있어 보라고 권했다.

"그 집은 일이 가벼워서 좋아. 마님하고 두 딸들 머리나 빗기고 상심부름이나 하면 그만이잖아. 지부에 가서 그만한 자리가 있을 거란 보장도 없고. 성질 좀 죽이면 요강 정도는 내다 비울 수 있잖아."

그래서 나는 있기로 했다.

문관집에서

보좌관 어른은 공정하고 점잖았다. 그분은 오랫동안 내 얼굴이 얽은 것도 몰랐다. 늘 고개를 숙이고 걸었으며, 옆도 돌아보지 않았다. 내가 그 집에 간 지 일 년 반이 된 어느 날, 주인은 마침 차를 갖다 놓는 내 얼굴을 보곤 깜짝 놀랐다. 내가 방에서 나가자 마님에게 놀라듯 물었다.

"라오 얼굴이 얽었어?"

마님과 나는 얼마나 웃었는지 모른다.

마님도 바르고 점잖았다. 그리고 나에게 잘해주었다. 요리사가 우리 몫으로 배당한 고기가 너무 적을 것 같으면 나한테 동전 몇 닢을 집어주기도 했다.

"자, 이걸로 뭐 좀 사다가 더 먹도록 해."

마님은 살면서 하지 말아야 할 것 세 가지를 일러주었다.

"첩이 되는 중매를 하지 말 것, 재혼하는 중매를 하지 말 것, 예수쟁이가 되지 말 것."

"대청은 방이 아니야. 그와 마찬가지로 첩은 사람이 아니지. 그러니까 첩이 되라고 하는 것은 한 여자의 생명을 뺏는 거나 마찬가지야. 첩살이엔 너무도 큰 고통과 손해가 따르잖아? 본처에게 완전히 칼자루를 잡히게 되니까. 좋은 말은 안장을 두 개 얹질 않지. 정숙한 여자도 남편을 두 번 얻지 않아. 여자가 두 번 결혼한다는 건 생명의 줄기를 흐려놓는 짓이라구. 그러니까 죄가 되지. 예수쟁이는 하늘에 충성하라고 얘기를 하지. 그건 좋지만 조상에 대한 불손을 가르치고 있어. 우리네 사상으로는 그건 죄가 되는 일이지. 우리 중국 사람들에게는 조상을 섬기는 것이 가장 큰 도리니까."

맞는 말이었다. 적어도 첩에 대한 것만이라도. 난 첩살이가 순조롭게 풀리는 걸 본 일이 없다. 본처가 죽었을 때를 제외하고 말이다.

한 처녀가 있었는데, 봉래 유지의 딸이었다. 이 처녀가 어느 벼슬아치의 첩으로 들어갔다. 그 벼슬아치는 붉은 가마며 혼례의 격식을 모두 갖추어서 여자를 데려갔고, 식을 올린 지 사흘 만에 신부가 친정으로 다니러 갈 때는 창을 든 수행원들까지 딸려 보냈다. 정식 부인의 행차와 똑같이 해준 것이다. 팔자 좋은 여자라며 모두들 부러워했다.

그러다 남편이 다른 곳으로 전근을 가게 되어 첩을 남쪽에 있는 본가로 보냈다. 얼마 후 첩의 오빠가 그 집으로 인사차 방문을 갔다. 오빠는 문간채에 가서 이름을 대고 찾아온 용건을 알렸다. 하인이 들어갔다 나오더니 주인마님이 그런 사람 모른다고 이르라고 하더라는 것이다. 오라비는 그때 자기 누이가 비를 맞아가며 안마당에 무릎 꿇고 있는 광경을 보고 말았다. 하지만 누이가 첩으로 들어갔기 때문에 항의 한번 못했다는 얘기다.

또 이런 일도 있었다.

어느 집에서 색시를 구해 아들을 장가보냈다. 그런데 며느리로 들어온 여자는 못생긴데다가 둔하기 짝이 없었다. 도무지 가르칠 수가 없었다. 마침내 어른들이 결론을 내렸다.

"별수없어. 가망 없는 애니 굶겨 죽여 버리지."

그들은 며느리를 골방에 가둬 놓고 음식을 주지 않았다. 그러나 젊은 남편은 아내가 불쌍해서 매일 식사 때마다 빵조각을 두어 개씩 소매 속에다 숨겨 넣어가지고 아내가 갇혀 있는 방 앞을 지날 때마다 문틈으로 넣어주었다.

그러기를 여러 날, 시부모는 며느리가 이제 죽었으려니 하고 골방을 열었다. 그런데 죽기는커녕 며느리는 살이 통통 쪄가지고 태연히 앉아 있는 게 아닌가. 시부모는 어찌된 영문인지 몰랐다. 그러나 몰래 지켜서 있다가 아들이 음식을 갖다 먹이는 광경을 보고는 마음을 달리 먹게 되었다.

"여보, 우리 아들이 영 몹쓸 계집이라고 생각지 않는데 우리가 구박할 게 뭐 있소?"

그리고는 며느리를 꺼내주었다.

아들은 때마침 성에서 치르는 과거를 보려고 준비 중이었다. 어느 날 꿈을 꾸는데 호랑이 한 마리가 지나가다 그의 가슴을 탁 쳤다. 아들은 기뻐했다. 동물의 왕이 건드렸다는 건 길조니까. 그런데 잠을 깨 보니 아내의 손이 자기 가슴에 얹혀 있는 게 아닌가. 그는 화가 나서 아내의 손을 밀쳐내 버렸다. 그리고는 식구들에게 과거를 보지 않겠다고 했다. 형이 이유를 물었다. 아들은 꿈 얘기를 하고 얘기 끝에 토를 달았다.

"잠을 깨고 보니 글쎄 저것의 손이 내 가슴에 얹혀 있지 않우!"

"그럼 말이다."

형이 말했다.

"일이 그렇게 됐으면 꼭 시험을 보도록 하여라. 너한테는 길운이 들었다. 과거를 안 보는 건 길운을 내팽개치는 거나 다름없어. 네 처는 못생기긴 했지만 복을 타고난 여자가 틀림없다."

그래서 아들은 과거를 보았는데 성적이 무척 좋아서 당장에 관리가 되었다. 그 후에도 빠르게 승진을 했고, 좋은 자리만 맡아 했다.

지위가 높아지고 재물이 생기자 아들은 첩을 둘 얻었다. 본처는 머리가 둔하고 미련해서 이 여자들을 거느리지도 못했고 또 첩들한테서 자기를 보호할 줄도 몰랐다. 결국 첩들은 본처를 마구 부려먹고 나중에 가서는 밥까지 굶겨 버렸다. 본처는 날이 갈수록 수척해졌다. 하지만 남편은 관리의 직무에다 두 첩까지 거느리느라고 아무것도 눈치 채지 못했다.

그러던 어느 날 본처는 다른 벼슬아치 부인들과 함께 저녁 초대를 받았다. 만나자마자 부인들은 왜 그렇게 말랐느냐고 물었다. 그 여자는 사정을 이야기하고 두 첩을 당할 수 없노라고 하소연했다.

"우리가 일러주는 대로 해요. 이 담에 댁의 주인이 외출하시거든 그분의 관모를 쓰고 지시봉을 잡고서 재판대에 자리잡고 앉아 봐요."

부인은 자기 혼자서는 그런 생각을 해내지 못했을 것이라면서 고맙다고 인사했다.

남편이 외출하자 본처는 즉시 남편의 관모를 쓰고 지시봉을 찾아든 후 재판대에 버티고 앉았다. 관아에서 일하는 사람들이 달려와 대령했다.

"분부가 무엇인지요?"

"첩년들을 끌어오너라."

첩들이 끌려오자 다시 분부를 내렸다.

"매를 쳐라."

관리들은 널빤지로 매를 쳤다.

매질이 한창인데 남편이 돌아왔다. 그러나 남편은 고개를 떨구고 골방에 틀어박혀선 간섭하려 들지 않았다. 그로서도 어쩔 도리가 없었다. 법의 권위 앞에선 어떻게 해볼 도리가 없었던 것이다. 결국 그는 관모를 쓴 아내 앞에 무릎을 꿇고 어찌된 일이냐고 연유를 묻기에 이르렀다. 부인은 남편에게 지나간 사정 얘기를 다 했다.

적절한 조처가 취해지고 문제는 일단락되었다. 하지만 또다시 문제가 생길까 봐 남편은 부인에게 본가로 돌아가서 시부모와 함께 조용히 지내는 것이 어떻겠냐고 제안했다. 그래서 부인은 본가로 돌아갔는데 그런지 석 달도 못 되어 남편은 직위를 잃고 은퇴를 하게 되었다. 이 여자는 못 생겼지만 복을 지니고 다니도록 운명 지어진 사람이었다.

처첩 사이에 벌어진 일에 있어서는 남편은 본처 말을 들어야 하는 법이다. 남편이 원칙을 내세워서 본처를 누를 수는 없다. 원칙은 늘 본처 편에 있기 마련이니까.

주인집은 북문 근처에 있었다. 주인과 마님은 딸들에게 무척 너그러웠다. 이 말괄량이 처녀들은 심심한 걸 하루도 견뎌내지 못했다. 늘 재미있는 것들을 찾았다. 이야기꾼이 와서 옛날 얘기를 해준다든지, 장님 악사가 와서 음악을 연주한다든지, 아니면 하다못해 행상하는 여자라도 와서 남의 집 가정사라도 들려줘야 했다.

생일에는 곡예사가 곰이나 원숭이를 데려와 재주를 부렸다. 옆에서 광대는 공을 굴리면서 온갖 우스꽝스러운 표정을 지었다. 가끔 마술사가 와서 신기한 묘기를 부렸다. 하지만 딸들이 가장 좋아했던 것은 연극이었다.

이 집 정원의 남쪽 끝에 나지막한 무대가 만들어져 있었다. 연극이 공연될 때면 장안의 관리들과 부호들, 그리고 그들의 안식구들까지 왔다. 마당에는 한가득 질펀하게 술상이 벌어졌다. 거지들도 그 날은 마당에 들어와 한껏 먹고 마시며 연극을 즐겼다. 화려한 옷을 입은 관리들은 무대 맞은편 객실에 마련된 자리에 앉아 연극을 봤다. 우리 하인들도 시중을 드는 짬짬이 연극을 구경했다.

당시 배우는 모두 남자였다. 여자 배우도 다른 큰 도회지에서는 차차 선을 보이기 시작했지만, 보수적인 우리 고장에서는 한 번도 본 적이 없었다. 그런데 하루는 여성 연극단이 와서 공연을 할 거란 얘기가 나돌았다. 지사는 수도에서 온 사람이었는데, 연극을 아주 좋아해서 그가 초청한 것이다. 지사는 장안의 모든 관리와 양반들 그리고 관리의 가족들까지 초대했다.

공부하는 생원들과 젊은 패거리들은 그 소문을 듣고 분개했다. 여자가 연극을 하는 것은 윤리 도덕에 어긋나는 일이라고 주장했다. 여자들이 무대에서 노래를 부르고, 남자들과 한자리에 앉아 먹고 얘기하고 시중을 든다니.

사태가 이렇게 되자 지사는 자기 집에서 공연을 갖는 걸 꺼렸다. 그러자 우리 주인이 공연 장소를 제공하고 나섰다.

공연 당일, 배우와 손님들이 모두 들어와 자리를 잡고 나자 대문이 닫혔다. 그 날만은 초청 받은 손님들만 들어오게 했다. 밖에는 상당히 많은 사람들이 몰려와 고함을 지르고 대문을 차고 야단들이었다. 남자 하인들은 군중들을 못 들어오게 하느라 문 앞에 지키고 서 있었다.

나는 담 옆 긴 의자에 다른 하녀와 함께 앉아 구경했다. 한참을 그렇게 넋 놓고 보고 있는데 무언가가 내 가슴에 와서 탁 부딪치더니 무릎 밑으로 굴러 떨어졌다. 돌멩이였다. 그걸 시작으로 돌멩이들이 무더기로 날아들기 시작했다. 군중을 해산시키라는 명령을 받고 군인들이 몰려 나갔다. 사람들은 뿔뿔이 흩어졌다. 한 사람이 도망을 못 가고 붙잡혔다. 선비였다. 군인들은 이 남자를 길 맞은편에 있는 사당 기둥에 하루 낮 하루 밤 동안 붙들어 매두었다. 선비를 칭찬하는 사람은 아무도 없었다. 되레 지나가면서 조롱했다. 세상이 그만큼 변한 것이다.

그때는 점도 참 많이 봤다. 딸들은 물론이고 마님도 꿈자리가 뒤숭숭하면 점쟁이를 불러들여 앞날을 점치게 했다. 딸들이 자주 묻는 건 미래의 남편감이었다. 인물은 어떤지, 집안은 어떤지, 성품은 온유한지 아닌지를 물었다.

하루는 마님이 기르던 작은 개를 잃어버려 나를 보내 점을 치게 했다. 마님은 그 개를 몹시 아꼈다.

북문 안 큰길 가까이 작은 사당이 있었는데 여기에 도승 한 명이 살았다. 점을 치는 것 외에도 이 사람은 향불을 피우고 사당 앞 큰 나무 밑에서 과일과 과자를 팔기도 했다. 꼽추 아내가 있었고, 자식도 여럿 두었다. 이 도승은 성황님의 행렬이 자기 사당 앞을 지날 때면 향불을 피우고 땅에 엎드려 절을 하곤 했지만 본시 좋지 않은 사내였다. 그 사람이 하는 가게에서 과자를 사 가는 계집애가 있었다. 어느덧 이 여자애는 도승과 친해졌다. 어느 날 꼽추 마누라가 집을 비운 사이 그 여자애는 사내에게 농락당하고 말았다. 나중에 그 여자 집에 가 보았는데 그 사람 참 몹쓸짓을 했더군. 여자애 집은 가난해서 높은 사람한테 가서 고해바칠 수도 없었다.

여주인은 개가 없어지자, 나를 이 도승한테 보내 점을 치게 했다. 사내는 책도 뒤적거려 보고 그림도 들여다보고 하더니 다음 날이면 개가 집으로 돌아갈 거라고 장담했다. 그리고 다음 날 자기 손으로 직접 개를 가져다주고 보상금을 타 갔다. 그 작자는 그 개가 어디

사는 누구네 개인지를 알고 있었던 것이다.

나는 점쟁이한테서 앞날의 일들을 알아낸 적이 없다. 한 점쟁이는 내가 일 년 후에 죽는다고 했다. 얘기를 들은 지가 벌써 여러 해 됐지만 난 아직도 이렇게 살아 있다. 또 한 점쟁이는 내가 여러 남자한테 시집갈 것이며 결혼을 새로 할 때마다 팔자가 점점 나빠질 것이라고 했다. 아편쟁이 남편하고 사는 것보다 더 큰 고생이 기다리고 있다고.

점쟁이라고 모두가 특별한 힘을 가진 건 아니지만 개중에는 용한 사람도 있다. 한 늙은 여자가 꿈을 꾸었다. 꿈에 그 여자는 배를 한 개 들고 있었다. 배를 반으로 쪼개서 남편하고 나누어 먹었다. 다음 날 이 여자는 한 남자 점쟁이를 찾아가서 해몽을 해달라고 했다. 점쟁이는 아들이 죽을 꿈이라고 해몽했다. 늙은 여자는 엉엉 울며 집을 향해 걸었다.

목을 놓아 울고 있는데 한 여자가 다가와 무슨 일이냐고 물었다. 늙은 여자의 얘기를 전해 듣자 그 여자는 걱정 말라고 달랬다.

"그 사람은 운명을 점치는 힘을 가졌지만 전 그 운명을 푸는 힘을 가졌습니다. 당신 아들은 죽지 않을 겁니다. 집으로 가세요. 가서 수탉을 한 마리 잡아 품에 안고 쓰다듬으면서 아들 이름을 부르세요."

늙은 여자는 그대로 했다. 닭을 품에 안고는 마당으로 돌아다니며 소리쳤다.

"아들아, 아들아, 집에 와라, 아들아."

아들은 그때 집으로 돌아오는 중이었는데 갑자기 쏟아지는 폭우를 만나 길을 재촉하지 못하고 벽돌 굽는 낡은 가마에 들어가 비를 피하고 있었다. 비가 멎기를 기다리는데 어머니가 부르는 소리가 들렸다. 그는 가마에서 나와 소리 나는 곳을 찾았다. 그런데 아들이 나오자마자 가마가 무너져 내렸다. 그냥 있었더라면 벽돌에 묻혀 죽을 뻔했던 것이다.

아들이 집에 돌아와 그 얘기를 하자 어머니는 바로 남자 점쟁이를 찾아갔다.

"당신은 거짓말을 했소. 우리 아들은 살아서 집에 돌아왔다오."

"그럴 리가 없는데."

점쟁이가 말했다.

"틀림없이 죽었소. 분명히 점괘가 그렇게 나왔단 말이오. 그는 죽을 수밖에 없는 운명이오."

그러나 늙은 여자가 모든 걸 얘기하자 그는 "또 그 여자 짓이군. 또 내 점을 망쳐놓았군 그래." 하고 투덜거렸다는 것이다.

어떤 집에 시어머니와 며느리, 두 여자가 살았다. 아들은 십 년째 집을 떠나 소식이 없었다. 살림이 말할 수 없이 가난했다. 이웃 사람들은 색시에게 여러 번 개가할 것을 권했다.

"그럼 색시는 배불리 먹을 수 있고 시어머니도 부좃돈으로 편하게 살 수 있을 것 아냐?"

그러나 며느리의 대답은 한결같았다.

"시어머니를 두고 갈 수 없어요."

이웃 사람들은 이번에는 시어머니를 구슬렸다. 그래 시어머니가 며느리에게 개가를 권했다. 그래도 며느리는 울면서 안 가겠다고 버텼다. 시어머니는 며느리를 계속 타일렀다.

"무엇 때문에 여기서 둘 다 굶어 죽니?"

드디어 며느리의 반승낙이 떨어졌다.

"그이가 죽었다는 게 밝혀지면 그때 가겠어요."

시어머니와 며느리는 점쟁이를 찾아가 아들의 사주팔자를 주면서 아직 살아 있나 점을 쳐달라고 했다. 점쟁이는 점괘를 놓고 말했다.

"그 사람의 올해 운수는 흙의 운수요. 흙이 사람을 덮고 있군. 틀림없이 그 사람은 죽었소."

그들은 소리 높여 울었다. 그러면서 점쟁이에게 점을 다시 한 번만 봐 달라고 부탁했다. 혹시라도 달리 풀이할 도리가 있을까 하는 희망에서. 점쟁이는 한 번 더 점을 보더니 같은 소리를 되풀이했다.

"그 사람은 죽었소."

젊은 아낙은 통곡했다.

"만약에 내 점이 틀렸다면 내 점상을 뒤집어엎고 책을 불태워 버리시오."

길 건너 사당 담 밑에도 점쟁이가 있었다. 이들이 울고 슬퍼하는 것을 보자 그 점쟁이가 불렀다.

"다른 풀이법이 있을지도 모르니 기다려 보시오. 어쩌면 그 사람이 지금 집으로 돌아오려고 여행길에 올라있는지도 모르지요. 흙을 뒤집어 쓴 건 아마 그때문일 거요."

이 점쟁이는 가족을 위로하려 애썼다.

시어머니와 며느리는 다시 기운을 내서 집을 향해 걸었다. 집 가까이 오자 이웃 사람들이 달려 나오며 아들이 돌아왔다고 일렀다. 시어머니와 며느리는 집에 들어가 아들의 얼굴을 보기도 전에 오던 길을 되돌아가 처음 점을 봐준 점쟁이의 점상을 뒤집어엎고 책을 불살라 버렸다.

나는 주인집에서 지내는 동안 신기한 이야기도 많이 듣고 재미난 구경도 많이 했다. 언제나 새로운 곳을 가보고 사람 사귀는 걸 좋아했다.

어느 날 우리 남편 마을에 있을 때 친하게 지내던 여자가 찾아왔다. 여자의 남편은 선비인데다 의생이었다. 그런데 딸이 만주에 있는 장교에게 시집가게 되었다는 것이다. 신랑이 될 젊은이는 신부를 데리러 올 수가 없어 신부를 만주로 보내 달라고 청을 올렸단다. 하지만 신부의 어머니도 갈 수가 없는 형편이었다. 따라갈 여자 하인이나 계집종은 많았지만, 이들을 감독할 사람이나 신부 집을 대표할 여자가 없었다. 여자는 나보고 신부를 따라가 달라고 청했다. 친척 중에 이 일을 맡아줄 마땅한 사람을 찾다가 나를 찾아온 것이다.

주인집 마님은 다녀와도 좋다고 허락했다. 내가 없는 동안에 만쓰를 잘 보살펴주겠다는 말씀까지 했다.

나는 만쓰를 마님께 맡겨 두고 신부 행차를 따라나섰다. 노새가 끄는 가마를 타고 언덕을 넘어 모래 가득한 강변을 따라 지부까지 가는데만 이틀이 걸렸다. 지부는 그때가 처음이었다. 거기서 난생 처음으로 남자들이 끄는 인력거라는 것도 타 보았다.

부둣가로 나가 기선을 탔다. 몇 시간이 지나자 신부고 하녀고 종들이고 할 것 없이 모두 뱃멀미를 했다. 나도 예외는 아니었다. 잠깐씩이라도 좀 기운을 차린 사람들이 멀미가 심한 사람들을 돌보았다.

기선으로 일곱 날을 갔다. 여행하는 동안 줄곧 딸 만쓰 생각이 떠나지 않았다.

항구에 내려서도 다시 닷새 동안 짐수레를 타고 갔다. 길은 참 험했다. 수레에서 떨어질까 봐 옆의 난간을 꼭 붙잡고 갔다. 그래도 몸은 이리저리 제멋대로 흔들렸다.

출발한 지 보름이 지나서야 겨우 신부를 무사히 넘겨줄 수 있었다. 결혼식은 성대하게 치러졌다. 구경할 것도 참 많았다. 말을 타고 다니며 신랑 친척집들을 방문했다. 그렇게 한 달이 정신없이 지나갔다.

결혼식이 끝나자 집 생각이 났다. 딸 만쓰가 보고 싶어 견딜 수 없었다. 사람들은 내게 제발 조금만 더 있으라고, 같이 살자고 졸랐다. 애가 있다고 하자 데려오면 되지 않냐고, 애를 데리러 사람을 보내겠다고 했다. 하지만 그 지겨운 뱃멀미에 여행하면서 겪었던 온갖 고생을 생각하면 도저히 그럴 수가 없었다. 아무리 생각해도 어린 내 딸이 그런 큰 고역을 감당해 내지 못할 것 같았다. 그리고 고향이 그리웠다.

나는 돌아가기로 마음먹었다. 마침 한 장교 부인이 출발하려고 했다. 그 여자는 정크(보통 돛이 셋이고 밑이 평평한 작은 배)를 타고 간다고 했다. 선실은 작은 것 한 개밖에 없었다. 중간에 돗자리를 쳐서 반 칸씩 차지하고 떠났다. 쥐구멍 같은 그 속에서 누워 며칠을 고생했다. 줄곧 뱃멀미를 했다.

닷새째 되던 날 뉴주왕항에 닿았다. 항구는 시체로 가득 덮여 있었다. 정크는 물에 뜬 시체들 사이를 요리조리 비집고 지나갔다. 끔찍했다. 연못에 수많은 금붕어 떼가 죽어서 둥둥 떠 있는 것 같았다. 시체가 배에 부딪쳐 둔탁한 소리를 내기도 했다.

물에 퉁퉁 불어 오른 시체들은 바지가 벗겨진 채였다. 엉덩이들이 물 밖으로 솟구쳐 올라오고, 머리털은 풀어져 산발이 되어 얼굴에 휘휘 감겨 있었다. 몸뚱이는 요리하려고 손질해 놓은 돼지처럼 검고 뚱뚱했다. 게다가 벗겨진 바지가 양쪽 발목에 매달린 채 너울거리고 있는 광경이란 차마 눈 뜨고 못 볼 정도였다.

장교 부인과 나는 배 난간을 붙잡고 구역질을 했다. 눈물이 날 때까지 했다. 좀 괜찮다 싶어 고개를 들면 다시 시체가 눈에 들어왔다. 그리고 또 구역질을 했다. 계속 이런 식이었다. 나중에는 희멀건 액만 나왔다. 밤에도 시체가 둥둥 떠다니던 광경이 떠올라 잠을 이룰 수 없었다.

이 여행 중에 담배를 배웠다. 두려웠고 딸 생각에 안절부절못했다. 그리고 외로웠다.

겨우겨우 해서 지부까지 올 수 있었다. 어떻게 왔는지도 모르게 정신이 나가 있었다. 머릿속에서는 아직도 뉴주왕항에서 보았던 그 끔찍한 광경들이 잊혀지지 않았다. 그래도 지부까지 오니 마치 집에 돌아온 것처럼 마음이 놓였다. 다시 힘을 내 걸었다. 쉬지 않고 하루 반을 꼬박 걸었다. 저 멀리 봉래 언덕이 보이자 가슴이 확 트였다. 딸 만쓰를 본다는 생각에 뛸 듯이 기뻤다. 그렇게 두 달 만에 고향에 다시 돌아왔다.

돌아오자 사람들이 모두 나를 반겼다. 주인어른과 마님도 기뻐했다. 만쓰는 나를 보자마자 엉엉 울었다. 그동안 어디 갔었느냐고, 엄마가 나를 버리고 간 줄 알았다고 원망했다. 만쓰를 끌어안고 한참을 울었다.

약속대로 마님은 만쓰를 잘 보살펴주었다. 키가 한 치는 더 커 있었고, 살이 올라 대갓집 자식 못지않았다.

주인집 딸들도 나를 반겼다. 내가 없는 사이에 큰딸은 벌써 약혼을 한 상태였다. 한창 신부수업 중이었다. 점점 대갓집 마님 같은 풍모가 풍겼다. 하지만 동생은 달랐다. 옳지 못한 짓을 했다.

우리는 작은딸 방에 갈 일이 있을 때는 기침을 하든지 아니면 다른 인기척이라도 내어 미리 알려야 했다. 그래야만 방안에 있는 놈팽이가 알고 피할 테니까.

사내는 이 집에서 감독 일을 하던 총각으로 어려서부터 이 집에서 자란 자였다. 주인과 마님을 빼놓고 모두가 이 사실을 알고 있었다. 주인에게 사실을 귀띔해주려다 여러 사람이 일자리를 잃기도 했다. 종이쪽지에 몇 자 적어서 주인 찻잔 밑에 끼워 두기도 했다. 그러나 이런 일이 있을 때마다 누군가가 일자리를 잃었을 뿐 아무 소용이 없었다.

어느 날 하인 하나가 마님에게 냄새 나는 달걀을 원하느냐고 물었다. 그러자 옆에 있던 작은딸이 벌컥 성을 냈다.

"어머니, 저 사람이 우릴 욕하고 있는 걸 모르세요?"

여자가 행실이 나쁘면 '썩은 달걀'이라고 했으므로 딸이 발칵 화를 낸 것이다. 그 후 주인에게 딸 문제로 바른 소리하는 사람이 없었다.

어느 날 딸이 아파서 의원을 불러 왔다. 하인들은 무슨 병인지 다 알고 있었다. 문간채 하인들은 물론 대문 밖 사람들까지도 알았으니까. 주인 내외는 서양 의사까지 불러서 딸을 진찰하게 했다. 그 바람에 서양 사람들까지 그 일을 알게 되었다.

서양 의사가 왔을 때 우리는 너무 독한 약을 주지 말도록 부탁했다. 작은딸이 너무 큰 고통을 당할까 걱정이 돼서였다.

작은딸은 몹시 고통스러워했다. 온 집안 식구가 환자를 둘러쌌다. 나는 그 여자를 팔에 안았다. 주인과 마님은 딸이 죽는 줄 알았다. 하지만 얼마 안 있어 딸의 몸에서 어린애가 나왔다. 그냥 입고 있는 바지 속으로 나와 버린 것이다. 주인과 마님은 어린애의 울음소리를 듣고 나서야 무슨 병인가를 깨달았다. 주인어른이 내게 일렀다.

"저걸 내다 버려."

난 딸의 옷 속에 들어있는 애기를 그냥 옷째로 싸안고 나와 수양어머니에게 갔다. 내가 돌아오니 문지지가 물었다.

"그걸 내가라고 얼마를 줍디까?"

"한 푼도 안 주던데?"

"한 푼도요? 나는 적어도 은화 몇 개쯤은 집어줄 걸로 알았지요. 그럴 줄 알았으면 아까 들고 나갈 때 조사하는 척하고 들춰 보았을 텐데. 그랬더라면 참 세상이 발칵 뒤집힐 소문이 나는 건데."

주인집에선 젊은이를 내보냈다. 젊은이가 떠나자 작은딸은 이번엔 사촌과 가까워졌다.

몇 년 후 집안 망신에 울화가 치민 주인어른이 끝내 세상을 뜨고 말았다. 작은딸도 좋게는 못 죽었다. 이 집에는 아들이 없어서 남쪽에 살던 조카가 와서 장례식을 주제했는데, 절대로 작은딸을 용서하려 하지 않았다. 아버지가 죽은 책임을 기어이 딸에게 지게 한 것이다. 어찌도 심하게 추궁을 했던지 딸은 스스로 목숨을 끊었다.

그런데 대갓집 딸들 중에서 이 집 작은딸만 그런 타락한 생활을 한 건 아니다. 어떤 대갓집에서는 딸이 아무하고나 닥치는 대로 어울리는 일도 있었다. 심지어 절의 스님들과도 어울렸다.

중들과 어울리던 그 여자는 사생아를 여럿 낳았다. 그런데 그렇게 사내를 밝히더니 그예 들통이 나 버렸다. 그 집 하인과 붙어먹은 것이 탄로 난 것이다. 여자의 어머니가 둘의 관계를 알고는 남자를 내쫓았다. 세상 부끄러워 그렇게 하는 수밖에 없었다.

나는 주인집에서 3년을 살았다. 그 집에 갔을 때 만쓰는 열두 살이었는데 나올 때는 열다섯 살이었다. 주인집 사람들은 나에게 잘해주었다. 그러나 그 집 작은딸 때문에 더 머물러 있을 수가 없었다. 애를 데리고 있을 데가 못 되었다.

선교사 번즈씨의 부인이 얼마 전부터 자기 집으로 오라고 졸랐다. 그래서 그리로 옮기기로 마음을 정한 것이다. 나는 마님을 찾아 갔다.

"제 아편쟁이 남편이 병이 났대요. 절 데리러 사람이 왔더군요."

"많이 아프데?"

그렇다고 대답하고는 가면 며칠 동안 돌아오지 못할지도 모른다고 했더니 마님은 상관없다고 했다. 그래서 번즈씨네 집으로 갔다.

나는 번즈씨 부인을 만나보고 거기서 이틀을 일했다. 월급과 내가 할 일들이 정해지자 마님을 찾아가 다른 데로 옮기겠다고 털어놓았다.

딸이 시집갈 나이가 돼 가는데 살림하는 걸 전혀 배울 길이 없어서 이런 결단을 내린 거라고 설명했다. 바느질과 음식 만드는 걸 배워야 시집을 제대로 갈 수 있을 것 같다고.

마님은 허락해주었다. 그리고 내가 떠나는 것을 퍽 섭섭해 했다.

"형편이 어려워지면 다시 와서 살도록 해. 언제든 받아줄 테니까."

얼마 안 있어 그 집 주인어른이 병이 나 몸져누웠다. 하인 하나가 병시중을 부탁하러 나를 데리러 왔다. 그러나 나는 갈 수 없다고 했다. 새 집에 막 적응할 때였으니까.

주인은 죽었다. 그 집에서 다시 와 달라고 청했다. 이번에는 갔다. 낮에는 번즈씨 애기를 돌보고 밤에는 옛 마님을 위해 일했다. 나는 마님과 함께 시신을 운구하기 위한 갖가지 준비와 이사 채비 등을 하며 바삐 지냈다. 새벽에야 번즈씨네로 돌아와 두어 시간쯤 눈을 붙이곤 했다.

내가 크게 놀란 일을 겪은 것도 바로 이 무렵이다. 하루는 강변을 따라 집으로 걸어왔다. 길은 아직 어두웠다. 갑자기 무엇이 쐬아 하는 소리와 우레 같은 소리가 뒤섞여 폭음을 냈다. 꼭 지진이 나는 것 같았다. 무슨 큰 덩어리가 머리 위로 날아가는 게 보였다. 한참 날아가더니 저쪽 들판에 가서 떨어졌다. 나는 겁에 질려 땅에 폭삭 엎드렸다.

번즈씨는 그것이 별에서 떨어져 내려온 돌덩이라고 했다. 번즈씨는 이 돌덩이 한 조각을 자기 학교에 갖다 놓았다.

이사 준비가 끝나자 옛 마님은 두 딸과 함께 주인 어른의 관을 싣고 봉래를 떠났다. 가족묘지에 장례 지내기 위해서였다.

3부 새 가정

다시 남편과 합치다

딸 만쓰가 열다섯 살이 되었다. 이제 바느질이며 음식 만드는 법, 또 그밖에 조촐한 살림이나마 꾸려갈 수 있게 여러 가지를 배워야 할 나이가 된 것이다. 시집을 가서 새 인생을 시작하려면 준비가 필요한 법이다.

아편쟁이 남편은 나이를 먹자 옛날보다는 어느 모로 보나 나아진 것 같았다. 이제는 전처럼 내가 잠시라도 한눈을 팔면 모조리 내다 팔아 버리는 짓은 안 할 것 같았다.

아편을 대놓고 피우지도 않았다. 하지만 죽는 날까지 아편을 완전히 끊지는 못했다. 아직도 가끔 아편을 마셨다. 마시는 것이 피우는 것보다 돈이 덜 들었으니까.

그렇지만 그런대로 같이 살 수 있을 것 같았다. 장씨 부인에게서 집을 한 채 세냈다. 그리고 거기서 남편과 같이 살기로 했다.

남편은 관아 앞에서 떡을 팔았다. 만쓰가 만들어주면 광주리에 담아 가지고 나가서 파는 것이다. 남편은 자기 먹을 만큼은 벌었다. 대부분 필요한 물건은 자기가 산 셈이다. 겨울옷 같은 건 내가 한두 벌씩 해주기도 했지만.

해가 거듭될수록 아편쟁이 남편은 점점 더 믿음직스러워졌다. 그러나 말끝마다 욕설을 내뱉는 버릇은 아직도 못 버렸다. 두 마디 중 한 마디는 욕이었다. 내가 가끔 "무슨 말을 그렇게 해요?" 하고 주의를 주면 남편은 "난 그렇게밖에 할 줄 몰라." 하고 얼버무렸다.

어느 날 남편이 불을 피우려고 바닥에 흩어진 솔방울을 주워 모으고 있었다. 마침 그 해에 병아리를 키웠다. 남편은 눈이 나빠 잘 보지 못했다. 앞에 뭐가 있으면 눈을 가늘게 뜨고 골똘히 들여다보곤 했다. 그 사람 눈에는 병아리들이 솔방울로 보인 것이다. 그걸 긁어모으다가 병아리 똥이 손에 범벅이 되었다. 화가 난 남편 입에서 쌍욕이 튀어나왔다.

"겁탈할 놈의 병아리 똥 같으니!"

문 앞에 서 있던 이웃 사람이 한마디 거들었다.

"똥이 노리갠가? 겁탈을 하게."

나는 웃음을 터트렸다.

"똑같군, 똑같어. 똥 덩어릴 가지고 한 사람은 노리개로 삼겠다, 또 한사람은 겁탈을 하겠다니 별 우스운 꼴도 다 보겠네."

딸의 결혼 문제를 생각할 때가 되었다. 나는 오래전부터 결심한 것이 있었다. 내 딸에게는 우리 부모가 내게 정해준 남편보다 더 나은 남편을 구해주겠다고. 나는 중매를 직업적으로 하는 사람들한테 우리 딸의 시어머니를 고르도록 할 생각이 없었다. 그래서 친구들과 친척들에게 널리 의견을 구했다.

언니의 사위 되는 사람이 딸에게 꼭 맞는 사람을 알고 있다며 팔을 걷고 나섰다. 그러고 보니 나도 만난 적이 있는 총각이었다. 전에 자기 어머니와 함께 있는 걸 한두 번 본 일이 있었다. 그 집은 성이 리씨였는데 형제를 다섯 두었다. 모두 정직하고 똑똑하고 잘 생긴 청년들이었다. 맏이는 폐병으로 다 죽어가고 있었지만 둘째는 결혼해 잘 살았고, 우리 딸과 혼인 얘기가 난 아들은 셋째였다. 이 총각은 수성에 있는 병영의 전속 구두장이였다. 그 부대에는 우리 언니의 사위가 병졸로 있었다.

이 혼담이 처음 나온 것은 만쓰가 열두 살 때였다. 그런데 이제 내 딸은 열다섯 살이 되었다. 살림하는 법을 배워야 했다.

남편과 함께 다 같이 살기로 한 후부터 이태 동안 서양 사람들 집에서 일을 했고, 딸이 집안 살림을 맡아했다. 남편은 이때쯤엔 과거 어느 때보다도 행실이 좋아졌다. 그래서 남편을 다시 내 이불에 와서 자게 해주었다.

이젠 나도 애가 필요하다는 것을 느꼈다. 딸은 곧 결혼해서 떠나버릴 것이다. 한번 쏟은 물은 다시 돌아오지 않는다는 걸 나는 알고 있었다. 나한텐 아들이 없었다.

노후에 어쩔 것인가도 문제였지만 남편과 내가 떠난 후 생명의 줄기를 이을 사람이 없다는 것도 문제였다.

선교사네 집에서

나는 어릴 때부터 서양 사람들을 자주 보면서 자랐다. 어머니가 살아 있을 때 우리 집은 서양 사람들이 사는 집과 불과 몇 집밖에 떨어져 있지 않았다. 검은 수염이 무성한 키 큰 사람을 처음 보았을 땐 악귀인 줄 알고 땅에 털퍼덕 주저앉아 얼굴을 두 팔로 감싸고 안 보려고 했었다. 그러나 차차 서양 사람들을 보는데 익숙해졌다.

중국인이 주인인 집에서는 하녀가 그 집에 가서 사는 게 상례다. 그런데 서양 사람이 주인인 집에서는 하녀들이 밤이면 자기 집으로 돌아가야 했다. 그리고 음식도 주인집 것을 먹지 않고 자신이 해결해야 했고, 간혹 그 집에서 먹고 자도록 약속이 되는 경우에도 안채에서 떨어진 뒷마당 구석방에서 기거를 하면서 음식도 따로 만들어 먹어야 했다. 그러니까 하녀 입장에서는 자기 생활을 하는 기분이 있었다. 그래서 나는 서양 집에서 일하는 것을 그런대로 좋게 생각했다.

그렇지만 일은 중국 집이 훨씬 수월했다. 하녀가 하는 일이란 아침에 일어나서 마님에게 세수할 물을 갖다 주고 머리를 빗기는 일 그리고 식사를 들여오는 일 정도다. 나머지 시간은 전부 자기 시간이다. 음식도 무엇이든 먹을 수 있었다. 주인이 식탁에 남긴 음식들을 골고루 맛볼 수 있었다.

서양 집에서는 하녀가 마룻바닥을 걸레질하는 일을 맡아한다. 나는 늘 이런 것은 남자가 하는 일이라고 생각했었다. 그러나 번즈 부인은 걸레질을 시켰고 또 양탄자의 먼지를 털어내는 일도 나한테 맡겼다.

빨래도 우리네는 간단하다. 별로 더럽지 않은 옷은 보통 한 달에 두 번 정도 빨면 충분하다. 우리는 곧잘 강가에 나가 빨래를 했다. 강물에 빤 옷은 우물물에 빤 옷보다 더 희고 감촉이 좋았다.

빨래하기 전날 부엌 난로에서 나오는 재를 모아 물에 담갔다가 술을 거르듯이 체에 받쳐 거른다. 그리고 이 잿물에 옷을 담갔다 낸다. 다음 날 이렇게 담가 낸 옷들을 강물에 깨끗이 빤다. 우리는 빨래를 편편한 돌에다 놓고 방망이로 쳐서 때를 빼고 헹군 다음 강가에 펴서 말렸다. 남자들의 버선과 여자들의 발싸개는 풀을 먹여 빳빳하고 희고 곱게 했다.

나는 서양 집에서 그렇게 더러운 빨래를 처음 봤다. 중국 사람은 혹시 실수로 옷에 더러운 것을 묻히면 그 옷을 하녀에게 내주기 전에 대강 물에 헹군다.

서양 집 일은 중국 벼슬아치 집보다 힘도 들고 보수도 적었다. 단

하나 좋은 점이라면 집에서 다닐 수 있다는 거였다. 번즈씨네로 가면 돈도 더 벌 수 있을 줄 알았다. 얼핏 보면 서양 집에서 받는 봉급이 한 달에 삼천 원이니까 천 원밖에 안 주는 중국 집보다 많이 주는 듯했다. 그러나 중국 집에서 일할 때는 저축을 했지만 서양 집에서는 저축할 수 없었다. 중국 집에선 방과 두 식구 먹을 것을 주었고 물과 땔감도 마음대로 갖다 쓸 수 있었다. 봉급으로는 옷을 사 입고 심부름 값은 모아서 저축을 했었다. 그렇게 모은 돈이 삼만 원 정도 됐었다. 하지만 번즈씨네로 옮기면서 다 써 버렸다. 방을 구하고 살림을 장만하느라고 다 쓴 것이다. 집세도 내야 했고, 양식, 옷, 땔감 값까지 모두 내 봉급에서 내야 했다.

아침부터 집에 돌아갈 때까지 쉴 틈 없이 일했다. 집에 돌아가선 밀린 집일도 해야 했다. 번즈씨 부인은 아주 깐깐한 여자였다. 그리고 공정하지도 않았다.

부인과 지부로 여행을 한 일이 있었다. 부인은 아이들을 돌봐야 한다며 나를 데리고 갔다. 길 떠난 지 한참 만에 식사를 하려고 여관에 들렀다. 부인이 물었다.

"식사를 어떻게 하겠소?"

나는 모르겠다고 하면서 시키는 대로 하겠다고 했다.

"올 때 먹을 걸 가져오지 않았소?"

"아뇨."

"당신 중국 여주인하고 만주로 여행간 적 있다면서?"

"그때는 마님이 먹는 음식을 똑같이 먹었어요."

그랬더니 부인은 이렇게 나왔다.

"내가 돈을 빌려주리다. 그걸로 음식을 사 먹어요."

그러나 부인은 심부름하는 총각 애한테는 음식을 사 주었다. 난 불공평한 처사라고 생각했다. 게다가 지부로 가 보니 먹는 일이 보통 불편한 게 아니었다. 선교사들의 집은 언덕 위에 있었는데 음식 파는 가게들은 모두 언덕 밑에 있었다. 나는 어느 가게에 가야 원하는 걸 살 수 있는지도 몰랐거니와 언덕 밑에까지 내려갈 시간도 없었다. 항상 바빴다. 걸핏하면 배를 곯았다. 심부름하는 총각 애는 그 집 요리사와 같이 먹었다. 그애는 아주 편하게 지냈다. 난 이런 것들이 모두 못마땅했다.

하루는 부인이 물었다.

"어째서 지부에 온 뒤로 늘 화만 내고 있는 거요?"

그래서 속에 있는 불만들을 다 얘기했다. 그랬더니 부인은 관습이 그런데 어쩔 거냐고 나왔다. 이렇게 해서 시작한 말이 한두 마디 주고받는 사이에 싸움 비슷하게 돼 버렸다. 이제는 정말 더 참을 수가 없었다. 그래서 결론을 내렸다.

"돌아가면 다른 사람을 구해요. 난 중국 집에 다시 들어갈 테니까."

그러나 부인은 이 말을 진담으로 생각지 않았다.

다른 일로도 서로 감정이 상했다. 일요일이었다. 나는 세탁장 문 옆에 서서 신발 밑창을 꿰매 붙이고 있었다. 총각 애는 안에서 다림질을 하고 있었다. 맞은편 예배당 안으로 사람들이 들어가는 것이 보였다.

선교사 하나가 우리가 일하는 걸 보고는 부인에게 당신 하인들이 안식일을 범하고 있다고 이른 모양이다. 조금 있으니 부인이 오는 게 보였다.

나는 얼른 꿰매던 것을 소맷자락 속에 집어넣었다. 하지만 심부름하는 총각 애는 등을 돌리고 있어서 부인이 가까이 오는 것을 보지 못했다.

"왜 일요일에 다림질을 하지?"

부인이 날카롭게 물었다.

"옷을 입을 수 있게 해 놓으라고 하시니까요."

"하지만 오늘 입겠다고 한 건 아니잖아? 오늘은 다림질을 하면 못 써. 오늘은 안식일이야."

이렇게 야단을 쳤다. 부인은 나한테는 야단치려 하지 않았다. 교인이 아니었으니까. 나중에서야 앞으론 안식일에 사람들이 보는 데서 바느질을 하지 말라고 주의를 줬다. 난 왜 안 되느냐고 따졌다. 당신들의 하나님이 어디에서든 다 볼 수 있는 하나님이라면 안 보이는 데서 일하는 것은 괜찮고 보이는 데서 일하는 것은 안 될 까닭이 없지 않느냐고, 또 당신들이 지키는 법은 하나님의 법이 아니냐고 대들었다.

그런 일이 있은 후 어느 일요일, 나는 부인의 방에 침구를 바로잡으러 들어갔다. 부인은 아들의 양말을 꿰매는 중이었다. 나는 침대를 빙 돌아 부인이 나를 볼 수 있는 자리에 가서 섰다. 그리고 빙그레 웃었다. 부인은 당황해서 얼버무렸다.

"어쩔 거야? 애 발가락이 다 드러나는데."

그 뒤로는 일요일 날 일하는 것에 대해 다시는 잔소리를 하지 않았다.

여행을 하는 동안 내 전 재산이 날라 갔다. 남은 것이 없었다. 앞으로 살아갈 일이 막막했다. 부인과는 사이가 점점 벌어졌다. 악감정이 담긴 말들이 오갔다.

"난 중국에 와서 당신처럼 마음에 안 드는 사람은 처음 보았소."

"지금까지 남의 집에서 일도 많이 했지만 부인처럼 마음에 안 드는 여주인도 처음이구려."

"난 당신을 좀 쓸모 있는 여자로 만들어 볼 생각이었는데 아무 소용없게 됐지 뭐요."

"부인도 누차 말했듯이, 난 벌써 쓸모없게 만들어져 버린 여자요."

이런 식이었다. 그래도 부인은 내가 다른 일자리를 구하겠다고 한 말을 믿지 않았던 모양이다. 그러나 나는 고향에 돌아오는 길로 수양어머니에게 모든 걸 얘기했다.

"이틀만 기다려 봐. 내가 알아볼 테니."

수양어머니는 과연 이틀 후에 좋은 자리를 구해주었다. 관리 하나가 다른 지방으로 가게 되었는데 그 집에서 나와 만쓰를 데려가겠다고 한 것이다. 아편쟁이 남편까지 와도 괜찮다고 했다. 식구 모두가 그 집에서 먹을 것과 입을 것을 얻게 될 테고, 게다가 공짜로 여행까지 하게 될 것이다.

번즈씨 부인에게 가서 이 얘기를 했다. 그랬더니 팔을 잡고 울면서 가지 말라고 했다. 친구들 역시 고향을 떠나 타지로 가는 것을 반대했다. 청산해야 할 빚도 있고 받아야 할 돈도 적지 않았다. 이런저런 일들을 다 마무리 지었을 때 관리는 이미 떠나 버린 후였다. 나는 번즈씨 부인 밑에서 2년 정도를 일했다.

의화단의 광풍이 이곳까지 불어왔다. 목숨을 잃은 사람은 없었지만 험한 소문들이 나돌았다. 문에 피로 표식을 적어 놓고 다닌다고도 했고, 우물에 독약을 넣고 다닌다고도 했다. 소문은 눈 내리듯 어디선지 모르게 시작되어 우리에게 와서 쌓였다.

인쇄소에서 일하던 어떤 남자는 갑자기 불경을 외기 시작했다. 의화단 무리들에게 잡혔을 때 그들 앞에서 불경의 구절들을 주워섬길 수 있도록 준비하는 것이었다. 그러면 기독교인들과 같이 있었다고는 생각지 않을 거라는 계산이었다.

번즈씨 부인은 겁을 먹고 이리 뛰고 저리 뛰고 했다. 떠날 준비를 한다고 허둥대다가 무릎까지 다쳤다. 내가 "겁낼 필요 없어요." 하고 위로하면 부인은 "겁낼 필요가 있어!" 하고 중얼거렸다.

요리사 한씨만이 겁을 내지 않았다.

"난 내 종교를 다른 사람을 억누르고 괴롭히는데 쓴 적이 없어. 기독교인으로 살면서 누구를 해친 일이 없다구."

그는 자기 할일을 계속 침착하게 해 나갔다.

요리사와 싸우기 전까지 나는 번즈씨 집에 있었다. 요리사하고 나는 한동안 친하게 지냈었다. 그 사람이 여행을 하는 동안 우리가 그 사람 집을 지켜주기도 했고, 만쓰의 혼례식 때는 그 사람 아들이 신부의 오빠 노릇까지 해주었다. 그런데 싸움이 벌어졌다. 그리고 그 싸움을 화해로 끝낼 도리가 없었다. 그래서 집으로 돌아가 행상을 나서기 시작했다.

만쓰의 결혼

만쓰는 이제 열일곱이었다. 나는 번즈씨네 집에 있을 때부터 그 애가 결혼할 때가 됐다고 생각했다. 그리고 내 몸속에는 새 생명이 움트고 있었다. 아이가 태어나기 전에 만쓰를 시집보내는 것이 마땅했다. 남편은 혼례 비용도 마련 안 됐는데 어떻게 보낼 거냐고 했지만, 나는 해야 한다고 우겼다. 딸이 결혼하여 새 살림을 차릴 때가 됐는데 마냥 기다릴 수만은 없었다.

그래서 훗날 만쓰는 자신의 불행이 모두 나 때문인 듯 나를 원망했다. 그렇지만 사람은 결혼을 해야 한다. 여자는 결혼을 함으로써 생명의 흐름을 이을 수 있다.

앞으로 일어날 일을 미리 점쳐 자기 마음에 드는 일만 일어나게 할 수는 없다. 이런저런 일들을 그저 일어나는 대로 받아들이고 거기 맞추어서 살 도리밖에 없다. 우리네 인생은 결국 태어날 때 팔자에 이미 정해져 있기 마련이니까.

그래서 만쓰를 결혼시켰다. 친구의 도움을 많이 받았다. 혼인날은 삼월 초이렛날이었다. 번즈 부인의 요리사 한씨의 아들은 만쓰와 동갑이었는데, 그애가 혼례 때 남자 형제 노릇을 하고 만쓰를 시집에 데려다 주었다. 나는 그만하면 만족스런 신랑을 구해주었다고 생각했다. 신랑은 수성에 주둔한 부대의 전속 구두장이였다. 안정된 일거리가 있으니까 먹을 건 걱정 없다고 생각했다.

결혼한 지 십칠 일 만에 만쓰는 집으로 돌아왔다. 결혼한 바로 그 날 시부모가 만주로 떠나 버렸다. 캉에 깔린 자리와 이불 한 채만 남겨 놓고 모두 싸 가지고 가 버렸다. 사위는 만쓰에게 돈 한 푼 갖다 주지 않았다.

나는 우리 집과 한 울타리 안에 있는 동쪽 켠 집을 세내 딸네 부부를 있게 했다. 석 달 동안 집세를 내주고 음식을 대주었다. 하루는 이웃 사람 하나가 이상한 듯 물었다.

"댁의 사위가 집에 양식을 들여놓지 않아요?"

"그렇다우. 밀가루 한 포대, 곡식 한 됫박 안 가지고 와요. 동전 한 닢도 안 내놓는 걸."

"은 석 냥에다 음식까지 버는 사람이 무슨 꼴이람?"

그 날 밤 사위가 집에 돌아왔을 때 물어 보았다.

"봉급 안 받았나?"

사위는 이 말을 듣자 화가 잔뜩 나서 집을 나가 그 후 몇 달 동안 들어오지 않았다. 어떻게 됐는지 소식도 듣지 못했다. 나는 세냈던 옆채를 다시 내놓고 만쓰를 데려왔다.

내 몸에서는 새 생명이 자라고 있었다. 섣달에 셋째딸을 낳았다. 그때쯤 사위 소식을 들을 수 있었다. 칭따오에 있는 외국 군대에 들어가 한 달에 여덟 냥씩을 받고 있다고 써 보냈다. 그래 이젠 모든 일이 다 잘 될 줄 알았다. 한 달에 적어도 두 냥씩은 보내 주리라 믿었다.

해산한 지 나흘 만에 자리에서 일어나 장씨 부인을 도우러 갔다. 그 집에 초상이 났기 때문이다. 나는 신발에 흰 천을 꿰매 붙이는 일과 삼베옷 만드는 일을 맡았다. 해산구완도 제대로 못해 몸이 좋지 않았다.

그 날도 일하고 돌아와 캉에서 쉬고 있었다. 이번 해산은 전보다 더 고생스러웠다. 마침 외삼촌이 놀러 와서 두런두런 얘기를 나누고 있었다. 문 두드리는 소리가 나는가 싶더니 어느 새 사위가 걸어 들어왔다. 그 동안 내내 떠나 있던 내 딸의 남편이, 동전 한 닢 안 보내던 사위가 그제야 돌아온 것이다.

머리가 제멋대로 자라 산발해 있었고, 수염이 텁수룩했다. 막 탄광에서 나온 사람처럼 얼굴이 시커맸다. 옷도 솜을 둔 짧은 윗도리와 무릎까지밖에 내려오지 않는 얇은 누비바지 차림이었다.

사위는 걸상에 걸터앉더니 머리를 떨군 채 덜덜 떨었다. 아무도 말을 걸지 않았다. 모두 화가 머리끝까지 나 있었다. 사위는 초라한 꼴로 계속 웅크리고 있다가 엉거주춤 일어섰다.

"이만 가 봐야겠군."

나는 외삼촌을 쳐다봤다. 외삼촌이 사위가 불쌍했는지 대꾸를 해줬다.

"돌아왔군 그래, 자네."

"네, 왔어요."

"난 자네가 훌륭한 군인이 되어서 외국 군대에 들어가 한 달에 여덟 냥씩 받고 있는 줄 알았지."

"어떤 놈이 가짜 편지를 써 보내서 헛소문을 퍼뜨렸나 보군."

외삼촌은 그 말을 듣자 정나미가 떨어진 듯 가려고 일어섰다.

"자, 그럼 또 보세."

그리곤 가 버렸다. 내가 사위에게 물었다.

"이제 어쩔 건가?"

"여기서 살죠."

그는 퉁명스럽게 내뱉었다.

"어떻게 여기서 살아? 캉이 이것 하나뿐인데. 여기 어디 자네 잘 자리가 있나? 자네 안사람하고 나하고 어린애하고 애 아버지까지 벌써 꽉 찼단 말일세. 자네 들어올 자리가 어디 있어?"

"벽감(벽에다 네모난 홈을 파서 신을 모신 곳)에서라도 자죠."

"그래? 무얼 덮고? 자네는 이불도 없이 한데서 자게 하고 우리만 캉에서 따뜻하게 이불 덮고 잘 수 있어? 그렇다고 자네 덮으라고 이불이 여벌로 있는 것도 아니잖나?"

말을 주고받은 끝에 남편이 데리고 나가서 잘 데를 구해주었다.

장씨 부인이 설에 쓰라고 준 밀가루가 조금 있었다. 난 남편과 딸에게 얘기했다.

“저 사람 돈 없고 배고픈 사람이야. 올 정월엔 자오쯔도 못 얻어먹을 걸. 수수가루에 밀가루 좀 섞어서 정월 초사흗날 와서 먹게 하지.”

그래 우리는 그 날 오라 했고 사위도 그러마고 했다.

사위는 집을 떠나 있던 석 달 동안 북문 위의 누각에서 살았다. 그는 거기서 더벅머리 쌍놈들과 어울려 지냈다. 사위와 마찬가지로 아무 쓸모없는 인간쓰레기들이었다. 밤에는 문루에서 자고 낮에는 거리를 어슬렁거렸다.

정월 초이튿날 문 두드리는 소리가 났다. 애 아버지가 무슨 일인가 하고 나갔다. 그런데 남편이 미처 대문을 열기도 전에 그 인간이 한 발을 대문 안으로 덥석 밀어 넣었다. 사위는 힘이 세서 남편이 당해낼 수가 없었다. 벌써 안으로 들어와 있었다. 정월 초사흘이 되기 전에 사위가 장모를 보러 오는 것은 있을 수 없는 일이었다.

“왜 오늘 왔는가? 사흗날 오라고 하지 않았나?”

“내 마누라를 찾으러 왔소. 데려가려고.”

“그래 어디로 데려갈 텐가? 여태까지 먹을 것도 한번 안 대준 주제에.”

“저 여자가 내 마누라요, 아니요?”

내 딸을 내다 팔겠다는 뜻이었다. 나는 울화가 치밀어 펄펄 뛰었다. 사위는 웃옷을 벗어부치고 변발을 머리에 빙 둘러 감더니 팔을 들썩하면서 싸울 자세를 취했다. 딸이 내 허리를 끌어안으며 울먹였다.

“엄마, 엄마, 난 안 갈래요.”

"자네 보증 설 사람을 데려오게. 그럼 내 딸을 데리고 가게 해줄 테니. 그러기 전엔 안 돼, 어림없어!"

남편이 들어와서 사위를 좋은 말로 타이르더니 데리고 나갔다. 그러나 사위는 보증 서줄 사람을 구하지 못했다.

사위는 우리 집 근처에 살고 있는 외삼촌을 찾아갔던 모양이다.

"우리 장모한테 얘기 좀 해주쇼. 난 버린 인간이라고. 새서방 구해주라고 하란 말이오."

"무슨 말을 그렇게 하나?"

외삼촌은 깜짝 놀랐다.

"난 그런 말 들을 생각 없네."

외삼촌에게 사위가 뭐라고 하더냐고 묻자 이렇게 얘기했다.

"사람이 아니더군. 사람이 아닌 친구하고 무슨 말을 주고받겠어?"

"왜 그 놈을 쳐서 토막을 내지 그냥 보냈어요?"

이웃 사람들도 와서 한마디씩 했다. 한시도 마음을 놓지 말고 사위를 경계해야 한다는 것이었다.

어느 날 이웃에 사는 여자와 장씨 부인 집에 품을 팔러 갈 일이 생겼다. 그 여자에게는 열다섯 살 된 딸이 있었는데, 자기가 우리 딸 동무를 해줄 테니까 다녀오라고 했다. 그래 나는 애기를 안고 집을 나갔다. 나가면서도 딸에게 문 꼭 잠그고 있으라고 단단히 일렀다.

그 집에 가 있는데 이웃 사람들이 몰려왔다.

"그 사람이 쳐들어와서 물건을 내갔어요."

서둘러 집으로 가 보았다.

내가 집을 나간 뒤에 그자가 와서 대문을 두드렸던 것이다. 이웃집 딸애가 나갔는데, 이번에도 그 자식은 억지로 밀고 들어와 "나 담배나 피우련다." 하고 퍼져 앉았다. 둘이서 담배 피울 준비를 해주고 이웃집 애가 시중을 들었다. 그자는 제 집인 양 편안히 앉아서 내 물담배를 뻐끔뻐끔 피워댄 것이다.

"우리 어머니가 두고 간 이불 어디 있냐?"

"전당포에 갖다 잡혔어요. 먹을 걸 대주지 않으니 별수없잖아요."

딸은 꽤 머리를 잘 쓰는 편이었다. 사실 이불은 전당포에 잡힌 게 아니라 숨겨져 있었다.

"그럼 대신 저것하고 이걸 갖고 갈까?"

그놈은 침대 발치에 개켜 얹은 두꺼운 이불과 내 물담뱃대를 들고 나가려 했다. 딸이 "도둑이야!" 하고 소리를 질렀다. 그 소리에 이웃 사람들이 달려 나왔다.

이웃집 처녀가 사위의 허리를 잡고 늘어졌다. 하지만 열다섯 살 난 여자애가 어떻게 체격 좋고 힘센 사내를 당하겠는가. 사위는 이웃 사람들이 미처 붙잡기 전에 도망쳐 버렸다.

우리는 전당포를 찾아다니며 알아 보기 시작했다. 마침내 아편굴 주인의 사위인 짱구머리 장씨가 북쪽 큰길가에 있는 전당포에서 나오는 그 자식과 마주쳤다.

"자네 여기서 뭘 하고 있나?"

사위는 오히려 큰소리를 쳤다.

"내가 여기서 무얼 하든 자네가 무슨 상관이야? 여기 오면 안 되는 법이라도 있어?"

우리가 그 전당포에 들어가 보니 그자는 물건들을 잡힐 것도 없이 아예 팔아 버렸더군. 돈을 내고도 다시 찾을 수 없게 된 것이다.

이 일이 있은 후부터 딸을 집에 놔두고 다니기가 겁났다. 그래서 사흘 동안 장씨 집에 일하러 갈 때도 그애를 데리고 다녔다. 장씨 부인의 살림집은 그 사람이 하는 학교와 한마당 안에 있었다. 그래서 부인은 걱정을 했다.

"남학생들이 많이 드나드는 이런 곳에 젊은 색시를 놔두는 건 좋지 않을 것 같아. 어디 마땅한 데가 없을까?"

그래서 딸을 수양어머니네 집에 감추어 놓았다.

나는 장씨 집에서 며칠거리 삯일을 맡았다. 집을 나갈 때는 방문과 바깥대문을 잠그고 큰 돌을 문 앞에 질러 놓고 이웃집 마당을 통해서 나갔다. 애기도 그 집에 맡겼다. 장씨 집 일이 끝나고 애기를 맡긴 이웃집에 갔더니 그 집 여자가 쉬었다 가라고 권했다.

"애기도 배고플 테고 자네도 허기가 질 텐데 여기서 젖 먹이고 애기 엄마도 죽 한 그릇 마시고 가게."

그래 애기 젖을 먹이고 죽 한 그릇 얻어먹고는 집으로 갔다. 그런데 문에 질러 놓은 돌이 한쪽으로 치워지고 대문이 비스듬히 열려 있었다. 그렇지만 방문은 나올 때 그대로 잠겨 있었다. 나는 혼잣말로 지껄였다.

"어째 대문이 열려 있는데 방문은 잠겨 있을까? 돌은 또 치워져 있고?"

살펴보니 창문이 열려 있었다. 그자가 다녀간 것이 틀림없었다. 옷상자를 열고 옷을 몽땅 가지고 간 것이다. 외삼촌이 맡겨 놓은 옷이며 내가 준비해 둔 남편의 겨울옷, 딸이 결혼식 때 입었던 옷들이 모두 들어 있었다. 게다가 이불까지 걷어가 버렸다.

이웃 사람들이 모여들었다. 어찌도 사람이 많이 왔던지 대문 앞이 물 끓는 가마솥 같았다.

한숨이 절로 나왔다. 사위 놈을 잡아다가 매질을 하고 다리몽둥이를 분질러놓고 싶었다. 더 이상 안 되겠다 싶어 관아에 고소하기로 마음먹었다. 우선 옛 무관집 아들을 찾아가기로 했다. 늙은 주인과 마님은 떠나고 없었지만 셋째 아들은 아직도 있었다. 그는 문관이 될 준비를 하고 있었는데, 우리 사위가 근무했던 수성에 있는 장교들을 잘 알았다. 나는 그 집의 유모를 찾아갔다. 유모는 젊은 주인에게 가서 내가 한 얘기를 전했다. 얘기가 다 끝나기도 전에 젊은 주인은 관아의 하인을 보내서 사위를 당장 잡아들이라고 분부했다.

"그 사람 우리 아버지 친구였던 왕 장군 밑에서 밥 얻어먹던 사람이군. 지난 가을에도 군복 세 벌을 훔쳐 가지고 도망쳤지 아마?"

젊은 주인은 부대에 있는 장군한테도 연락했다. 장군은 즉시 군인을 보내 사위를 잡아오라고 했다.

내가 젊은 주인을 만나고 돌아오자마자 관아에서 네 남자가 집에 들이닥쳤다. 조사를 하러 온 것이다. 이웃 사람들이 거들고 나섰다. 집안의 이곳저곳을 보여주면서 그들의 말 상대를 했다. 그때 길에서 과자를 파는 남자애가 와서 귀띔을 해줬다.

"내가 도둑질한 사람을 봤어요. 이 집 사위가 아니라 구칭이던데요."

구칭은 이 근처에선 모르는 사람이 없는 유명한 도둑이었다. 사위가 문루에서 거지 같은 생활을 할 때 같이 지낸 놈들 중 하나였다. 그러나 지금 그놈이 어디 사는지 알 길이 없었다.

이웃 사람 하나가 외쳤다.

"북문 밖으로 가 보자."

그러자 다른 사람이 막고 나섰다.

"그 사람 남문 밖에 여자가 있잖아?"

짱구머리 장씨가 앞장서서 관아에서 온 남자들을 데리고 도둑을 찾으러 나섰다. 이웃 사람도 여럿 따라갔다. 그들이 남문 밖에 갔을 때 여자는 집 앞 개울에서 빨래를 하고 있었다.

여자가 물었다.

"무슨 일이오?"

"구칭을 찾으러 왔소. 그 사람 지금 어디 있소?"

여자는 모른다고 했지만 그들은 밀고 들어갔다. 이 도둑놈은 잠을 자고 있다가 밖에서 왁자지껄하는 소리에 일어나 도망치려고 했다. 하지만 미처 담을 넘기도 전에 눈에 띄고 말았다.

"물건을 갖다 어쨌냐?"

사람들이 소리쳐 물었다.

"무슨 물건을 어째?"

방귀 낀 놈이 되레 성낸다고 구칭은 고함을 지르며 사람들에게 돌을 던졌다. 관아에서 나온 사람 중 하나가 방망이를 던졌다. 방망이는 이마를 향해 정통으로 날아갔다. 도둑놈은 그 자리에서 기절했다.

여자의 옷상자를 열었더니 내 옷 보따리가 들어 있었다. 관아에서 온 사람들이 구칭을 잡아끌고 갔고, 군인들은 사위를 잡아 부대로 끌고 갔다.

이웃 사람들이 와서 알려줬다.

"그 사람 잡혔대요. 당신 사위니까 부대에 가 봐요. 장군께 절하고 살려 달라고 해요."

"뭐가 아쉽다고 내가 절을 해? 미워 죽겠는데."

사위는 손발이 묶인 채 왕 장군 밑에 꿇어앉아 있었다. 왕 장군은 나를 알고 있었다. 나하고는 말하자면 옛 친구 같은 분이었다.

왕 장군이 사위한테 호통을 쳤다.

"넌 왜 장모님을 그렇게 괴롭히냐?"

사위는 곤장 오십 대를 맞았다. 안 돼 보였던지 구두장이의 우두머리인 왕씨가 나서서 사위를 대신해 장군께 용서를 빌었다. 그는 장군으로부터 사위가 군복 세 벌 훔친 것에 대한 용서를 얻었다. 그리고 사위에게 옛날 일자리를 다시 줄 것을 탄원했다. 자신이 사위의 보증인이 되겠다며. 하지만 장군은 우선 벌을 주고 또 아편 버릇을 버린 뒤라야 고려해 볼 일이라며 잡아 가두게 했다. 군인들은 사위를 훈련장 뒤쪽에 있는 감옥에 한 달 동안 가두어 두었다.

그가 감옥에서 나오자 구두장이의 우두머리인 왕씨가 데리고 왔다.

"이 사람 이렇게 나온 것이 반갑지 않으세요? 인제 버릇 고쳤어요. 지금부터 우리 이 친구를 사람 한번 만들어 봅시다."

"이 사람 다시 맞아들였다가 또 살림을 돌보지 않고 식구를 못살게 구는 날엔 어떻게 해요?"

"내가 이 사람을 수양아들로 삼으리다."

이렇게 해서 왕씨가 사위의 보증인이 되었다.

"둘이 같이 살게 해요. 저 사람 살림하는 걸 배우게 하고. 만약 문제가 생기면 나한테 오세요."

왕씨는 딸네 부부를 위해 수성에다 셋방을 얻어주고 가끔 양식을 가져다주기도 했다. 사위는 한동안 얌전했다. 하지만 제 버릇 개 못 준다고 보름이 지나자 다시 나빠지기 시작했다. 아편을 피우기 위해 저희 집 곡식은 물론이고 이웃집 물건까지 내다 팔기 시작했다. 딸은 다시 굶게 되었다. 왕씨는 곡식 가게에 얘기해서 내 딸에게 곡식을 외상으로 주도록 배려했다.

석 달 후 왕씨가 직접 내 딸을 데리고 왔다.

"딸을 도루 맡으시구려. 더 어떻게 해볼 도리가 없구먼. 그 사람은 나도 길을 못 들이겠소."

사위는 또다시 부대에서 쫓겨나 거리를 어슬렁거리고 다녔다. 조금이라도 친절하게 대해주는 사람이 있으면 그 사람 물건을 훔쳐내다 팔았다. 그는 북문 근처에 있는 곡식 가게에 들어가 물건을 훔치기도 했다.

가게에 들어가면 일단 절을 하고 신세타령을 했다. 하루 종일 아무것도 못 먹었다느니 하면서 "옥수수 떡 한쪽만 주세요." 하며 구걸을 했다. 빵이 눈에 띌 것 같으면 "아유, 그 빵 참 맛 좋게 생겼다. 진짜 맛 좋게 생겼어." 이런 식으로 수작을 부리다가 빵을 홱 낚아채서 뺑소니를 쳤다.

내 수양어머니 가게에 들어가 양파를 훔친 일도 있었다. 거지처럼 거리를 헤매고 다니며 훔친 것으로 살아갔다.

딸과 사위는 석 달 동안 같이 살았다. 딸은 이제 홀몸이 아니었다.

자식과 손주들

어느 날 밤 폭우가 쏟아지고 천둥이 치는 꿈을 꿨다. 번개가 방안까지 번쩍거렸다. 나는 빨리 문을 닫으라고 했지만 만쓰는 일어나지 않았다. 바로 그때 벼락이 만쓰를 때렸다. 그애는 온통 불투성이가 되어 훨훨 타올랐다. 그리고 얼마 후 손녀딸 수데가 태어났다.

우리네 관습으로는 애를 외갓집에서 낳으면 안 된다. 도리에 어긋난 짓이다. 그때쯤 나는 그런 법이나 관습 같은 것을 대단치 않게 여겼지만 마침 란씨 댁이 자청해서 맡겠다고 나섰다.

"마당 한구석에 안 쓰는 방이 있어요. 딸을 그리로 보내세요. 해산을 제대로 시켜야지."

"서양 사람들이 뭐라고 안 할까요?"

"그 사람들 알지도 못할 거고, 설령 안다고 해도 뭐라 하진 않을 거야."

그 집에 사는 서양 사람들은 모두 맘씨가 좋았다. 그래서 만쓰를 란씨 댁에 보냈다. 그애는 그곳에서 두 달을 묵었다.

손녀를 보자 주위 사람들이 이제는 사위도 애기아버지가 됐으니 전하고는 다를 거라고들 했다. 사위도 나를 찾아와 도움을 청했다. 어떻게 하겠는가. 다시 받아주었다.

수데는 사월에 태어났다. 오월에 사위는 관아에 잡혀갔다왔다. 또 도둑질을 한 것이다. 나는 어디 다른 고장에 가서 일자리를 구해 보라고 권했다. 사위는 지부에 가 보겠다고 했다. 사위를 위해 음식을 만들었다. 달걀도 삶고 빵도 데우고 해서 배불리 먹여 떠나보냈다.

우리는 그 인간이 떠난 줄로만 알았다. 그런데 어느 날 이웃이 이상한 말을 했다.

"댁의 사위가 이 고장을 떠난 게 아닌가요?"

"그렇다우."

"그럼 큰길에 있는 구둣방에서 본 사람은 다른 사람이구먼."

나는 그 구둣방을 찾아갔다.

"리밍이 여기 있습니까?"

리밍은 사위의 아명이었다. 직공들이 가게 뒤쪽에 대고 소리를 질렀다.

"리밍, 리밍!"

사위가 나타났다.

"왜 안 갔나?"

사위는 아무 말도 못했다. 사위를 집에 데리고 왔다. 그리고는 딸과 상의했다.

"만주에 있는 자기 부모한테 보내주지."

하지만 돈이 없었다. 이웃에게 삼백 원을 빌려 큼직한 빵을 한 덩어리 사주고 배편을 마련해줬다. 그런데 관아에서 나온 사람들이 배에 올라가 이부자리와 옷을 빼앗으려 했다. 사위가 전에 훔친 물건들 대신이었다. 남편이 사위를 위해 빌면서 사정했다.

"다 아는 처지가 아니오? 저 사람 지금 자기 고향으로 돌아가는 몸인데 제발 떨면서 가지 않게 해줍시다."

그래서 옷은 건질 수 있었다. 사위는 이불은 빼앗아가도 상관 안 했다. 솥뚜껑 같은 빵 덩어리만 가슴에 꽉 껴안고는 누가 빼앗아갈까 봐 정신이 하나도 없었다.

사위가 무사히 도착했다는 것을 알 수 있었다. 그 사람 어머니가 내 딸에게 붉은 천 한 자와 꽃무늬 옷감을 조금 보내주었으니까. 애기 입히라고 보낸 것이다. 그 집에서 내 딸과 손녀들을 위해 한 일은 이것뿐이다.

그 해에는 이웃에 사는 여자 모두가 애를 뱄다. 새 생명으로 배가 부르지 않은 사람이 없었다. 애기를 한 번도 가져 본 일이 없는 여자까지 그 해에는 임신을 했다. 딸도 큰애를 낳은 지 두 달도 못 되어 또 애를 가졌다. 둘째는 정월을 얼마 앞두고 태어났다. 이번에도 딸이었다.

둘째를 낳고 만쓰는 큰 병을 앓았다. 눈이 불을 켠 것처럼 번쩍거렸다. 달걀 스무 개와 빵 열 개, 그리고 죽을 여러 그릇이나 먹었는데도 허기가 진다고 했다.

나는 이집 저집으로 물건을 팔러 다니면서 딸의 병 이야기를 했다. 마음이 언제나 무거웠다. 용하다는 의원 집에도 가서 부인한테 걱정거리를 털어 놓았다. 그러자 부인이 말했다.

"바깥 어른께 부탁해서 환자를 가서 보시도록 하리다."

난 펄쩍 뛰었다.

"가마를 타고 다니는 높으신 양반을 어떻게 개구녕 같은 집에 오시라고 할 수 있어요?"

며칠 후 정말로 그 어른이 왔다. 큰길 끝나는 데까지 가마를 타고 오다 작은 골목은 걸어들어왔다. 큼직한 털외투를 입고 털로 된 목도리를 두르고 있었다.

딸은 그분이 내려준 처방에 따라 약을 먹고 나았다. 그런데 의사 선생님은 돈 한 푼 받지 않았다.

나는 다시 애를 가져 몸이 무거웠다. 집을 세내주었던 장씨 부인이 안됐다는 듯 쯧쯧 혀를 찼다.

"하루 종일 짐 지고 다니는 것도 고단할 텐데 밤에 또 손녀를 돌보아야 하니 얼마나 힘들겠수."

내 어린 딸은 오래 살지 못했다. 돌도 되기 전에 설사만 하다가 죽었다. 장씨 부인은 거듭 걱정을 했다.

"홀몸도 아닌데 뱃속의 애기에게 해가 가면 어쩌려고 그렇게 무리를 해요?"

아닌 게 아니라 나는 마을 근처 다리에서 개울물로 떨어지는 변을 당했다. 다행히 솜을 두어 누빈 바지를 두 개 겹쳐 입고 있어서 다치지는 않았다. 신발은 진흙에 처박혀 벗겨지고 말았지만.

사고가 나고 한 달 정도는 밖에 나다니기가 겁났다. 그렇다고 안 나갈 수도 없었다. 애기 낳기 닷새 전에도 북쪽 거리로 곡식을 얻으러 갔었다.

애가 태어났다. 이웃집 여자들이 삼촌한테 알렸다.

"이 집에 복이 내렸네요."

"뭣입디까?"

"아들이요!"

"그럴 리가! 우리가 그렇게 복이 많단 말인가?"

삼촌은 너무 기쁜 나머지 자기도 모르게 말이 그렇게 나와 버렸다. 그리고는 다짐했다.

"난 그애 이름을 수오주쓰라고 짓겠다. 단단히 자물쇠로 잠근 아들이란 뜻이지. 우린 이 귀한 애가 도망가지 못하도록 단단히 보살펴야 해."

삼촌은 몸 좀 추스르라고 달걀을 여러 개 사주었다. 애를 낳은 지 여드레 만에 일어나 물건을 팔러 나갔다.

"그러다가 병날라."

이웃 사람들은 말렸지만 어쩔 도리가 없었다. 살기 위해선 행상을 다녀야 했다. 딸과 의논해서 어린애들을 밤에는 내가 젖먹이고 낮에는 딸이 먹이기로 했다.

남편은 그때 쉰넷이었는데 건강이 별로 좋지 못했다. 그러더니 기어이 병이 나서 몸져누웠다. 그리고 한 달을 꼬박 앓다가 세상을 떴다. 나이를 먹고부터는 착실하고 가정에도 충실했는데. 그러나 남편이 죽은 것이 과히 섭섭지는 않았다. 아들이 생기니 든든했다. 우리 집도 자리가 잡힌 것이다.

아들이 생기고부터는 어찌도 좋은지 혼자 이런 생각을 자주 했다.

'이젠 나도 자리가 잡혔으니 딸애도 자리를 잡아주어야 할 것 아닌가?'

만주로 전갈을 보내 사위에게 돌아오라고 했다. 사위는 부모가 해준 좋은 옷을 입고 왔다. 나는 이웃집에 가서 자면서 딸네 부부에게 방을 내주었다.

근처에 큰 채소밭이 있었다. 손녀딸과 아들은 곧잘 채소밭에 가서 놀았다. 내가 어릴 때 그랬던 것처럼. 아이들은 근처 강가에도 나가 모래와 자갈로 집짓기 놀이를 했다. 봄여름에는 아이들에게 조심하라고 일렀다. 가끔가다 산골짝에서 쏟아지는 빗물에 물이 급작스레 불어 사람이 떠내려가는 사고가 일어나곤 했다.

어느 날 큰비가 내렸다. 밤새 퍼부었다. 마당을 같이 쓰는 이웃이 소리를 질렀다.

"그 집에도 물이 들었어요?"

나는 그런 것 같지 않다면서 일어나 앉았다. 무릎까지 물에 잠겼다. 뭐가 물 위에 떠돌아 다녔다. 나는 깜짝 놀라 "뱀이야!" 하고 소리쳤다. 길고 둥근 것이 내 다리에 와 부딪쳤다. 성냥을 키고 보니 난로에서 빠져 나온 불쏘시개였다. 집 앞을 흐르는 강물이 넘쳐 그 일대의 집들이 모두 물에 잠긴 것이다.

맏손녀 수데와 내 아들은 장씨 부인이 하는 학교에 다녔다. 비오는 날은 학교에 가지 말라고 일렀다. 아들은 내 말을 잘 들었지만 수데는 살짝 빠져나가 학교에 가곤 했다. 장씨 부인은 수데를 몹시 귀여워했다. 수업이 끝난 다음에도 점심을 먹여 보내곤 했다.

사위는 아무런 도움이 되지 않는 군식구였다. 세월이 그렇게 흘렀건만 조금도 나아지지 않았다. 딸자식이 셋이나 되고 수데가 일곱 살이 될 때까지도 그놈은 제 마누라 팔아먹을 궁리만 했다.

"좀 들어보라구. 이거 나쁘지 않은데. 딸년을 많이 낳는 것도 괜찮은 벌이야. 이년들을 하나에 삼백 냥씩 받고 팔아 봐. 당장 팔자를 고치게 되지. 그러다 딸이 더 안 생기면 당신을 내다 파는 거라. 또 공돈 삼백 냥이 굴러 들어올 테니 말이야."

사위는 또 수데를 가수 시킨다고 들먹거렸다. 열두 살 때쯤 가수로 내보내 돈을 수백 냥씩 벌어오게 하고, 열일곱이나 열여덟에 부잣집에 첩으로 팔아먹으면 거기서 나오는 돈으로 죽을 때까지 먹고 살 수 있다는 계산이었다. 그래서 수데는 제 아비를 몹시 무서워했다. 그애는 늘 나만 따라다녔다.

"나 엄마 아빠랑 안 살래요."

그애는 제 아빠만 보이면 도망쳤다.

사위는 그때쯤 구두장이로 일하고 있었다. 하루는 그 구둣방 주인마누라가 사위에게 부탁을 했다.

"구두 가죽이 좀 있는데 그걸 신발창에 대줄 수 있소? 해볼 생각이면 얼마에 해주겠소?"

"돈 애긴 왜 꺼내요? 친한 사이에 돈 애길 할 필요는 없잖아요. 거저 해드리지요."

사위는 큰소리를 쳤다.

"그럴 수는 없지. 식사만이라도 우리 집에서 하도록 해요."

사위는 사흘 동안 그 집 밥을 먹으며 신발창을 댔다. 그런데 일이 끝나자 사위는 다른 핑계를 또 댔다.

"신발이 다 됐으니 인제 잡아당겨야겠는 걸. 이걸 좀 늘여 오리다."

그 여자는 그럴 줄만 알았다. 사흘이 지나도 사위가 나타나지 않자 여자는 구둣방으로 찾아갔다.

"신발 어쨌소?"

"걱정할 거 없어요. 곧 가서 가져오지요."

그러나 이번에는 넘어가지 않았다.

"나도 같이 갑시다."

여자는 사위의 옷자락을 걸머쥐고 따라갔다. 사위는 일부러 사람이 많은 곳만 골라 걸었다. 그러면 여자가 창피한 마음에 옷자락을 놓아줄 줄 알았던 것이다. 그러나 여자는 악착같았다. 도저히 여자를 떨쳐 버릴 수 없다는 것을 깨닫자 사위는 웃옷 단추를 끌러 옷을 벗어부치고 빠져 도망쳤다. 여자는 어처구니가 없어서 임자 잃은 웃옷을 든 채 멍하니 서 있을 뿐이었다.

이번에는 여자의 남편이 사위를 잡으러 나섰다. 사위는 곧 붙잡혔다.

"당장에 신발을 가져와!"

사위는 앞집에 신이 있으니 가져오겠다고 능청을 떨었다. 남자는 따라 들어가려 했다.

"안 됩니다."

사위는 또 그럴듯한 구실을 댔다.

"점잖은 가정집인데요. 여자들이 아직 자고 있을 텐데 어떻게 모르는 외간 남자가 들어갑니까? 여기서 지키면 되지 않아요? 대문만 잘 지키면 내가 어디로 도망가겠습니까?"

남자는 대문 앞에 있는 조그만 돌무더기 위에 올라가 사위가 나오기를 기다렸다. 그 인간이 담을 넘어 도망칠까 봐 높은 데 올라가 지켜본 것이다. 한참을 기다려도 사위는 나오지 않았다. 어느 새 점심때가 되었다. 기다리다 못해 남자는 대문을 두드렸다. 그 집 아낙네가 나왔다.

"리밍이 여기 있죠?"

"리밍요? 그 사람 벌써 오래 전에 간 걸요."

"갔다고요? 대문에서 지키고 있었는데……"

"뒷문으로 나갔어요."

그때부터 우리는 그 사람 구경을 못했다. 만주로 가 버린 것이다. 사람들이 만주서 봤다고 해서 알았다. 아편주사 바늘을 아예 팔에 꽂고 살다시피 하더란다. 바늘을 너무 많이 찔러서 살이 온통 썩어 문드러졌다고 했다.

사위는 오형제 중 셋째였는데, 하나도 잘된 자가 없다. 첫째는 폐병으로 죽었고, 둘째는 노름꾼이고, 셋째가 바로 그 인간, 넷째도 폐병으로 죽었고, 다섯째는 셋째처럼 아편쟁이였다. 하나도 인간다운 인간이 없었다. 모두 쓰잘머리 없는 인간쓰레기였다. 다 제 어머니 잘못이다. 자식들을 들짐승처럼 제멋대로 키운 탓이다. 남편이 자식들을 혼내고 가르치려 해도 여편네가 가로막고 나서서 자식 편을 들곤 했다. 남편이 벌을 주려고 한 끼라도 굶길 것 같으면 그 여편네는 음식을 몰래 갖다 먹였다.

우리 아버지는 엄한 분이었다. 길거리에서 애들과 싸우기만 하면 덮어놓고 집으로 데려가 매를 쳤다. 우리가 잘했건 잘못했건 싸웠다는 그 이유만으로도 벌을 받았다.

할아버지가 돌아가셨을 때 아버지와 삼촌은 재산을 나누어 가졌었다. 그래서 아버지가 파산했을 때도 삼촌은 많진 않았지만 재산을 가지고 있었다. 이분은 그 어렵던 시절에 나를 많이 도와주었다. 집도 가까워 늘 우리 집에 나를 보러 왔다.

삼촌은 딸만 하나 두었다. 언니와 내가 결혼에 실패한 것을 보자 삼촌은 신랑감에 대해 환하게 다 알아본 후 외동딸을 시집보내겠다고 별렀다. 그래서 삼촌은 딸을 평소에 잘 알고 지내던 총각에게 시집보냈다. 길 건너에 있는 가게에서 점원 노릇을 하는 젊은이였다. 벌이가 괜찮았다.

둘은 결혼해서 딸을 하나 낳았다. 그런데 사고가 났다. 일본 사람들이 쳐들어왔을 때의 일이다. 신랑은 친구들과 일본인들이 타고 온 배를 보러 성벽에 올라갔다가 그만 밑으로 떨어져 다리를 삐끗

했다. 한 길밖에 안 되는 데서 떨어졌는데도 다리가 부러졌다. 의원은 맥을 짚어 보고는 이제부터 부부생활을 하지 말고 이러저러한 음식을 삼가라고 했다.

의원이 삼가라는 짓을 했는지 어쨌는지, 다리는 한없이 부어올랐다. 서양 의사에게 보였더니 다리를 잘라야 한다고 해서 수술을 받았다. 죽을 때까지 목발을 짚고 다리 하나로 껑충껑충 뛰어다니게 된 것이다. 다리가 그래서 가게에서 점원 노릇도 할 수 없었다. 그래 형제들과 같이 가게를 직접 차렸는데 이것도 망하고 말았다. 부부는 조금 남은 재산을 처분하고 애들을 데리고 우리 삼촌네로 들어왔다.

부부는 아이를 하나 더 낳았다. 또 딸이었다. 이 딸이 내가 앞서 말한 꼽추 마누라를 데리고 사는 도승에게 몸을 망친 애다. 나중에 부부는 아들도 하나 낳았다. 삼촌은 이렇게 많은 식구를 부양하느라 쩔쩔맸다.

삼촌은 아들을 넷이나 낳았지만 모두 천식으로 잃고 말았다.

정말이지 우리 집안사람들은 참 복이 없다. 특히 여자들은 팔자가 사납다. 하지만 모두 운명이다. 어쩔 수 없는 일이다.

내가 다복한 사람이 아니라는 건 분명하다. 리씨네 집에서 일할 때 누가 거북이를 한 마리 선물로 갖다 준 일이 있다.

"물면 어쩌지요?"

"허참, 저게 자넬 물면 자넨 팔자를 고친다네. 거북이는 복 있는 사람만 문다니까."

아닌 게 아니라 내가 손가락을 주둥이 속에 집어넣어도 거북이는 물 생각을 안 했다.

참새가 걸어 다니는 것을 보아도 길조라고 한다. 하지만 그놈들은 내 앞에서는 항상 깡충깡충 뛰어다니기만 했다.

행상

여러 해 동안 나는 보따리를 짊어지고 이 마을 저 마을, 이 거리 저 거리로 떠돌아 다녔다. 행상을 다니기 시작한 건 만쓰가 결혼하고 내가 번즈씨네 집을 나온 후였다.

아낙네들이 쓸 만한 물건을 챙겨 집집마다 팔러 다녔다. 옷감, 바늘, 실, 분, 연지, 댕기 같은 방물을 주로 팔았지만, 주문을 받고 물건을 구해다 주기도 했다. 지위가 높은 사람들은 거리에 직접 나가서 물건 사들이는 것을 꺼렸다. 육 년이라는 세월 동안 나는 봉래 구석구석을 두루 돌아보았고, 문밖 여러 마을을 다니며 온갖 사람들을 만났다.

그 무렵엔 고생도 참 억세게 했다. 그러나 내겐 가정이 있었고, 시간도 내 마음대로 쓸 수 있었다. 그리고 나한테는 친구도 많았다. 팔자가 사납긴 했지만 지금 돌이켜보면 내 인생도 그럭저럭 괜찮은 편이었다.

매일 새벽에 일어나 그날 팔 상품을 구입하고 집에 돌아와 아이들과 같이 아침식사를 했다. 식사가 끝나자마자 성으로 물건을 팔러 떠났다. 가끔 아이들이 같이 가주기도 했다.

여자 홀몸으로 길거리를 돌아다닌다는 것은 결코 쉬운 일이 아니었다. 그렇지만 그때는 나도 예전처럼 젊지 않았고 그렇다고 남자들이 고개를 돌려 쳐다볼 만한 미인도 아니었다. 그뿐 아니라 내 등에는 언제나 그놈의 짐 보따리가 올라앉아 있었으니.

남자가 쫓아온 일은 단 한 번밖에 없었다. 짐 보따리를 짊어지고 길을 걷고 있는데 뒤에서 어떤 남자가 불렀다.

“이것 봐요, 누님. 좀 봅시다, 누님.”

나는 돌아다보고 물었다.

“저를 아시는 분인가 보죠?”

예전에 구걸을 다닐 때 거지들과 알고 지낸 터에다 우리 아버지나 오빠하고 아는 사람들도 꽤 있었다. 오빠나 아버지 얘기를 하면 나는 안심하고 이야기를 나누었다. 그 남자에게 나를 아느냐고 물어본 것은 그런 뜻이었다.

그 남자는 무어라고 자꾸 중얼거렸다. 내가 알아들을 수 있는 유일한 구절은 “수이 지아오(誰教)?”였다. 그 사람이 예수교인이냐고 묻는 줄 알고 아니라고 했다. 그랬더니 남자는 더 바싹 따라오면서 같은 말을 되풀이했다. 이번에는 무슨 말인지 똑똑히 알아들을 수 있었다.

“겐 워 수이 지아오(跟我睡覺).”

제 놈하고 같이 자자는 말이다. 어찌도 화가 나던지 잽싸게 돌멩이를 집어 들었다. 냅다 돌멩이를 그놈 상판대기에 내던지며 고함을 질렀다.

"가서 네 에미하고나 자라, 이놈아!"

돌은 사내의 턱에 가서 정통으로 꽂혔다. 다시 내가 돌멩이를 집어 들자 그놈은 재수 없다는 듯 땅바닥에 침을 탁 뱉고는 줄행랑을 쳤다.

장씨 부인에게 이 얘기를 하자 부인은 정말 험한 세상이라고 한탄하면서 자기 경험담을 털어놓았다.

"내 얼굴 좀 봐요. 내가 어디 예쁘기나 한가? 젊기라도 한가? 그런데도 어떤 미친놈이 교회에서부터 우리 집까지 줄곧 따라오는데 어찌나 무섭던지 혼났다우."

가끔 그 생각이 날 때마다 그때 길 가던 사람들이 내가 돌 던지는 걸 보고 무슨 생각을 했을까 궁금하기도 하다.

봉래에는 사창굴이 없었다. 그래서 점잖은 여자 혼자 다니기가 더 위험했다. 하지만 시의 북쪽에 사는 여자들은 혼자서도 잘 다녔다.

장사꾼 한 패가 몰려다니다가 당나귀를 타고 오는 한 여자와 마주쳤다. 결혼한 지 얼마 안 되는 새댁 표시가 났다. 결혼 후 친정집에 첫 나들이를 나선 길이 분명했다.

장사꾼들과 마주친 젊은 새색시는 검은 나들이옷 밑에 붉은 혼례복이 내비쳤고, 다리를 덮은 검은 헝겊 밑으로 작고 뾰족한 발이 보였다. 당나귀에 올라앉아 있는 모습도 우아했다.

"야, 이것 봐라. 꽤 쓸 만한 걸."

한 장사꾼이 시시덕거렸다.

"아주 앳된 색시야. 발을 보니까 얼굴도 괜찮게 생겼을 것 같고. 저 색시하고 한번 자면 원이 없겠는 걸."

"뭐, 자고 싶다?"

다른 장사꾼이 핀잔을 주었다.

"말도 꺼내지 마라. 네까짓 게 무슨 배짱에? 감히 발끝도 만져 보지 못할 주제에!"

"내가 만진다면?"

다른 사내가 나섰다. 그 사내는 바로 그 색시 남편이었다. 다른 사람도 몇은 눈치를 채고 재미삼아 얘기를 거들었다.

"자네가 무슨 배짱으로 그런 짓을 해?"

"할 수 있다니까. 그럼 내가 가서 저 여자 발을 만지면 자네는 뭘 낼 텐가?"

"술 세 번 크게 사지! 여기 있는 친구들한테 다 세 턱을 내겠다 그 말씀이야."

"좋아!"

여자가 지나가자 그 사내가 옆으로 다가가서 여자의 발을 잡았다. 여자가 베일 밑으로 눈을 내리깔고 보니 남편인지라 잠자코 가던 길을 갔다. 술을 세 번 다 얻어먹은 다음에야 내기에 진 사내에게 사실을 알려주었단다.

내가 행상을 다니던 관아 뒤 양가집에 딸이 하나 있었다. 점잖은 집이었지만 딸자식은 얌전치를 못했다. 늘 대문에 혼자 나와 서 있기를 잘했다.

어느 날 한 남자가 지나가다 음흉한 눈으로 이 처녀를 훑어보았다. 처녀는 얼른 대문 안으로 들어가 문을 닫고는 요란한 소리를 내며 빗장까지 질렀다. 남자가 지나가자마자 처녀는 다시 살짝 빗장을 열고 내다보았다. 남자는 돌아보고 다시 왔다. 처녀는 또 대문을 닫았다. 남자는 약이 바짝 올라서 대문 옆 기둥 뒤에 숨어서 여자가 얼굴을 내밀기를 기다렸다. 처녀가 얼굴을 내밀자 이 남자는 잽싸게 여자를 잡고 얼굴을 물어뜯어 구멍을 내놓고 도망쳤다. 처녀의 비명소리를 듣고 사람들이 모여들었을 때는 남자는 벌써 도망친 뒤였다. 그 집에서는 남자를 영영 붙잡지 못했다.

어느 날은 딸을 막 시집보내려는 집의 부름을 받고 물건을 보이러 들어간 일이 있다. 출가시킬 딸을 보았는데 그리 예쁘다고 할 수는 없지만 기품이 있고 호감 가는 용모였다. 그런데 한 달 뒤에 시집간 이 젊은 색시가 세상을 떴다는 소리를 들었다. 아편을 먹고 자살했다는 것이다.

색시네 집에서는 딸을 나이 많고 돈 많은 남자의 첩으로 팔아먹었던 것이다. 오십이 넘은 이 남자는 벌써 부인도 여럿 있었고, 첩도 몇 명이나 거느린 사람이었다. 난 그 젊은 색시가 왜 자살했는지 모른다. 어떤 사람들은 본처의 핍박 때문이라 했고, 다른 이들은 첩으로 들어간 것이 수치스러워 자살한 것이라고도 했다.

그저 옛 문관집 마님의 말이 옳다는 생각이 든다. 그분은 그랬다.

대청은 방이 아니고 첩은 사람이 아니라고. 우리 고장에서 첩이 되는 것은 아주 수치스러운 일이다. 곧 굶어 죽을 지경이 아니고서는 딸을 첩으로 주는 사람은 없었다. 그런데 이 집에서는 딸의 목숨을 돈 몇 푼과 바꾼 것이다.

처녀가 죽은 사람에게 시집가는 것도 보았다. 큰 구경거리여서 서로들 불러내 다 같이 가서 보았다.

둘은 어릴 적에 약혼한 사인데 남자가 색시를 맞기 전에 죽은 것이다. 처녀는 약속대로 남자 집으로 가겠다고 했다. 이 얘기가 황제의 귀에 들어가 처녀의 일편단심을 칭송하기 위한 정절의 기념문을 세우라는 지시가 내려졌다. 기념문은 시내 큰길에 웅장하게 세워졌다.

우리는 이 여자가 약혼자 집으로 인도되어 가는 것을 구경했다. 관리들만 쓰는 화려한 가마가 동원되었고 여자가 밟고 지나가도록 길 가득 붉은 융이 깔렸다. 장안의 모든 관리들이 그 처녀에게 존경을 표하기 위해 가마 옆에서 따라 걸었다. 신부는 검은 옷을 입고 머리에 검은 천을 둘렀다. 죽은 남자와 결혼하기 때문에 상복 차림을 한 것이다.

그러나 이런 여자는 정말 드물었다. 아는 여자 하나도 결혼하기 전에 약혼자가 죽었다. 처녀는 통곡을 하고 죽은 사람에 대한 애도의 표시로 머리를 풀고는 약혼자네 집에 가서 일생을 처녀로 늙어 죽겠다고 선언했다. 황제의 승낙이 내려져 이 여자를 위해 기념문이 세워지게 되었다. 하지만 여자는 기념문이 반도 서기 전에 다른 남자와 도망쳐 버렸다.

행상을 다니기 시작한 지 이태 되던 해에는 내 오랜 친구 관쓰가 죽었다. 어느 날 나는 물건을 팔러 가려고 성문을 빠져 나가다가 관쓰가 당나귀를 몰고 성안으로 들어오는 것을 보았다. 당나귀 등에 실린 짐이 너무 많아 좁은 성문을 통과하기가 힘겨워 보였다. 관쓰는 당나귀를 몰고 성문을 빠져 나오면서 지나는 사람들에게 "조심해요, 조심!" 하고 소리쳤다. 나는 옆을 지나치면서 농담을 건넸다.

"조심하긴? 당나귀 모는 사람이 조심해야지, 다른 사람이 어떻게 조심하누?"

그는 돌아다보다 난 줄 알고는 껄껄 웃어넘겼다.

"당신인 줄 알았더라면 조심하랄 것도 없을 걸 그랬소."

다음 날 아침, 장사를 하느라고 한 바퀴 돌고 있는데 사람 몇이 관쓰의 집 앞에서 수군덕거리고 있었다. 누가 이상하게 죽었다는 것이다. 자세히 들어 보니 죽은 사람은 바로 관쓰였다. 그래서 나는 그럴 리가 없다고, 내가 어제 그 사람을 봤는데 아주 건강하더라고 했다. 사람들은 죽은 사람은 틀림없이 관쓰라고, 오늘 새벽 다섯 시에 죽었다고 알려주었다. 가슴이 아팠다.

어제 나하고 성문에서 마주치고 난 후, 그는 집에 가서 짐을 풀고는 가족 묘지에 다녀올 작정이었나보다. 제물로 쓸 음식 한 바구니를 챙겨 묘지로 갔다.

묘지 가까이 갔는데 높은 벼슬아치들로 보이는 잘 차려 입은 사람들이 묘지를 거닐고 있었다. 문중에서 지체가 낮은 축에 속했던 관쓰는 자신의 초라한 행색이 부끄러워 낮은 길 옆 축대에 숨었다.

한참 그렇게 있다 슬며시 내다보니 사람들이 아직도 갈 생각을 않고 그대로 있었다. 마냥 기다릴 수만은 없었다. 그래서 다른 묘지 쪽에서 걸어오는 한 사내를 불러 물었다.

"저 사람들 쉬 떠날 것 같습니까?"

"무슨 사람들 말이오?"

사내가 되물었다.

"저기 저 묘지에 있는 사람들 말이외다."

"당신 돌았구려. 묘지엔 아무도 없어요."

사내는 가 버렸다.

그 말에 관쓰는 옷을 털고 일어섰다. 그러나 아직도 그 사람들이 묘지 주위를 거닐고 있었다. 관쓰는 적이 놀랐지만 이제 더 기다릴 수도 없고 해서 먼저 장모의 무덤부터 찾아뵙기로 했다. 관쓰는 장모의 무덤으로 가서 절을 했다. 그런데 절을 하다 문득 보니 장모가 바로 무덤 위에 올라앉아 있는 게 아닌가.

"아니, 여기서 뭘 하고 있어요?"

사위는 앞으로 훌쩍 뛰어나가며 장모의 손목을 잡으려 했다. 그렇지만 그 순간 장모의 모습은 사라져 버리고 말았다.

관쓰는 집에 돌아오자마자 몸져누웠다. 그 날 저녁, 밤 내내 아무나 붙들고 무덤에서 있었던 일만 계속 이야기하다 새벽에 죽은 것이다.

남일 같지 않았다. 나도 언제 죽을지 모를 인생이었다. 다행히 부모가 튼튼한 몸을 물려주어 잔병치레가 많지 않았지만, 그래도 불안하기는 마찬가지였다. 이제는 나이가 있으니 말이다. 그래서인지 그 근래에는 내게 예수교를 믿으라고 하는 사람이 많았다. 나이가 드니까 마음이 약해진 줄 알았던 모양이지.

우리 집 마당 건너편에 구오라는 할머니가 있었다. 이 노인네는 성경을 끼고 집집마다 찾아다니며 전도하는 사람이었다. 선교사들에게서 다달이 삼십 냥씩을 받았다.

노인네는 이런 말을 곧잘 했다.

"주 하나님을 믿고 감사드려요. 하나님이 당신한테 얼마나 건강하고 좋은 팔과 다리를 주셨어? 감사해야 하지 않우?"

그러면 나는 이렇게 대꾸하곤 했다.

"예수를 믿기 전에는 튼튼한 두 팔과 두 다리가 없었나요?"

이 늙은 여자는 외아들 하나밖에 없었다. 쓸모없는 사내였다. 어머니하고 싸움이나 하고 아편이나 피우고 일은 절대 안 하려고 들었다. 밥상에 앉으면 노인은 아들에게 고개를 숙이고 일용할 양식을 주신 데 대한 감사 기도를 드리게 했다. 그러고 나서 까맣고 딱딱한 빵을 이로 갉아먹는 것인데, 아들은 빵을 조금 갉아먹다가는 곧잘 화를 터뜨리곤 했다.

"도대체 예수가 우리한테 뭘 해줬단 말이우?"

하루는 누가 이 집 문을 두드렸다. 아들에게 방아 찧는 일을 맡기러 온 것이다. 이 말을 듣자 노인은 무릎을 꿇고 감사 기도를 드렸다.

이런 여자하고 무슨 얘기를 하겠는가. 일손이 필요해 일을 주는 것이지, 노인네가 예수를 안 믿는다고 방아품을 못 팔겠는가.

언젠가는 이 할머니가 전도하다 어떤 남자 때문에 몹시 화가 난 일이 있었다. 노인은 악담을 퍼부었다.

"당신이 천당에 올라가는 걸 보면 내 맹세코 계단을 달려 올라가 다리를 잡아 끌어내리겠소."

한 남자가 어째서 교인이 되었느냐고 물었더니 대답이 걸작이더란다.

"옥수수 빵 한 덩이 얻어먹으려고요."

주씨 부인이라고 성경 가르치는 여자는 이런 말을 잘했다.

"믿어요, 그럼 천당 갈 테니. 믿지 않으면 지옥 가요."

천당은 아주 아름다운 곳이며 거리마다 금이' 깔려 호화찬란하다고 했다. 반면에 지옥은 온통 불구덩이인데다가 버러지들만 있는 아주 고통스런 곳이라고 했다.

내 어린 아들도 그 말을 들었다.

"주씨 부인은 참 굉장한 분이셔. 천당에도 가보고 지옥에도 가보았으니."

이게 어린애들의 마음이다.

천당에 가면 누구나 왕관을 한 개씩 받는다고 들었다. 한 사람씩 전도할 때마다 이 왕관에 보석이 한 개씩 붙는단다. 보석이 하나도 붙지 않은 사람은 높은 사람들의 모임에 참석하지 못한다고 했다. 그래서 교회에 다니는 이들은 한 사람이라도 더 전도하려고 그토록 안달을 하는 걸까.

내가 가끔 바느질을 해주던 존스 부인이라는 여자가 하루는 하나님을 믿으라고 졸라댔다.

"나도 하나님을 믿는 걸요."

나는 재깍 받아넘겼다.

"옛날부터 하나님을 믿어왔지요. 우리 중국 사람도 하나님을 믿고 그분을 위해 사당이나 집에서 향을 피운답니다. 그렇기는 하지만 나는 당신네들 교회에 다닐 수가 없어요."

부인은 왜 못 다니는지 이유를 물었다.

"이유가 셋 있지요. 첫째, 안식일을 지킬 수가 없어요. 매일 일을 해야지 식구들이 하루라도 굶지 않거든요."

"하루 장사를 해서 버는 돈이 얼만데?"

나를 교회에 나가게 하려고 부인이 하루 일당을 주려는 것 같아서 두 번째 이유를 들었다.

"또 한 가지, 당신네 교회에서는 거짓말을 하면 못쓴다고 하지요? 그런데 난 거짓말을 안 할 수가 없답니다. 장사를 하는 사람들은 사실만 말하고 살 수는 없어요. 언제나 거짓말을 하면서 살아갑니다. 어떤 물건을 세 냥에 사들였으면 네 냥을 주었다고 속여야 하거든요. 그래야 이익을 남기니까 별수없지요. 만약 손님들한테 이건 특별히 당신한테만 원가로 드리는 거라는 말을 안 하면 내 물건 살 사람이 몇이나 되겠어요?"

이런 식으로 해서 나는 부인의 말을 누를 수 있었다. 그렇지만 집을 세준 장씨 부인만은 당할 수가 없었다. 이 여자는 중요한 건 우리 마음과 우리의 삶 전체가 어떤 원칙을 지키느냐에 달렸다고 했다. 어떤 사람이 교회에 다닌다고 해도 마음속에 악한 생각을 품었으면 구원을 받지 못한다고.

나는 부인의 말이 옳다고 생각했지만, 그렇다고 해서 내 종교를 버리고 세례를 받아 예수쟁이가 될 생각은 없었다. 내 주위에는 세례를 받은 사람들도 있었고 받지 않은 사람들도 있었지만, 성격이나 행동거지에서 도무지 아무런 차이도 찾아낼 수가 없었다. 굳이 차이가 있다면 세례를 받은 사람들은 교회에서 돈을 받고, 세례를 안 받은 사람들은 돈을 받지 않는다는 것밖에 없었다.

우리 고장 사람들은 대부분 보수적이었다. 교회가 있긴 하지만 제 집 지니고 먹을 것이 있는 사람은 관심이 없었다. 교회에 다니는 사람들은 대부분 가난한 사람들이었다. 흉년이 들고 먹을 것이 없을 때엔 사람들로 교회가 발 디딜 틈이 없었다.

그 무렵엔 가난이 더 심해졌다. 고향을 떠나는 사람도 늘어나기 시작했다. 이웃집에 살던 란씨 댁도 남편이 죽자 고향을 떠났다. 란씨 댁과는 참 사이가 좋았다. 만쓰가 수데를 낳을 때 해산할 방을 구해주고 손수 나서서 만쓰도 보살펴주었던 일은 아직도 잊지 못한다. 나도 그 집 살림이 궁할 때 가끔 양식을 가져다주었다.

정든 사람들이 한둘씩 떠나는 모습을 보고 있자니 괜히 마음이 심란했다. 마음 한구석이 휑한 것이 일도 손에 잘 안 잡혔다. 나도 모르게 한숨이 절로 나왔다. 마루에 처량하게 앉아 해가 서산 너머로 지는 풍경을 멍하니 바라보는 날이 많아졌다. 쓸쓸했다. 그때는 그랬다.

고향을 떠나다

내 딸은 스물여덟 살이 될 때까지는 얌전하고 착했다. 그애가 하는 말은 모두 믿어도 좋았고 또 내 말도 잘 들었다. 나는 매일 밖에서 살다시피 했지만 그애는 남편이 죽기 전까지는 속을 썩인 일이 없었다.

남편이 죽고 사위가 떠나자 딸애는 못된 버릇을 배우기 시작했다. 한마당에 사는 사람들한테 나쁜 물이 든 것이다. 딸은 나를 원망하기 시작했다. 내가 자기 인생을 망쳤다느니 하면서.

옆집에 새로 이사 온 여자가 딸하고 금방 친한 사이가 되었다. 그 여자는 얼굴에 화장을 하고 앞머리를 잘라 살짝살짝 갈라지게 해서 이마 위에 길게 늘어뜨리고 다녔다. 품행이 나쁜 여편네나 그런 머리를 하지, 점잖은 여자들은 머리를 똑바로 넘겨 빗었고 쓸데없는 짓을 안 했다. 만쓰는 하루 종일 이 여자와 얘기했다. 화제는 주로 남자 얘기나 사치하는 얘기였다. 여자는 즐거운 듯 웃고 떠들고 했지만 좋은 여자가 못 되었고, 얘기도 그렇고 그런 얘기만 했다.

어느 날 집에 돌아와 보니 딸도 그 여자처럼 앞머리를 자르고 길고 들쑥날쑥한 머리자락을 이마에 내려뜨리고 있었다. 나는 너무 화가 난 나머지 그애의 앞머리를 움켜잡고는 그놈의 것을 뽑아 버리겠다고 을렀다. 그런데 만쓰는 자기도 결혼한 사람이니까 어느 누구의 간섭도 받을 필요가 없다고 하면서 말대꾸를 했다. 딸이 말대꾸를 한 것은 이때가 처음이었다.

딸은 글을 조금 배워서 내 치부책을 맡아 정리해 주고 있었는데, 한바탕 싸우고 난 후론 돈 들어오는 것을 더러 빼먹기도 하는 버릇이 생겼다. 돈을 빼두었다 제 물건을 사고 버릇처럼 나를 원망하는 소리만 했다. 내가 자기 행복을 막고 있다나. 정말이지 이웃은 잘 만나고 봐야 한다.

나는 너무도 속이 상해서 천지신명께 빌었다. 제발 내 죄 갚음은 나 혼자만 받게 해 달라고, 자식들한테는 돌아가지 않게 해 달라고 빌었다.

나는 지부에 가기로 마음먹었다. 옛 주인 리씨의 동생이 지부에 살고 있었고, 란씨 댁도 일 년 전에 그곳으로 이사 간 터였다. 란씨 댁은 배운 사람이라 지부에 있는 선교사 학교로 뭘 가르치러 간다고 했었다. 직장도 잡고 자식들 교육도 시킬 겸해서 그리로 간 것이다. 내가 번즈씨 댁에서 일할 때 결혼한 딤스터 부인의 조카딸 윌슨씨 부인도 지부에 있었다. 이 여자는 내 친구였고 언제나 나를 도와주려고 했다.

나는 새 생활을 찾아 고향을 떠나기로 했다. 새 고장에 가서 새로이 출발하는 것이 딸에게도 좋을 것 같았다. 지부에는 두 번이나 가본 적도 있어 아주 낯선 고장만은 아니었다.

나는 딸네 식구를 두고 아들만 데리고 떠났다. 먼저 가서 자식들과 살 만한 곳인지 알아봐야 했다.

지부로 가는 배를 탔다. 밤 부두에 내리니 어디로 가야 할지 막막했다. 내가 아는 곳이라고는 선교사들이 사는 언덕 위 마을뿐이었다. 윌슨 부인도 거기 있으리라. 나는 그 집을 찾아갔다.

그이는 나를 반갑게 맞아주었다. 집 뒤채에 요리사네 식구가 살았는데, 그날 밤을 그 집에 가서 묵게 하고 밥도 얻어먹을 수 있게 해주었다.

다음 날 나는 아들을 데리고 동쪽 해변가 마을로 가서 란씨 댁을 찾았다. 란씨 댁에서는 한 달을 묵으면서 일자리를 구했다. 란씨 댁이 내 대신 다니면서 일자리를 알아보았고 윌슨 부인도 도와주었다. 그이는 내게 밀리킨 부인이라는 영국 여자를 찾아가 보라며 소개서를 써주었다. 그 여자가 최근에 레이스 공장을 차렸다는 것이다.

나는 그 공장에서 나와 내 딸의 일자리를 구할 수 있었다. 딸에게 오라고 기별을 보냈다. 딸은 며칠 안 있어 바로 지부로 왔다. 우리는 그동안 모은 돈으로 란씨 댁이 사는 마을에 셋방을 얻었다. 딸과 나는 레이스 공장에서 일했다. 새로운 인생을 시작한 것이다.

딸은 도루 얌전해졌다. 다시 착한 딸로 돌아온 것이다. 내심 고마웠고 기뻤다.

하루는 공장에서 일하고 있는데 밀리킨 부인이 나를 불렀다.

"당신 과부가 아니요?"

나는 그렇다고 대답했다.

"개가할 생각은 없소?"

"식구들 먹여 살리기도 벅찹니다. 왜 또 한사람 먹여 살리겠어요?"

부인은 왜 그런 제안을 했는지 자초지종을 설명해주었다. 판 목사의 부인이 죽었는데 어린애가 여럿 있어서 누구든 야무진 여자가 있으면 재취로 맞아들여 아이들을 돌보게 하고 싶어 한다는 것이었다.

나는 그분의 한 가정을 돌보기 위해서 나와 내 딸 두 가정을 망칠 수는 없다고 대답했다. 부인은 그 남자 같으면 나를 잘 부양할 거라고, 땅도 있고 집도 여러 채 있고 또 직장도 있는 사람이니까 돈 걱정은 안 해도 될 거라고 말했다. 나는 내가 그런 생각이 있었다면 애초에 고향을 떠나지 않았을 것이라고 대꾸했다. 부인의 얼굴이 벌게졌다.

집으로 돌아오면서 부인이 한 말을 곰곰이 생각해 보았다. 생각하면 할수록 재취로 들어가고 싶은 유혹을 느꼈다. 그 남자와 결혼하면 분명 이 지긋지긋한 가난에서 벗어날 수 있을 터였다.

그러나 그렇게 할 수는 없었다. 딸과 어린 두 손녀를 저버릴 수가 없었다. 더구나 사위가 살았는지 죽었는지조차 모르는데. 그리고 내 어린 아들을 위해서도 재혼할 수는 없었다. 나는 저 한 몸의 안락만 생각하면 되는 기생 같은 여자가 아니었다. 자식과 손주들의 장래를 생각해야 했다.

해변 근처에 '선교사의 집' 이라는 휴게소 비슷한 것이 있었다. 이 집 주인 스터브스 부인이 유모를 구한다는 소리를 듣고 찾아가 일자리를 얻었다. 유모가 쓰는 방은 상당히 컸다. 스터브스 부인은 내가 세 아이들을 다 데려와 살아도 괜찮다고 했다. 딸은 당시 페인터 부인 집에서 유모 노릇을 하고 있었다. 딸은 그 집의 어린애 둘을 돌보느라 밤낮으로 그애들 곁에 붙어 있어야 했다. 그래서 내가 세 아이들을 떠맡기로 했다.

'선교사의 집' 하인 숙소는 널찍했고 딸린 마당도 컸다. 집 전체가 언덕 위에 올라앉아 있어 전망도 좋았다. 우리 식구한테 아주 좋은 집을 찾았다는 생각이 들었다.

정월에 아이들이 모두 천연두를 앓았다. 제일 먼저 맏손녀 수데가 걸렸다. 스터브스 부인에게 이 얘기를 했더니 부인은 손님들을 접대하는 곳이니만큼 아이를 거기서 앓게 할 수는 없다고 했다.

수데를 이불로 싸안고 인력거를 타고 아랫마을 우리 셋방으로 내려왔다. 다른 두 아이들도 데려왔다. 방 안에는 수데를 데려올 때 가져온 이불 하나밖에 없었다. 나는 그걸로 세 아이들을 덮어주고 아이들이 땀을 낼 수 있게 캉에다 불을 땠다. 병이 가장 심한 수데를 제일 아랫목에 눕히고 열을 제대로 받게 하려고 내가 그애 위에 엎드렸다.

애가 울기 시작했다. 나는 수데가 병으로 아파 우는 줄만 알았지, 뜨거워서 그러는 줄은 몰랐다. 미련하게도 큰 화상을 입게 한 것이다. 그애 궁둥이에는 지금도 그때 생긴 흉터가 남아 있다.

갖가지 방법을 다 써 보았지만 나을 기미가 보이지 않았다. 그때 란씨 댁이 나서서 도와주었다. 수탉의 벼슬을 잘라 피를 내어 뜨겁게 덥힌 술에 타서 아이들에게 먹였다. 그 약이 애들을 살렸다. 란씨 댁은 또 애들이 겁을 먹지 않도록 붉은 천을 우리 문에다 쳐주었다. 애들이 하나라도 경련을 일으키지 않은 게 천만다행이었다.

그 어려운 때 란씨 댁이 나를 도와주었다는 것은 정말 예삿일이 아니다. 우리네 관습으로는 천연두를 앓는 환자에게 외부 여인이 가까이 와서는 안 된다. 여자의 몸이 불결하다든지 남편하고 잠자리를 같이 한 직후라든지 하는 경우에 환자에게 큰 해가 간다고 믿었다.

아픈 애 셋을 간호하기란 여간 쉬운 일이 아니었다. 한 아이가 물을 달라고 하면 다른 아이도 물을 달라고 보챘다. 아이들은 항상 목말라했다. 그러고 나면 또 하나가 오줌을 누겠다고 보챘다. 나는 쉴 새도 눈 부칠 틈도 없었다. 밤낮으로 그애들을 간호했고, 어린것들이 불쌍해서 울곤 했다.

"물 줘, 물 줘."

둘째 손녀딸이 울면서 보챘다. 내가 미처 물을 못 주니까 답답해서 그러는 것이다.

"울지 마."

내 아들이 달랬다.

"우리 어머니가 너 물 주려고 저렇게 뛰어오시잖아. 어머니도 울고 계시단 말야."

아이들은 한 어머니의 자식처럼 같이 컸다. 아들은 아직 어려서 내가 저한테는 엄마지만 손녀딸들한테는 할머니라는 걸 알지 못했다. 아이들은 얼마 안 있어 모두 병이 나았다. 천만다행이었다. 아이들이 건강을 되찾자 말할 수 없이 행복했다. 아이들 때문에 사는구나 하는 생각을 했다.

얼마 안 있어 우리는 '선교사의 집'에서 나와 선교사 자녀들을 교육하는 학교로 갔다. 거기서 나는 아이들 옷을 꿰매주고 양말을 기워주는 일을 했다. 낮에는 학교에서 일하고 밤에는 집에 돌아와 아들과 손녀딸을 돌보았다. 딸은 아직도 페인터 부인 집에서 유모로 일하고 있었다.

세 아이는 선교사들이 운영하는 학교에 다녔다. 다행이었다. 아이들이 학교에 가 있는 시간만큼은 아이들 때문에 불안해 할 필요가 없었으니까. 그렇지만 늘 걱정이었다. 아이들이 학교에서 돌아오는 시간과 내가 집으로 들어가는 시간 사이에는 적어도 두세 시간의 간격이 있었다. 그 시간 동안 아이들은 길거리에서 시간을 보내야만 했다. 나는 방문을 잠그고 다녔고 열쇠를 아이들에게 맡기지도 못했다. 애들이 아직 어렸기 때문이다.

그런데 선교사 한 분이 수데에게 관심을 보였다. 수데가 똑똑하고 장래가 촉망되는 아이라고 본 모양이었다. 그분은 수데가 길거리로 선머슴처럼 뛰어다니기에는 너무 나이가 들었다고 생각했는지 수데를 장학생 자격으로 아무 경제적인 부담 없이 학교 기숙사에 들어가도록 주선해주었다. 내 걱정이 조금은 덜어진 셈이다.

전에 봉래에 있을 때부터 사람들은 곧 혁명이 일어날 거라고 수군댔었다. 그런데 지부로 이사 온 지 얼마 안 되어 소문으로만 들었던 혁명이 실제로 일어났다. 경찰관들이 큰길 모퉁이마다 지켜 섰다가 남자들의 변발을 잘랐다.

아들애는 어찌나 놀랐는지 높이 자란 수수밭에 들어가 숨기까지 했다. 그러나 막상 그애의 변발은 내 손으로 잘랐다. 어린것이 경찰에 붙들려가서 머리를 억지로 깎이는 걸 바라지 않았다.

어떤 늙은 남자는 전당포에 갔다 오는 길에 경찰관에게 잡혀서 변발을 잘렸다고 한다. 이 늙은이는 잘린 변발 뭉치를 손에 든 채 울면서 거리를 헤매고 다녔다.

"내 변발을 잘랐다오. 그놈들이 내 변발을 잘랐어요. 전당포 전표를 빼앗고 돈도 가져갔어요."

그때는 머리 깎는 일이 끔찍한 일로 생각되었다. 머리를 깎이는 일은 중이나 여승같이 혼자서 자식도 없이 메마른 인생을 살 거라는 징조였다.

남편이 사형 선고를 받고 참수당할 처지에 놓인 여자가 있었다. 이 여자는 사형집행 장소로 달려가 남편을 끌어안고 집행인에게 살려 달라고 애걸했다.

"사형당할 죄를 졌으니깐 별수 없소. 죄 갚음을 해야지."

집행인은 물론 구경 온 사람들까지 여자편이 아니었다.

"한평생 이 사람만 사랑했어요. 그러니 남편의 변발만이라도 간

직하게 해주세요."

집행인은 말뜻을 충분히 새겨보지도 않고 남자의 변발을 잘라 여자에게 내주었다. 그러자 여자는 남편을 더욱 힘껏 끌어안으며 소리쳤다.

"이젠 이 사람 못 죽여요. 절대로 못 죽여요. 머리를 한 번 베지 어떻게 두 번 베요?"

이리해서 아내는 남편의 목숨을 구했다고 한다. 남자는 몇 년간 감옥살이만 하고 나왔다. 아내의 꾀로 목숨을 건진 것이다.

란씨 댁이 또 새 직장을 구해주었다. 서양 사람 집에서 갓난애를 돌보는 일이었다. 새 주인 야들리 부인은 내가 자기 집에 와 있기를 바랐다. 딸은 그 당시 집에서 일을 다녔으므로 나는 애들을 딸에게 맡기고 야들리씨네 집으로 들어갔다.

팔려 간 둘째 딸에 대한 소식을 들은 것은 바로 그 즈음이다. 둘째 사위 되는 젊은이는 지부로 물건을 하러 오곤 했는데, 아들 친구가 일하는 도매상에도 이따금 들렀다. 우리 집안 사정을 대강이나마 알고 있던 아들 친구가 이런저런 얘기를 듣다가 한번은 이렇게 물었단다.

"아저씨, 혹시 부인 원래 이름이 진야 아니세요? 봉래에 살던 닝씨 아줌마의 딸 아닌가요?"

그 후 아들 친구가 나한테 얘기를 해줘서 가게로 그 젊은이를 만나러 갔다. 행색이 초라해 부끄러웠지만, 미안하고 설레는 마음으로 갔다. 둘째 사위는 과일 한 바구니를 선물로 가지고 왔다. 훤칠하니 잘 생기고 똑똑한 청년이었다. 사위는 그간의 얘기를 해주었다.

딸을 산 집에서 우리 애를 잘 길러 시집도 잘 보냈다는 것을 알 수 있었다. 그애의 첫딸이 우리 수데와 나이가 같은 것으로 보아 한 열다섯이나 열여섯 살에 시집을 보낸 것 같다.

둘째 딸의 시집은 만주에 있었다. 사위는 과거를 봤지만 합격하지 못하고 그 고장에서 가게를 열었다고 한다. 딸은 잘 사는 집 며느리가 된 것이다.

사위는 지부에 물건을 사러 올 때마다 나를 보러 왔다. 그 사람은 늘 딸을 보러 가자고 청했지만 그렇게 먼 곳까지 여행할 수가 없어 결국 못 가고 말았다.

어느 해 여름 야들리 부인이 만주로 휴가를 갔는데 나도 데리고 갔다. 딸에게 지금 만주에 와 있다고 편지를 썼다. 딸은 답장을 써 보냈는데 너무 바빠서 오지 못한다는 내용이었다. 더구나 나보고 오라든가 오지 말라든가 하는 말도 없었다. 가슴이 아팠다. 그런 편지를 받고서 어떻게 갈 수가 있겠는가. 딸을 팔아먹은 년이 염치라도 있어야지. 면목이 없었다. 그저 그 옛날 가난했던 내 처지가 한스러웠고, 무엇보다 내가 너무 원망스러웠다. 그리고 나는 아직도 남의 집에서 일해주고 먹고 사는 여자에 불과했다. 그런 행색으로 어찌 부잣집 며느리를 뵐 수 있었겠는가.

이듬해 여름, 딸은 호열자에 걸려 죽었다. 딸의 양모, 즉 애초에 그애를 샀던 벼슬아치의 부인이 딸의 죽음을 알리는 편지를 써 보냈더군. 부인은 그 편지에 자기도 얼마 안 있어 죽을 거라고 하면서 우리 딸한테 끝까지 섭섭지 않게 잘 해주었으니 너무 서러워하지 말라고 썼다. 나는 그 편지를 끌어안고 며칠 밤낮을 울었다. 사람들이 없는 뒤뜰이나 변소에서 혼자 울었다. 이제는 나이 들어 딸의 얼굴도 잘 생각나지 않고 목소리만 간간이 기억나는 처지였지만, 가슴이 아렸다. 며칠을 그러다 뒤뜰 공터에서 편지를 태웠다. 딸의 혼이라 생각하고 훨훨 날아가 좋은 곳에 가기를 바랐다. 나 나름대로 장례를 치른 것이다.

딸이 죽고 나서도 사위는 종종 나를 찾아와 딸의 생전 모습을 얘기해주었다. 한 얘기를 또 하고 또 하고 했지만 지겹지가 않았다. 사위는 나하고 딸이 끝내 만나지 못한 것을 가장 후회스럽게 생각했다.

둘째 딸이 죽고 얼마 안 있어 만쓰가 또 속을 썩이기 시작했다. 언제부턴가 괴상한 소문이 들려오기 시작했다. 친구들이 딸을 잘 감독하라고 귀띔을 했다. 사람들이 나를 볼 때마다 저희들끼리 소곤소곤했다. 심상치 않은 일이 생겼다는 것을 알 수 있었다.

어느 일요일 날 집에 와 보니 웬 남자가 캉에 누워 있다가 벌떡 일어났다. 그 사내는 아이들이 모두 있는 방안에서 벌렁 누워 있었던 것이다. 수데도 마침 집에 와 있었고 아들도 방안에 있었다. 둘째 손녀는 너무 어려서 뭐가 뭔지 잘 몰랐지만. 나는 화가 나서 고함을 질렀다.

"저 남자를 내 자리에 눕게 해선 못써."

아이들이 듣고 있어서 그때는 더 이상 말을 안 했다.

수데가 학교로 돌아가고 꼬마들이 밖으로 놀러 나간 다음에야 딸을 야단쳤다. 남자는 내가 몹시 화난 걸 보고는 가 버렸다. 나는 딸을 때리려고 손을 쳐들었다. 그런데 딸은 내 팔목을 잡고 대들었다. 어이없고 황당했다. 그동안 자식을 잘못 키웠구나 하는 생각까지 들었다. 젊은 년의 힘을 당해낼 수는 없었다. 정말이지 화가 머리끝까지 났다. 나는 일터로 나가 버렸다.

그러자 란씨 댁이 찾아왔다. 그이는 화를 풀라고 하면서 여러 말로 나를 위로했다.

"엎질러진 물이니 할 수 없잖우? 일단 출가한 딸은 없는 거나 마찬가지라."

란씨 댁은 딸을 잊고 제 갈 길로 가게 내버려 두라고 거듭 구슬렸다. 나는 아들을 데리고 야들리 부인 집으로 와 버렸다.

그 즈음 스티븐스씨네 요리사가 목을 매달아 죽었다. 매일 나는 층계 밑 내 방에서 바느질을 하면서 그 사람이 시장을 봐 가지고 오는 모습을 보곤 했었다. 그런데 그날 아침만은 그가 나타나지 않았다. 이상해서 사람들에게 물어 봤더니 모두들 요리사가 죽었다고 했다.

이 요리사는 겨우 애티를 면한 새파란 총각이었다. 기껏해야 열여덟이나 열아홉 정도로밖에 보이지 않았다. 이 총각이 어쩌다 형수와 관계를 맺은 모양이다. 여자가 좋지 않은 종자였다. 어쩌면 형에게 들켜 얻어맞고서 자살을 해 버렸는지도 모른다.

하인들은 요리사의 혼이 가끔 돌아온다고 믿었다. 그래 밤에 밖에 나가는 걸 무서워했다. 흰 옷 입은 남자가 걸어 다니는 것을 보았다는 사람도 있었다. 그러다 어느 날 술 취한 남자 하나가 집 아래쪽 좁은 길을 비틀비틀 지나가면서 고래고래 고함을 질렀다. 애기 깰까 봐 야들리씨가 나가서 좀 조용히 하라고 일렀다. 그 술 취한 남자는 흰 옷을 입은 남자가 자기에게 자꾸 돌멩이를 던져서 그런다고 대꾸했다.

실제로 목매어 죽은 사람을 내 눈으로 본 적도 있다. 친구들을 만나러 고향에 다녀올 생각으로 수레를 빌리러 아들하고 시내로 외출했던 날이다. 장씨 부인의 조카딸도 같이 가기로 약속이 돼 있었다. 시내 모퉁이를 막 지나던 참이었다.

"어머니, 저기 목맨 귀신이 있어요."

아들이 말했다. 나는 그애 말이 믿겨지지 않았다.

"이 번화한 거리에 그런 게 있을라구?"

아들은 손으로 한군데를 가리켰다. 과연 담 위에 오랏줄을 목에 감은 남자의 시체가 올라앉아 있었다. 무릎을 꿇은 자세로, 가시나무 끝에 묶은 밧줄이 끄는 방향으로 목이 기울어져 있었다. 자살치고는 아주 이상한 자살이었다. 목을 맬 만한 공간도 없었고, 나무도 너무 작은 것 같았다. 자살이라기보다 누가 죽여서 갖다 놓고 자살한 듯이 꾸며 놓은 것 같았다. 어느 쪽인지 알 수 없는 일이었다. 그저 무섭기만 해서 아들과 나는 당장 그곳을 벗어났다.

지부에는 으스스한 곳이 몇 군데 있었다. 북쪽 언덕에 있는 해관(청나라가 무역을 위해 항구에 설치한 세관)을 지날 때나 일본 영사관이 있는 언덕 모퉁이를 지날 때면 늘 소름이 돋았다.

봉래에 있을 때는 치씨네 대리석 기념문을 지날 때가 가장 무서웠다. 치 장군의 노모는 성미가 아주 지랄 맞았다. 그 노망쟁이는 계집종을 여럿 죽였다. 하인들을 어찌나 달달 볶았는지 자기 손으로 목숨을 끊은 애들도 있었다. 또 이 여자는 기념문이 완성되자마자 석공들을 한 곳에 묻어 죽여 버렸다. 석공들이 다른 사람을 위해 더 좋은 기념문을 세울까 봐서 그랬다고 한다. 이들의 혼백이 모두 그 기념문 주위를 배회하고 있다고 했다.

가난한 집에서는 딸이 결혼하기 전에 애를 낳으면 눈치껏 처리를 한다. 딸을 데려갈 남자를 구해서 후딱 시집을 보내고 애기는 원하는 사람에게 줘버리는 것이 흔히 쓰는 방법이었다. 그러나 옆 마을 수오에서는 아직도 옛날 전통을 지켰다. 딸이 불미스러운 일을 저지를 경우 아버지가 딸을 죽여야만 했다.

어느 날 수오 마을의 한 처녀가 애를 뱄다. 그래 처녀의 아버지는 딸을 생매장하려고 뒷산으로 데리고 갔다. 아버지는 구덩이를 팠다. 그런데 하루 종일 파고 묻고 파고 묻고 할 뿐이었다. 마음에 드는 구덩이가 나올 때까지 그렇게 계속 팠다 묻어다 했다. 그러나 사실은 누구든 나타나서 왜 구덩이를 파느냐고 묻기를 기다리고 있었던 것이다. 구덩이를 파는 이유를 듣고는 혹시 딸을 맡겠다고 나설 남자가 나타나지 않을까 해서다. 드디어 해가 졌다. 아버지는 아무도 딸을 데려가지 않을 것을 알고 딸에게 얘기를 했다.

"네 팔자가 이뿐인가 보구나. 살릴 길이 없으니."

그러고선 딸을 생매장해 버렸다.

그때쯤 아들은 선교사들이 하는 학교에 다니고 있었다. 이제 규정이 바뀌어서 전에는 모두 무료였던 것이 영어 과목에 대해서는 한 달에 2달러씩 수업료를 내야만 했다. 나는 이모저모 궁리를 해 보았다. 아들에게 영어공부를 시킬 것인가 말 것인가.

그때 백 달러를 저축해 놓고 있었지만, 그애나 내가 장사라도 할 경우를 생각해서 그 돈만은 건드리고 싶지 않았다. 그리고 언제 어떤 일이 생길지 모르니까 비상금으로 놔 두고 싶었다. 지금에 와서 생각해 보면 그때 그 돈을 아들 교육비로 썼더라면 더 좋았을 것도 같다. 그랬더라면 아들은 지금쯤 학교 선생님 같은 걸 하고 있을지도 모르고, 우리 사는 형편도 나아졌을지 모른다. 결국 그 돈은 아들이 실직해서 놀던 해에 다 써 버리고 말았다.

그러나 그때는 불안해서 그 돈을 쓸 용기가 나지 않았다. 꼭 지키고 싶었다. 내 딸은 당시 한 달에 십오 달러씩 벌었다. 지부에서는 꽤 괜찮은 벌이였다. 내가 그애 자식들을 데리고 있었으니 달리 돈 들 일도 없었다. 나는 그애를 찾아가 물었다.

"네 동생 영어공부 시키는 걸 어떻게 생각하냐?"

"시키지 그러세요."

"수업료가 올랐어. 나 혼자로는 벅찰 것 같은데."

"그래요? 그럼 어떻게 하려고요?"

"그래 너하고 상의하러 온 거 아니냐?"

"그게 나하고 무슨 상관이 있어요?"

네가 내 딸이니까 상의를 하러 온 거 아니냐고 해주고 말았지만 딸의 무관심이 무척 괘씸했다. 이런 일이 있고 나서 우리 사이는 전보다 더 멀어졌다.

영어 교습비 말고도 밀린 수업료가 있어서 학교에서는 다음 날까지 돈을 꼭 내야 한다고 했다. 없이 사는 사람이 어디서 그리 쉽게 돈을 구하겠는가. 나는 화가 더 치밀어 올랐다. 그래서 야들리 부인이 자기 남편 사무실에 자리가 생겼다고 했을 때 아들에게 학교를 그만두고 취직을 하게 했다. 돈 몇 푼 때문에 아들에게서 배움의 기회를 영영 빼앗아 버린 것이다. 그렇지만 그때는 그렇게 하는 것이 제일 현명한 것 같았다.

나는 야들리 부인 밑에서 다섯 해 동안 일했다. 부인은 내게 잘해주었다. 내 아들을 자기 남편의 직장인 해관에 취직시켜준 일은 아직도 고맙게 생각하고 있다. 하지만 결국 나는 부인의 집을 나왔다.

어느 날 심부름하는 총각 애가 마루를 기름걸레로 닦고는 우리가 밟지 않도록 길목마다 신문지를 깔았다. 야들리 부인이 아래층으로 내려가자 나도 애기를 안고 뒤따라 내려갔다. 행여나 마루에 발자국을 남길 새라 조심조심 신문지만 밟고 지나갔다. 그때 누가 들어와서 마루에 발자국을 냈던 모양이다.

부인은 나갔다 돌아오자 화난 목소리로 나를 부르더니 금방 기름걸레질을 한 마루를 밟고 다니면 어쩌냐고 야단을 쳤다. 나는 내가 한 짓이 아니며, 나도 부인이 나갈 때 나갔다가 조금 전에야 돌아왔다고 했다. 그래도 부인은 신발자국 끝이 뾰족한 걸로 보아 내 발자국이 틀림없다고 우겼다. 나는 심부름하는 총각 애도 끝이 뾰족한 신을 신고 있다고 했다. 그랬더니 부인은 옆에 있던 리드 부인을 돌아보며 지금까지 유모를 여러 명 데리고 있었지만 나처럼 말대답하는 유모는 처음 본다고 비꼬았다. 나는 심부름하는 총각 애하고도 네가 그러지 않았느냐며 싸웠다.

한 번은 이런 일까지 있었다. 뒷마당에 나가 있는데 부인이 급히 나오더니 내가 무슨 일을 잘못했다고 야단을 쳤다. 나는 그것이 내 잘못이 아니라는 걸 납득이 가게 설명했다. 그러나 부인의 화는 좀처럼 가라앉지 않았다. 부인은 안으로 들어가더니 요리사를 트집 잡았다. 차 마실 시간이 다 됐는데 뜨거운 물이 없다고 화를 내며 불 쑤시는 쇠막대기를 집어 들고 불을 마구 쑤셔댔다. 요리사가 말리고 나섰다.

"그렇게 쑤시지 말아요. 지금 과자를 굽고 있는데 당신이 자꾸 쑤시면 과자가 망가지잖아요."

요리사는 부인이란 존칭 대신에 당신이란 말을 쓴 것이다.

"나를 그런 식으로 함부로 부르지 마!"

"그럼 어떤 식으로 불러야 할까요?"

"부인이라고 해!"

"나는 워낙 무식한 촌놈이 돼서 그렇게 유식한 말은 못해요."

부인의 손이 요리사의 뺨을 향해 날아갔다. 하지만 요리사는 잽싸게 부인의 손목을 잡고는 놓아주지 않았다.

"도대체 이게 무슨 짓이우? 어째 부인의 손목을 그렇게 잡고 있담?"

"내가 손목을 놓아주면 이이는 나를 칠 거란 말이오."

나는 야들리 부인을 잡아끌고 빨래품 파는 남자는 요리사를 끌어당겨 겨우 둘을 뜯어말렸다. 요리사는 짐을 싸 가지고 나갔다. 식사 준비를 하다 말고 떠나 버린 것이다. 무슨 다른 도리가 있겠는가. 이 사람은 떠날 생각이 없었다. 부인이 요리사에게 선택의 여지를 주지 않은 것뿐이다.

그 사람은 좋은 요리사였다. 깔끔한 성격이라 부엌을 매일 쓸고 닦고 했다. 시장을 볼 때도 되도록 자기 몫의 심부름 값을 조금씩만 뗐다. 그렇지만 이젠 이불을 둘둘 말아 가지고 떠나 버렸다.

부인은 좋은 주인이긴 했지만 사람을 부릴 줄 몰랐다. 하인들한테 종에게나 쓰는 언사를 함부로 썼다. 그래서 부인에게 항의한 적도 있었다.

"우린 돈에 팔려 온 종이 아닙니다. 옛날엔 그런 사람들도 있었지만 이제 팔려 온 종은 없어요. 우린 봉급을 받고 일하는 사람들이란 말입니다. 있고 싶으면 있고 있기 싫으면 떠날 수 있는 사람들 아닙니까?"

그러나 별 소용이 없었다. 여전히 우리를 종처럼 함부로 불렀다.

부인은 언제나 새 사람을 좋아했다. 중국 가정에서 오래된 하인은 그 집 식구로 대접을 받고 그 사람의 말은 식구들이 모두 믿는다. 가끔 그 집안을 대표해 손님을 맞기도 하고, 다른 외부 사람들과 거래를 하는 일도 흔히 있다. 그렇지만 야들리 부인의 정과 신용은 늘 새 사람에게 쏠렸다. 집을 고치러 오는 사람이나 수도 고치는 사람들이 오면 부인은 곧잘 자기 손으로 접시에 과자 같은 것을 담아 내다주곤 했다.

부인은 언젠가부터 다른 사람을 유모로 쓰려고 마음먹고 있었다. 그때부터 부인은 곧잘 내 행동거지를 트집 잡았다.

"유모, 우리 애들 봐줄 때는 그렇게 더러운 옷을 입지 말아요."

"전 가난해서 옷 사 입을 돈이 없으니 이거라도 입어야지요. 어린 애를 보는 사람의 옷자락이 어떻게 늘 깨끗하기만 하겠어요?"

부인은 그때까지 몇 년 동안 내 옷을 가지고 잔소리를 한 적이 없었다. 나는 마침내 부인의 속마음을 알아차리고 부인의 방으로 갔다.

"부인, 누군가 마음에 정한 사람이 있으신 것 같군요. 그래서 걸핏하면 저를 탓하는 것 아니겠어요? 마루에 발자국을 냈다고 공연한 탓을 하더니 이젠 멀쩡한 옷을 가지고 트집을 잡으니 말이오. 밀린 돈을 주세요. 나갈 테니까."

부인은 밀린 봉급을 주었고, 나는 그집에서 나왔다. 내가 나가면 당연히 아들도 직장을 잃을 줄 알았다. 그러나 야들리씨는 아들을 해고하지 않았다. 야들리씨가 영국으로 휴가를 간 사이에 중국인 우두머리가 아들 자리를 자기 친척에게 주려고 그애를 해고시키지만 않았더라면 아마 내 아들은 지금까지 해관에서 근무하고 있을 것이다. 야들리씨는 돌아온 후 내 아들을 다시 데려가려고 애를 쓰지는 않았다. 뭣 때문에 애를 쓰겠는가. 그래 결국 아들이 안정된 직업을 잃은 것은 내 책임이다. 내가 더 참았어야 했는지도 모른다.

나는 집으로 돌아갔다. 그 동안 집안에서 무슨 일이 일어났는지 아무것도 몰랐다. 딸이 남자를 집에 끌어들여 사람들의 입에 오르내린 것까지만 알았을 뿐 그 이상 무슨 일이 또 일어났는지 알지 못했다. 제 에미가 돌아왔는데도 딸은 음식을 내올 생각도, 따뜻한 말 한마디 건넬 생각도 안 했다. 나는 어찌된 영문인지도 모르고 딸의 행동이 의아하기만 했다. 알아보니 남자에게 몸을 허락한 것이다. 나는 딸에게 철없는 짓을 했다고 나무랐고, 무엇 때문에 그 남자의 말을 들었느냐고 꾸짖었다. 번지르르한 말로 딸을 꼬셨겠지.

남자에게는 처자식이 있었다. 열여섯 살, 열다섯 살 난 아들이 둘 있었고, 어린애까지 딸려 있었다. 딸은 미련하게 행동한 것이다. 딸에게는 아들이 없으니 정식으로 재혼할 수도 있는 건데. 처자식 딸린 남자 말만 듣고 어떻게 살겠는가.

어느 날 내가 집을 비운 사이에 딸은 집을 나가 버렸다. 작은 손녀까지 데리고서 말이다. 다행히 맏손녀 수데는 학교 기숙사에 있었다.

나는 당장 남자 집으로 달려갔다. 대접이고 접시고 할 것 없이 마구 집어던졌다. 그릇들은 산산조각이 났다. 나는 딸에게 우리 집 여자가 이처럼 세상 부끄러운 짓을 하기는 처음이라고, 둘이 목숨 걸고 결판을 내자고 악을 썼다.

"네가 죽든 내가 죽든 하나가 죽을 때까지 한번 싸워 보자!"

나는 정말 딸과 머리채를 잡고 싸울 생각이었다. 그러나 미처 딸에게 손을 대기 전에 이웃 사람들이 와서 뜯어말렸다. 너무나 분하고 슬퍼서 땅바닥에 데굴데굴 구르면서 갖은 욕설을 퍼부었다. 딸을 고소하겠다고도 했다. 사람들이 급히 란씨 댁을 불러왔다. 란씨 댁은 나를 끌어내 진정시킨 후 집으로 데리고 왔다.

집에 돌아와 란씨 댁은 차근차근 나를 위로했다. 딸은 출가외인이라고, 그런고로 내가 어떻게 할 수 없을 뿐만 아니라 딸이 저지른 일은 내가 책임질 일도 아니라고 했다. 비록 친정 엄마인 내가 딸과 딸의 두 자식을 지금껏 부양해 왔다 해도 재판관은 내 편이 되어주지 않을 거라고 타일렀다. 이번 일로 손해를 입은 것은 내 집이 아니라는 점도 얘기해주었다. 우리 가문은 닝씨며, 딸이 이번에 더럽힌 가문은 사위 집안인 리씨라면서 딸을 고소한다는 것이 얼마나 부질없는 일인가를 일깨워주려 했다. 그래서 나는 재판관에게 가려던 생각을 버렸다.

딸은 이제 대놓고 동거를 시작했다. 전보다 한 발짝을 더 내디딘 것이다. 내 곁을 떠나 그 남자에게 간 것은 이제 그 사람을 자기 주인으로 섬기겠다는 표시였다.

어느 날 란씨 댁이 찾아와 남자 쪽에서 내 딸을 첩을 맞는 형식으로 받아들일 용의가 있더라고 얘기를 해주었다. 이때쯤 란씨 댁은 딸과 나 사이에서 중재자 노릇을 하고 있었다. 나는 딸의 반응이 어떻더냐고 물었다. 그랬더니 란씨 댁은 첩이든 정식 부인이든, 남자가 돈이 있든 없든 상관 않고 들어가 살겠노라고 했다는 것이다. 그리고 두 딸까지 데려가 살 거라고도 했다. 내가 그렇게 고생하고 애

써서 키운 아이들을 말이다. 남자 쪽에는 이미 처자식들까지 있는데. 결국 만쓰는 애들을 데리고 남자 집으로 들어갔다. 그 후 2년 동안 나는 딸을 보지 않았다.

만쓰가 떠난 해 여름 일거리가 떨어졌다. 마침 미국 선교사 하나가 집이 없는 학생 둘을 하숙생으로 맡아 달라고 부탁했다. 그래서 하숙을 치게 되었는데 알고 보니 학생들은 둘째 손녀와 같은 학급에다가 아주 친한 사이였다. 그애들은 늘 손녀네 집에 가서 놀고 싶어 했다. 하지만 나는 미국인 선교사로부터 이 아이들을 위탁받은 사람이 아닌가. 어떻게 공부하는 학생들에게 딸이 생활하는 꼬락서니를 보게 할 수 있겠는가. 그래서 학생들에게 그 집에 가면 안 된다고 했다. 애들은 실망해서 울고 슬퍼했다. 그럴 수밖에 없지. 아직 어렸으니까. 더군다나 딸은 음식 솜씨가 좋았고 딸과 같이 사는 사내의 벌이도 괜찮았다. 딸은 아이들에게 맛난 것을 만들어 먹였고 또 맘만 먹으면 상냥하고 다정한 아줌마가 될 줄도 알았다. 학생들이 딸네 집에 못 가서 울고불고하는 것도 당연했다. 결국 학생들을 선교사에게 도로 데려다 주었다.

내가 야들리 부인 집에서 나온 이후로 일자리를 구하지 못하자 란씨 댁이 또 일자리를 알아봐 주었다. 란씨 댁은 그때 리드 부인에게 중국말을 가르쳐주고 있었는데, 그 여자에게 내 얘기를 하고 일자리를 줄 수 없겠느냐고 했다. 리드 부인은 우선 야들리 부인한테 나에 대해 문의를 했다. 다행히도 야들리 부인은 내가 좋은 유모였다고 말해주었다. 다만 성질이 좀 사납다고 단서를 달았지만.

며칠 후 리드 부인은 나를 '선교사의 집'의 새 주인인 메이슨이라는 여자에게 추천해주었다.

메이슨은 성질이 아주 묘한 처녀였다. 처음 내가 갔을 때는 늘 칭찬만 했다.

"오, 유모. 당신은 참 좋은 유모군요."

이런 식이었고 내 손을 잡고 또닥거리기도 했다. 그러다가도 무엇이 잘못 되기라도 하면 기분이 금세 싹 바뀌는 것이었다.

내가 맡은 일 중의 하나는 일러준 시간에 이 여자의 낮잠을 깨우고 차 마시는 시간에 맞추어 내려갈 수 있게 방에 뜨거운 세숫물을 들여다 주는 것이었다.

하루는 복도 끝에 있는 재봉실에서 일을 했는데, 시계가 없어서 깨울 시간이 됐는지 알아보려고 별수없이 그 여자의 방으로 들어갔다.

"유모! 왜 지금 깨우는 거요? 너무하잖아!"

그래 다음 날은 들어가지 않았다. 그랬더니 십 분이나 늦게 일어나 버렸다.

메이슨은 잔뜩 화가 나서 내 방으로 들어와 아우성을 쳤다.

"유모! 왜 깨우지 않았어? 차 마실 시간이 지났잖아! 손님들까지 초대했는데 내가 늦었으니 어쩌냔 말이오. 당신 참 심술궂은 유모야."

하지만 이런 일은 겨우 새 발의 피였다. 더 큰 갈등을 일으킨 것은 안경 사건이었다. 그날은 메이슨에게 내 안경을 고치러 시내에 나갔다 올 시간 좀 달라고 했다. 그 여자는 그럴 것 없다며 요리사가 다음 번 시내에 갈 때 고쳐다 주도록 하면 되지 않느냐며, 그때까지 자기 것을 쓰라고 주머니에서 안경을 꺼내주었다. 좋은 안경이었다. 그걸 쓰고 있으니 일하는 게 즐겁기까지 했다.

다음 날은 몸이 좀 안 좋았다. 머리가 아파서 아는 집에 뜸을 뜨러 갔다. 침대에 누워 치료를 받는 동안 주머니에 든 안경이 깨질까봐 꺼내 옆에 놓아두었다. 뜸은 오래 걸렸고 또 그 사람과 이런저런 얘기를 하다가 그만 안경을 놓아둔 채 나왔다.

내가 나간 후 그 집의 아홉 살 난 아들이 안경을 보고는 "어머니, 이거 아줌마 갖다드리고 올게요." 하고 나왔다. 아이는 안경을 높이 든 채 나를 부르며 뒤쫓아 왔다. 그런데 어떤 남자가 그것 좀 보자고 말을 걸었다. 아이가 보여주자 사내는 안경을 주머니에 넣고 달아났다. 어떻게 아이가 어른을 쫓아가겠는가. 아이가 울면서 부르는 소리를 듣고 나는 그제야 고개를 돌렸다.

"어떤 남자가 아줌마 안경을 가져갔어요. 안경을 뺏어갔어요."

아이는 이렇게 소리칠 뿐이었다. 덜컹 겁이 났다. 어찌하면 좋을지 몰랐다. 사내는 영영 사라져 버렸으니 찾을 도리가 없었다.

그날은 마침 주일날이었다. 메이슨이 교회에 간 것을 알고 그 여자의 집으로 가서 대문 앞에서 서성거리며 기다렸다. 나를 보자 메이슨이 물었다.

"웬일이야, 유모? 일요일인데 뭣 하러 나왔어?"

상당히 기분이 좋은 얼굴이었다. 그러나 내가 안경 얘기를 하자 금방 표정이 굳어졌다.

"그건 아주 귀한 안경이에요. 유모는 정말로 말썽만 일으키는 사람이군요. 이젠 다시 일하러 오지 말아요."

나는 집으로 돌아갔다. 기분이 몹시 우울했다. 메이슨은 내 얘기를 믿지 않았던 것이다. 그 여자는 내가 그걸 내다 팔았든지, 아니면 욕심이 나서 가졌을 거라고 생각하는 것 같았다. 어찌도 속이 상하고 울적한지 숨이 막힐 것 같았다. 나는 억울한 마음에 다시 메이슨을 찾아가 안경을 변상하겠다고 약속했다. 하지만 어디서 그만한 돈을 구할지 막막하기만 했다.

우선 란씨 댁을 찾아가 상의했다. 란씨 댁은 리드 부인에게 가서 의논을 했고, 다시 리드 부인은 메이슨에게 가서 내 사정을 얘기했다. 그러던 어느 날 안경을 잃어버린 그 이웃집 아이가 도둑을 붙잡았다. 안경을 훔쳐간 사내가 어느 집 결혼식 선물을 나르는 심부름꾼 노릇을 하고 있는 걸 본 것이다. 아이는 곧 소동을 일으켰고, 결국 경찰이 그 남자를 잡아들였다. 안경을 훔친 젊은이가 자백을 했다.

나는 기뻐서 당장 메이슨에게 알려주려고 집을 나섰다. 도중에 리드 부인을 만났다. 리드 부인은 지금 막 내 문제 때문에 메이슨을 만나고 오는 길이라고 하면서 다시 가서 일을 하라고 했다. 메이슨을 찾아갔다.

"이젠 다 잘 됐어요. 안경을 훔친 녀석이 잡혔으니까요."

메이슨은 안경을 찾았느냐고 물었다. 나는 안경은 못 찾았지만 안경을 훔친 젊은이는 지금 경찰에 잡혀 있다고 얘기했다.

"그래요? 불쌍하게도 그 청년은 더러운 감옥에 끌려간 거군요.

당장 내주라고 해야겠소."

그 여자는 요리사를 경찰서로 보내 젊은이를 당장 내주라고 했다.

나는 메이슨 밑에서 계속 일했다. 이 여자는 모든 일이 순조로울 때는 상냥하고 친절했지만, 마음에 안 드는 일이 있을 때면 꼭 안경 얘기를 끄집어냈다.

나는 딸하고 발을 끊고 살았다. 딸에게는 아이가 하나 더 생겼다. 그러나 이번에도 계집애였다. 아이는 복을 타고나지 못했다. 네 살 때 성홍열로 죽어 버렸다. 나는 그애가 죽은 것이 섭섭지 않았다. 살면 뭐하겠는가. 혈통도 가문도 제대로 타고나지 못한 바에야 죽은 것이 차라리 낫다고 생각했다.

그때쯤 바닷가에 큰 채소밭을 가지고 있는 장화라는 사람이 나를 찾아와 딸과 화해를 시켰다.

"뭐니 뭐니 해도 당신 자식 아닙니까?"

결국 나는 딸에게 갔다. 그리고 딸도 나를 보러 왔다. 일 년에 두 번이나 세 번쯤 왕래가 있었다. 하지만 전처럼 가까워지지지가 않았다.

늙은 삼촌이 나를 찾아왔다. 나는 그 노인을 일 년 동안 우리 집에서 지내게 했다. 나는 늘 이 삼촌을 좋아했다. 우리는 언제나 말이 잘 통했고 뜻이 잘 맞았다. 삼촌은 내가 몹시 어려울 때 형편이 허락하는 대로 나를 도와주었다. 이제 그분의 형편이 어려워졌으니 내가 도울 차례였다.

삼촌은 벌써 여든 살이었다. 그분은 우리하고 일 년을 같이 살다가 가셨다. 그 동안 숙모가 죽고 절름발이 사위도 세상을 떴다. 그나마 있던 재산도 다 사라졌다. 그래서 삼촌의 딸은 성 밖에 사는 자기 큰딸 집에 얹혀살았다. 그러다가 재혼을 했다. 아이들을 큰딸에게 맡기고 이 여자는 새 시집으로 가느라 길을 떠났다. 여자가 당나귀에 오르자 아이들이 쫓아와 매달리며 가지 말라고 울부짖었다. 삼촌한테 이 얘기를 들었을 때 나는 속이 뒤집히는 것 같았다. 어떻게 그렇게 떠날 수가 있었을까. 얼마나 마음이 아팠을까. 상상도 하기 싫었다.

아들이 살림을 차리다

아들을 장가보낼 때가 되었다. 수데는 선교사들의 주선으로 베이징으로 유학 가 있었다.

나는 오랜 친구 장화를 가운데 넣어 아들과 메이의 결혼을 추진시켰다. 메이는 손녀들이 다닌 학교의 학생이었다. 결혼 당시 아들은 해관에 다닐 때 사귄 친구 밑에서 일했다.

메이의 오빠는 왕년에는 돈을 잘 벌었지만 지금은 완전히 망해 버렸다. 레이스 공장에서 좋은 자리에 있었는데, 직장을 그만두고 사업을 시작했다가 아편을 피우는 바람에 망한 것이다. 빚만 산더미같이 지고 도망쳐 버렸다. 이 집에서는 메이를 레이스 공장에 내보내 돈을 벌어오게 할 정도였다. 우리는 혼인 날짜를 정하고 그애를 데려오기로 했다.

나는 이 무렵 딸을 거의 보지 않고 살았다. 가까운 사람들이 딸한테도 아들의 혼례를 알려야 한다고 했다.

"어쨌든 당신 자식이 아니오? 더군다나 형제라곤 둘뿐인데."

그래서 나는 알리라고 했다. 딸은 혼례에 참석하러 왔다. 딸과 나는 서로 간에 체면을 지켰다.

내 성미는 예나 지금이나 고약하다. 무엇보다 성질을 못 참는 게 큰 병이다. 결혼 수행인들을 태워 온 인력거꾼들에게 삯을 치르면서 또 성미를 부리고야 말았다. 메이의 친정집과 우리 집은 엎어지면 코 닿을 거리였다. 언덕 밑에서 비탈길을 조금만 오르면 되었다. 그래서 나는 다른 집에서 주는 반값만 주었다. 그러자 인력거꾼들은 삯이 너무 적다고 야단이었다. 그래 얼마를 원하느냐고 물었더니 다른 집에서 주는 것만큼 달라고 했다. 나는 그건 말도 안 된다며 값을 미리 정했느냐고 따졌다. 그들은 그렇다고 대답했다. 그래 누가 그렇게 정했느냐고 물었더니 저쪽 집에서 정했다고 했다. 나는 그러면 신부 집에 가서 받으라고 배짱을 부렸지만 친구들이 나서서 말렸다. 화를 풀고 제발 사돈댁하고 싸우지 말라고 빌다시피 했다.

"당신 며느리한테는 일생에서 제일 중요한 날이야. 제발 돈 몇 푼 때문에 경사스러운 날을 망치지 말아요."

내키지는 않았지만 결국 나머지 돈을 치러주었다. 하지만 결혼 후 가는 첫 친정나들이에는 아들을 보내지 않았다. 괜히 아들이 갔다가 혼례 때 일을 가지고 처갓집 식구들이 이러쿵저러쿵 시비를 걸까 걱정스러웠다. 열여덟 살밖에 안 된 어린애한테 그런 봉변을 당하게 할 수는 없었다. 그 후 며느리도 정월에 세배하러 갈 때까지는 친정집에 못 가게 했다.

"그런데 첫애가 나오면 어쩔래요?"

장화가 물었다. 첫애를 낳으면 애 아버지가 처갓집에 알리는 것이 관례였다.

"편지로 하지 뭐."

손주가 태어났을 때 나는 정말로 편지로 알리려고 했다. 그러나 딸이 말렸다.

"그럴 것 없어요. 몇 발자국도 안 되는데 내가 직접 가지요."

그래 딸이 그 집에 가서 알렸다. 메이의 아버지는 겨우 한마디 "잘됐군요." 하고는 그만이더란다.

그 집에선 애기를 위해 아무것도 보내지 않았다. 딸이 애기를 낳으면 보통 있는 집에서는 크고 붉은 통에 물건을 가득 채워서 보낸다. 통 속에는 갓난애와 산모에게 필요한 물건들이 가지각색으로 들어있다. 없는 집에서도 광주리에다 애기 옷가지와 기저귀, 그리고 산모 먹으라고 달걀과 찹쌀, 붉은 설탕 등을 담아 보낸다.

그렇지만 저쪽 집에서는 아무것도 보내지 않았을 뿐만 아니라 한 사람도 애기를 보러 오지 않았다. 며느리는 너무 서운했는지 그 후로는 친정집 대하는 것이 달라졌다.

도망을 갔던 며느리 오라비가 돌아왔다. 돈도 없고 의지할 곳도 없는 처지여서 내가 돈도 좀 쥐어주고 취직자리도 알아봐주었다.

그러던 어느 날 이 오라비와 어머니 사이에 큰 싸움이 벌어졌다. 둘 다 고래고래 소리를 지르고 쌍욕을 해댔다. 아버지까지 합세해서 아들을 구박했다. 그러니 동네 꼬마들도 당연히 싸움의 내용을 알 수 있었다.

메이의 아버지는 장가를 두 번 들었다. 본처는 메이 오라비와 메이를 낳고 몇 년 후 병으로 죽었다. 그래 계모가 들어와 살기 시작했는데, 성품이 좋지를 않았다. 허구한 날 두 남매를 구박하고 때렸다. 자기가 낳은 자식 아니라고 밥도 제대로 주지 않았고, 먹을 것이 조금이라도 있으면 제가 낳은 자식들만 챙겼다.

그 날도 계모가 메이 오라비를 때렸다. 무슨 일 때문인지는 모르겠지만, 장성해서 결혼까지 한 사내를 때린 것이다. 오라비는 더 이상 참을 수가 없어 마구 휘두르는 계모의 손목을 붙잡더니 그대로 계모를 땅바닥에 내동댕이쳐버렸다. 아버지가 달려들자 아버지도 내동댕이쳐버렸다.

싸움이 있고 얼마 후 계모는 화병을 앓기 시작했다. 그런데 점점 심해지더니 화병이 급기야 폐병이 되고 말았다.

하루는 메이의 친척이 나를 찾아왔다.

"메이의 계모가 오늘내일해요. 그 사람 모가지가 내 팔목보다도 가늘다니까요. 며느리를 한번 보내세요. 공연히 원수를 살 필요는 없잖아요?"

며느리는 출산했을 때 아무도 오지 않아서 무척 서운해하고 있었다. 하지만 아무리 못된 계모라 해도 며느리가 코흘리개 때부터 돌봐준 여자가 아닌가. 그래서 무던하게 대답해주었다.

"난 그애가 가든 안 가든 상관하지 않겠어. 제가 가고 싶으면 가는 거지만. 가기 싫다면 억지로 보낼 수도 없는 거고."

친척은 물러서려 하지 않았다.

"그렇게 말씀하시면 아무 일도 안 되지요. 아주머니가 가라고 말씀하시면 갈 텐데."

"그렇게 오랫동안 내왕도 없었는데 이제 와서 찾아가면 또 무슨 트집을 잡을지 알 수 있남? 시끄러운 일이 생기면 곤란하지. 그러지 말고 한번 그 사람들 마음을 떠 보는 게 어때요? 지나가는 말처럼 '형님이 저렇게 많이 아픈데 딸한테 알려주는 게 어때요?' 하고 떠 봐요."

친척은 그렇게 해 보겠다고 하고 돌아갔다. 그런데 이 여자가 며느리네 집에 가서 얘기를 꺼내자 며느리의 아버지가 침을 탁 뱉더란다.

"그놈의 자식들, 토끼한테서 난 것들이야. 토깽이 새끼들 같으니라고! 내가 그것들하고 상관할 건덕지가 뭐 있어?"

그래 우리 집에서는 아무도 그 여자 장례에 가지 않았다. 며느리의 아버지는 아주 어리석게 처신했다. 마누라가 죽어가는 마당에도 큰소리를 탕탕 쳤으니.

"누구한테도 알릴 것 없어. 딸년이고 며느리고 다 소용없어. 아무도 올 필요 없다고!"

그 늙은이는 아들이 도망갔을 때 며느리를 시골에 있는 친정집에 보냈었다. 더군다나 결정적인 실수는 과부로 지내는 자기 숙모에게도 부고를 하지 못하게 했던 것이다. 둘째 부인에게서 난 자식들이 넷이나 되는데 그것들을 어떻게 감당하겠느냐고 사람들이 묻자 처제에게 맡기겠다고 대답하더란다. 죽은 여자를 매장할 때 처제가 왔지만 무덤에 가서 울고는 언니 자식들에 대해선 일언반구도 없이 당나귀를 타고 가 버렸다.

늙은이는 별수없이 자식들을 시집간 조카딸에게 보냈다. 조카딸은 얼마 동안 애들을 맡아 키웠다. 그렇지만 이 조카딸에게도 자식이 있었다. 그런 판국에 어느 누가 어린것들 넷을 떠맡으려 하겠는가. 똥오줌 시중들고 옷 빨아 입히고 하는 궂은일들을 어떤 성인군자가 사서 하겠는가.

늙은이는 식구를 하나라도 줄이려고 큰딸을 남의 집 민며느리로 들여보냈다. 이 딸은 시집에 들어가 모진 고생을 했다. 어린 나이에 온 시집 식구들의 신발을 만들었고 힘겨운 일을 도맡아 했다. 그 후 시집에서는 딸을 이혼 형식으로 내쫓았다. 소박맞은 딸은 다시 시집을 갔다. 그리고 나머지 꼬마 남동생 셋은 장화의 주선으로 고아원에 들어갔다.

아들이 결혼한 여름에 수데가 방학이라고 집에 왔다. 아들이 살림을 차리고 안정이 되었으니 이제는 수데 차례였다. 수데에게도 인생의 보금자리를 마련해주고 싶었다. 나는 그애의 중학교 때 선생님이었던 리징을 찾아갔다. 선생은 란씨 댁의 사위가 되어 있었다. 나는 선생에게 어디 적당한 사람이 없겠냐고 물었다. 그 사람은 좀 생각할 시간을 달라고 하더니 다음 날 부리나케 찾아와서는 양복장이 리우씨의 아들이 적당한 상대 같다고 얘기했다. 리우씨네 집에서도 이 혼인이 마음에 든다고 찬성했다는 것이다. 리우씨의 아들은 나도 잘 아는 총각이었다. 어울리는 배필일 것 같았다.

나는 흡족해서 수데에게 혼인 얘기를 꺼냈다. 그러자 수데는 금방 안색이 변하면서 화를 냈다.

"싫어요. 난 시집 안 갈래요."

그래 나는 선생에게 모든 얘기를 없던 일로 하자고 했다. 리우씨네 집에서는 얘기가 그 정도 진척된 다음에 거절하는 것은 그들에 대한 모욕이라며 기분 나빠했다. 나는 요즘 젊은 애들한테 싫다는 일을 억지로 시킬 수 있느냐, 강제로 결혼시킬 수는 없는 일 아니냐며 사과를 했다. 그때부터 이날 이때까지 나는 수데를 결혼시키려고 무슨 조처를 취해 본 적이 없다. 간간이 이제는 혼인을 해야 하지 않냐며 구슬려 보기는 했지만. 딸도 손녀 편을 들었다. 손녀의 인생을 자기 신세처럼 망칠 생각이냐며 나를 비난했다.

그 해 겨울, 딸과 딸의 새서방이 삼촌뻘 되는 노인네를 데려다 같이 살려고 한다는 소문을 들었다. 나는 그애들 방이 두 개밖에 없다는 것을 알고 있었다. 딸과 새서방, 그리고 갓난애가 큰방을 썼고 둘째 손녀가 작은방을 썼다.

나는 딸에게 그 늙은이가 오면 어디다 재울 거냐고 따졌다. 딸애는 그 사람을 손녀가 자는 안쪽 방에다 재울 거라고 대꾸했다. 울화가 치밀어 딸년에게 야단을 쳤다. 어떻게 다 큰 애를 남자하고 같은 방에서 재울 생각이냐고 말이다. 일흔 살 먹은 남자라고 해도 도저히 안 될 말이었다. 늙은이라고 해도 그쪽은 사내고 손녀는 열다섯 살이나 먹은 처녀였으니까.

나는 더 이상 참을 수 없어서 손녀를 내 집으로 데리고 와 버렸다. 딸은 자기 딸을 데려갈 생각도 않고 나 하는 대로 가만 내버려 두었다. 하지만 이것도 쉬운 일은 아니었다. 우리 집은 방이 하나밖에 없었다. 나는 이 방을 며느리하고 갓난애와 셋이 썼다. 아들은 주로 사무실에서 자고 한 달에 두 번씩만 집에 와서 자고 갔다. 그럴 때마다 손녀를 데리고 장화네로 가서 하룻밤 신세를 졌다. 나 같은 늙은이야 요만 하나 더 깔면 되었지만, 열다섯이나 되는 처녀애가 와서 잔다는 것은 장화네로 볼 때도 거북한 일이었다. 그러나 그 집 사람들은 친절했다.

늙은이는 다행히 오지 않았다. 그러자 그동안 아무 말 않고 있던 딸이 내가 공연히 제 아이를 빼앗아 갔다고 비난했다.

방학이 되어 다시 수데가 베이징에서 돌아왔다. 돌아오고 얼마 안 있어 이웃에게 들었는지 수데도 늙은이를 동생 방에 같이 재우려고 했던 일을 알게 되었다. 수데는 또 제 어머니의 꼬락서니를 보고 큰 충격을 받았다. 늘 우리와 티격태격 싸우고 있었으니까. 수데는 베이징으로 돌아가자마자 동생을 다른 고장으로 전학시키려고 애를 썼다. 몇 달 후 선교사들이 둘째 손녀를 봉래 근처의 황시엔이라는 곳에 있는 학교로 보내주었다. 그러나 그 먼곳까지 가서도 이 아이는 제 엄마의 수치스러운 소문에서 벗어나지 못했다.

친구들이 손녀에게 물었단다.

"너이 어머니 과부가 아니니?"

"응, 그래."

"그런데 넌 꼬마 동생이 있지 않니?"

나는 왜 머리를 쓸 줄 모르냐고 손녀를 나무랐다. "아버지가 돌아가셔서 어머니가 재혼을 했거든!" 하고 못 둘러대냐고 야단을 쳤다. 남편이 죽었을 때 재혼을 하는 것은 수치스러운 일이 아니었다. 별로 자랑스러울 것도 없지만 적어도 부끄러운 짓은 아니었다.

그렇지만 둘째 손녀는 어려서 요령 있게 말을 받아넘길 줄 몰랐다. 그래서 늘 속을 태우고 고민만 했다. 너무 속상해하고 고민을 하다가 급기야 병이 났다. 선생들은 손녀를 다시 지부에 있는 학교 기숙사로 돌려보냈다. 아이가 돌아온 지 사흘인가 나흘이 되어서야 그 소식을 들었다. 곧 학교로 찾아갔다.

아이를 보니 얼굴에 죽음이 새겨져 있었다. 나는 그애를 이불로 싸서 들쳐 업고 제 엄마에게 데려다 주었다. 죽으려면 저이 엄마한테 가서 죽으라고. 손녀는 여드렌가 열흘쯤 더 앓다가 세상을 떴다.

딸과 나는 손녀의 무덤에서 다시 만났다. 무덤 앞에 꿇어앉아, 우는 딸의 등을 토닥거려주었다. 딸과 몇 마디 이야기도 나누었다. 둘째 손녀는 과수원 언덕에 묻혔다. 꽃들이 만발해 있었다.

딸은 자기가 제 자식을 죽였다고 가슴을 쳤다. 서양 의사들이 병으로 죽었다고 했지만, 어미가 부끄러워 죽은 거라고 했다. 나는 그냥 가만히 옆에 있어주었다. 싸운 날도 많고 원망스러운 날도 많았지만, 아무리 그래도 내 딸이었고 내 손녀였으니까.

아들과 같이 일하던 친구가 사업에 실패했다. 아들은 졸지에 직장을 잃고 그 후 일 년 넘게 놀았다. 급한 김에 베이징에 있는 친구들에게 편지를 보내어 아들의 취직을 부탁했다. 란씨 댁의 아들은 레이스 회사의 판매원이었는데, 이 사람이 인도에 있는 직장을 알선해주었다. 그러나 나는 아들이 인도에 가는 데 반대했다. 인도는 날씨가 덥다는 걸 들어 알고 있었는데, 아들은 몸이 약한 편이었다. 그래서 안 되겠다고 거절했다.

다시 친구들에게 편지를 써 보냈더니 마침내 한 친구가 베이징에다 직장을 구해주었다. 치과의 기술공이 되는 견습생 자리였다. 삼 년 동안 견습생 노릇을 하면 정식 기술공이 된다고 했다. 치과의사 역시 산둥 사람이었고, 부인은 바로 봉래 사람이었다. 삼 년만 참고 견습생 노릇을 하면 기술자 자격을 얻는 것이다. 견습기간 동안 숙식을 제공받고 신발이며 이발비까지 주인이 부담한다고 했다.

베이징에 간 지 몇 달도 안 돼 아들은 집에 무척 오고 싶어 했다. 하루는 집에 돌아오게 해 달라고 편지를 부쳐 왔다. 나는 메이를 시켜 답장을 써 보냈다.

"여자가 혼인날이 돼서 출가하지 않겠다고 하는 것 보았느냐? 너는 사내대장부면서 그렇게 마음이 약해서야 되겠느냐? 더욱이 가족까지 생긴 이 마당에 그런 나약한 생각일랑 버리도록 해라."

그래서 아들은 집으로 돌아올 생각을 버리고 베이징에 계속 머물렀다. 그러다 지부에 있는 아는 사람이 치과를 차린다며 우리 아들도 거기서 일하게 할 생각이 없느냐고 물어왔다. 아들이 내심 안쓰러웠던 차에 잘됐다 싶어 아들에게 바로 기별을 보냈다. 아들은 편지를 받자마자 당장 출발했다.

아들은 몹시 수척해 있었다. 끼니를 아무렇게나 때우고 배가 아주 고파야 몇 술 뜨는 그런 불규칙한 생활을 했으니 그럴 수밖에 없었다. 아들은 돈도 쓸 줄 몰랐다. 언제나 모든 걸 내가 시키는 대로만 따라해 버릇했기 때문이다.

나는 아들에게 이제 돌아가지 말라고 일렀다. 그런데 마침 아들이 베이징에 있을 때 기술을 가르쳤던 치과의사의 아버지가 세상을 떠서 그 의사가 아버지의 장례 차 산둥에 왔던 길에 지부에 들렀다. 그 사람은 이제부터는 자기 집에서 식사를 제공하겠으며, 견습기간만 지나면 한 달에 삼십 달러씩 주겠다고 약속했다. 그래서 아들을 다시 베이징으로 돌려보냈다. 그러나 주인은 아들에게 십오 달러밖에 주지 않았다. 만약 수데가 도와주지 않았더라면 우리 식구는 살아가지 못했을 것이다. 대학을 졸업한 후 선생이 된 수데가 남은 식구를 위해 생활비를 보내주곤 했다.

여름이 되자 지부로 피서객들이 많이 모여들었다. 친구들은 내가 궁한 것을 알고 러시아에서 온 부인 한 명을 소개시켜주었다. 이 부인은 톈진에서 온 손님 한 사람을 집에 묵게 하고 있었다. 나는 그 손님의 아이를 돌보고 자질구레한 시중을 드는 조건으로 한 달에 삼십 달러를 주면 가서 일해 주겠다고 했다. 지부에 사는 사람들을 위해서라면 한 달에 십오 달러나 십육 달러를 받고도 일했을 것이다. 하지만 여름에만 있는 일자리인지라 기간도 짧고 또 가을에 가서 다른 자리를 못 구할 가능성이 많아서 돈을 더 받아야 할 입장이었다. 저쪽에선 삼십 달러는 너무 많다고 했다. 그래서 나는 이십오 달러까지라면 가서 일하겠지만 그보다 적게는 안 하겠다고 버텼다. 결국 이십오 달러를 받고 일하기로 했다.

러시아 사람들 밑에서는 일하기가 편했다. 그리고 내가 아는 어떤 서양 사람들보다 잘 먹었다.

영국 사람인 야들리 부인은 언제나 같은 음식만 먹었다. 닭고기나 소고기 구운 것 한 토막에다 삶은 야채 조금이면 그만이었다. 영국 사람들은 아침마다 잠자리에서 차를 마셨다. 아침 식사도 늘 일정했다. 버터와 잼을 곁들인 빵과 죽, 그리고 우유 한 잔 정도였다. 아침과 점심 사이에는 차와 과자로 간식을 들었고 점심과 저녁 사이에도 역시 차와 과자였다. 영국 사람들은 과자를 안 먹고는 하루도 못 배기는 모양이었다.

그러나 러시아 사람들은 별별 요리를 다 먹었다. 서양 사람들이 먹는 것과 우리가 먹는 것을 다 합쳐서 먹는 것 같았다. 러시아 여자들은 부엌에 들어가서 음식 만드는 일도 썩 잘했다. 이 집 부인도 걸핏하면 부엌에 들어가서 요리를 했다. 펠미니(한국의 물만두와 흡사한 러시아식 만두)라고 하는 우리 자오쯔하고 비슷한 음식을 자주 만들었다. 음식을 만들고 나면 나한테도 먹어 보라며 따로 접시에 담아주곤 했다.

톈진에서 온 손님은 돌아갈 때 나를 데려가고 싶어 했지만 나는 사양했다. 월급도 후하게 줄 테고 일도 힘들지 않을 텐데 왜 못 가는지 물었다. 나도 부인을 따라 가고 싶었다. 아들이 톈진과 가까운 베이징에 있어서 더욱 가고 싶었다. 하지만 도저히 갈 수 없는 사정이 있다며 거절했다. 부인은 화를 내며 가 버렸다. 그래도 할 수 없었다.

며느리는 그때 임신 중이었다. 다가오는 구월이나 시월이 해산달이었다. 그런 상태에서 며느리를 두고 갈 수 없었고, 그렇다고 해서 몸이 무거운 애를 데리고 여행할 수도 없는 일이었다. 그리고 마침 나는 송사에 관련되어 있었다. 나한테 백오십 달러를 빚진 사람이 돈을 안 갚으려 해서 고소를 했던 것이다. 이 재판이 팔월에 있을 예정이었다.

아들이 떠난 후 이 두 달 동안의 벌이를 빼고는 일정한 벌이 없이 살아야만 했다. 어려운 시절이었다. 간혹 품 팔 일이 있을 때는 빨래도 하고 바느질도 해주며 오륙 달러씩 벌었지만, 그걸로는 턱없이 부족했다. 아들도 삼 년 간이나 벌이가 전혀 없어 그동안 저축해 놓은 돈을 다 써 버렸다.

아들은 정월에 베이징으로 갔는데 소송이 시작된 것도 이때였다. 소송은 구월까지 끌었다. 거의 한 해가 걸린 셈이다. 나는 몇 년 전에 세탁소를 차린 곰보 다오씨에게 돈을 빌려주었었다. 한 달에 이부 이자를 받기로 하고 백오십 달러를 빌려주었다. 삼 년 동안 한 달에 삼 달러씩 받았다. 그러더니 차차로 돈을 받아내기가 힘들어졌다. 다달이 이자를 주기가 아까웠던 모양이다. 다오씨는 내 돈을 다른 사람에게 빌려주었다면서 그 사람이 못 갚겠다고 그런다고 핑계를 댔다.

아들을 보내 돈을 안 갚으면 고소하겠다는 말을 전했다. 아들은 워낙 얌전하고 순했던지라 그자가 만만히 봐서인지 태연스럽게 "겁날 것 없어. 고소하려면 하라고!" 하더란다.

아들이 베이징으로 떠난 후 내가 그 사람을 직접 만나러 갔다. 다오씨는 내가 나타나자 잠깐 당황하는 기색을 보였다.

"아들은 어디 갔소?"

"그건 당신하고 상관없는 일이고. 이제 일은 나하고 처리합시다. 처음 돈을 빌려준 것도 나니까 끝막음도 내가 해야 할 거 아니오?"

그 사람은 되레 뻣뻣하게 나왔다.

"고소하쇼. 난 못 주겠소."

"내가 꼭 친구를 고소해야 하겠소? 우린 오랜 친구가 아니오?"

말이 통하지 않았다. 하긴, 돈 떼먹으려는 자하고 무슨 말이 통하겠는가. 결국 나는 법원에 가서 고소장을 냈다. 정당한 빚을 안 갚는다는 죄목으로. 나중에야 다오씨는 후회를 하고 중간에 사람을 넣어서 서로 좋게 타협을 보자고 이야기를 전해 왔다. 하지만 때는 이미 늦었다. 나는 이미 고소 용지를 사느라, 또 고소장을 접수시키느라 적지 않은 돈을 쓴 후였다.

세 집 식구가 법원에 갔다. 우리 식구, 다오씨네 식구, 그리고 돈 빌려줄 때 중간에서 주선한 사람의 식구 모두 출두했다.

법원에서 차례를 기다리는 동안 여러 사건의 재판을 구경했다. 간통, 아편 밀매, 절도, 살인. 별의별 재판이 다 있었다. 유산 때문에 친오빠를 죽이려고 한 여자도 구경했고, 아편을 밀매하는 사람의 얼굴도 보았다. 아편 밀매업자는 늙은 여자였다.

"왜 아편을 팔았는가? 그런 게 법에 거슬리는 줄 몰랐는가?"

재판관이 물었다. 노파는 법에 거슬리는 줄 안다고 대답했다.

"그럼 왜 밀매를 했는가?"

"달리 먹고 살 도리가 없는 걸요. 내가 늙은 서방한테라도 가겠다고 한들 누가 나 같은 걸 데려가겠소? 돈을 준대도 안 데리고 살지!"

"이 썩어빠진 놈의 할망구!"

재판소에 한 열 번쯤 드나들었다. 일이 끝나는 데는 거의 일 년이 다 걸렸다. 하지만 돈은 찾았다.

며느리는 구월에 아기를 낳았다. 사내애였다.

상경

둘째 손자가 세 살이 되자 아들은 견습기간을 마치고 식구들을 데리러 왔다. 나는 가고 싶지 않았다. 친구들과 정든 곳을 두고 가기가 싫었다. 하지만 아들은 베이징에 있었고, 그애야말로 나한테 남은 유일한 희망이었다. 딸 만쓰와 사내는 얼마 전에 상하이로 떠났었다. 사내는 뱃사람들을 재워주는 하숙집 요리사로 취직이 되어 꽤 벌이가 좋았다. 손녀 수데가 베이징으로 가는 여비를 보내주었다.

치과의사가 아들의 월급을 이십 달러로 올려주었다. 그래 우리 식구는 베이징에 자리를 잡고 몇 년 동안 평화스럽게 살았다. 하지만 언제나 내 마음은 상하이에 있는 딸 생각으로 가득했다. 딸이 우리하고 같이 살지 않고 그 수상쩍은 남자하고 붙어 지내는 것이 싫었다. 나는 수데에게 속마음을 털어 놓고 상하이에 가서 저이 엄마가 어떻게 지내나 보고 오라고 했다.

"너이 엄마가 오고 싶어 하면 꼭 오라고 해라. 오면 우리가 아주 좋아할 거라고."

내가 이렇듯 걱정을 하며 손녀를 보낸 것은 달리 짚이는 데가 있어서이기도 했다. 그 사내가 딸애한테 권태를 느끼고 본처 집에 더 자주 드나든다는 얘기를 들었기 때문이다. 딸은 이미 젊은 티가 가셨고 나이를 먹으면서 자꾸 살이 쪘다. 그애는 어릴 때부터 살이 좀 찐 편이긴 했지만 이제는 굉장히 뚱뚱해졌다.

수데를 떠나보내면서 제발 딸이 돌아오기를 기원했다. 내내 하늘에 기도를 올렸다. 그러나 이렇게 딸이 돌아올 거라는 기쁜 기대를 갖고 기원하는 동안 나는 내 소원이 얼마나 큰 어려움과 불화를 가져올 것인지는 조금도 모르고 있었다.

수데가 편지를 써 보냈다. 사내는 오래전에 직장에서 떨려났으며 제 에미는 몹시 불행한 지경에 처해 있다는 내용이었다. 나는 마당이 넓은 집을 세냈다. 딸이 방 하나를 쓸 수 있도록 방이 셋 있는 집을 얻었다. 그 집은 아들하고 내가 둘이서 부담하기에는 너무 큰 집이었으나 수데가 집세를 일부 부담하겠다고 해서 얻은 것이다. 수데는 이사할 때도 와서 도와주었다.

딸이 왔다. 기뻤다. 예전처럼 딸과 잘 지내고 싶었다. 하지만 딸이 도착한 순간부터 우리 집엔 한시도 평화로운 때가 없었다. 늘 싸움이 있든지, 아니면 참을 수 없는 냉랭한 침묵이 흘렀다. 딸은 내가 제 인생을 백 번 망쳤다고 원망했다.

정말로 내 팔자는 좋지 않은 모양이다. 안 좋은 시간에 태어난 것이 분명하다. 내 청춘은 남편이 망치고 중년기는 사위가 망쳤다. 그리고 마지막 남은 노년기마저 딸이 망치고 있다. 딸도 젊었을 때는 지금 같지 않았다. 나이가 들면서부터 나한테서 점점 떨어져 나가 버린 것이다.

딸의 불평은 항상 제 인생이 제대로 빛을 못 보고 시들어 버렸다는 것이다. 그건 맞는 말이기는 했다. 한창 좋을 나이에 고생을 많이 했으니까. 배고픈 때도 많았고 추위에 떤 일도 한두 번이 아니었다. 또 남편이라는 작자는 사람도 아닌 놈이었고.

방이 한 개 더 늘었다고는 해도 우리 집은 이미 사람이 마음 놓고 쉴 수 있는 곳이 아니었다. 딸의 불평 소리가 끊이지 않았다. 나를 위해 자기가 무엇을 했는가를 생각해 내어 한 번 한 얘기를 하고 또 하고 했다. 베이징에 처음 올라왔을 때 아들이 버는 것으로는 살림을 꾸려나갈 수 없는 것을 보고 수데가 저이 엄마한테 도움을 청한 적이 있다. 딸은 몇 번인가 목돈을 보내주었다. 딸은 그때 얘기를 일삼아 했다.

딸은 또 수데한테 보내준 옷 얘기도 끄집어냈다. 대학에 있는 수데에게 소포로 옷가지를 보내준 적이 몇 번 있었다. 하지만 수데는 그 옷들을 입지 않았다. 이것이 또 에미의 불만을 산 것이다. 딸은 수데에게 옷을 많이 보내주었다는 얘기, 그런데 그애가 그 좋은 옷들을 입으려하지 않았다는 얘기를 끝없이 늘어놓았다.

손녀는 저이 엄마가 골라준 색이나 천을 좋아하지 않았다. 딸은 상하이 여자들이나 좋아하는 굵은 무늬의 화려한 비단옷들을 보냈던 것이다. 집에 있는 여자들에게는 괜찮겠지만 학교에서 가르치는 사람은 입을 수가 없는 것들이었다.

딸은 이렇듯 불평이 많았다. 나한테 돈 보내준 공치사며, 제 버려진 청춘 얘기는 많이 했지만 한 번도 내 인생의 고난이나 제 남동생의 쓰라린 성장 과정에 대해서는 일언반구도 없었다.

손녀는 대학 구내에 살고 있었지만 우리를 보러 자주 나왔다. 언제나 착한 아이였다. 꼭 한번 내 마음에 상처를 주었을 때도 제 뜻이 그래서 그런 건 아니었다. 손녀는 딸과 내 사이가 점점 안 좋아지자 둘이 따로 사는 것이 어떠냐고 제안했다. 하지만 그럴 수 없었다. 내가 반대를 한 것은 딸이 그 사내한테 돌아갈까 봐 겁이 나서였다. 남자를 골라도 하필이면 처자식까지 딸린 사내를 택했나 모를 일이었다.

나는 계속 반대했지만 딸은 내가 집을 비운 사이 이사를 가 버렸다. 수데가 저이 엄마를 위해 집도 구해주고 이사까지 도와주었다. 나한테는 사전에 한마디도 없었다. 내가 집에 왔을 땐 방바닥에 편지 한 장만 덜렁 남아 있었다.

나는 편지를 들고 아들이 일하는 치과의 부인을 찾아갔다. 이 여자 역시 봉래 사람이었고, 나하고는 전부터 친한 사이였다. 나는 이 여자를 잡고 신세타령을 했다.

"왜 내 자식들이 나를 이렇게 취급하는 겁니까?"

그이는 편지를 읽어주면서 여러 말로 나를 위로하려 했다.

"따님이 어머니를 모른 체하려는 건 아닙니다. 앞으로도 십 달러씩 보내드린다는데요."

불현듯 그게 무슨 말인지, 그 말의 뜻이 무언지 깨달았다. 가슴 속에서 크나큰 분노가 끓어올랐다. 나는 당장 수데를 만나러 갔다. 그애가 사는 으리으리한 집에는 들어갈 생각이 없었다. 나 같은 늙은 식모가 무엇 때문에 그런 좋은 집에 들어가겠는가. 그냥 바깥 층계에 앉아서 기다렸다. 사람들은 수데가 산책을 나갔다고 했다. 어쩌면 저이 엄마를 보러 간 것인지도 몰랐다. 층층대 위에 앉아서 한참을 그렇게 기다리니 그애가 왔다.

"할머니, 여기서 뭐하세요? 들어오세요."

나는 들어가지 않았다.

"나 같은 게 어떻게 이런 대궐 같은 집에 들어가서 유식하고 훌륭한 네 친구들을 만나겠니? 할 말은 여기서 다 하고 가겠다."

수데는 계속 들어가자고 조르다가 안 되자 얼핏 주머니에서 돈 얼마를 꺼내 내게 쥐어주려 했다. 손녀의 마음까지도 내 딸이 뿜는 독기로 물이 든 것이다. 더 이상 참을 수 없었다. 나는 손녀의 손을 탁 뿌리치고 등을 돌리고 급히 걸어 나왔다. 수데가 등 뒤에서 소리쳤다.

"할머니, 오늘 저녁에 갈게요."

그러나 손녀는 저이 엄마를 보러 갔다. 둘이서 내 얘기를 실컷 했을 것이다. 다음 날 편지를 보내왔으니. 딸은 글씨를 못 쓴다. 그러니 편지는 손녀가 쓴 것이다. 편지는 내 아들 앞으로 왔다. 아들이 봉투를 뜯고 제가 먼저 보더니 읽어주려 하지 않았다. 나는 억지로 읽게 했다. 편지 속에는 내 백 가지 죄가 다 적혀 있었다.

나는 아들에게 답장을 쓰라고 했다. 아들은 쓰기를 꺼렸지만 나는 꼭 써야 한다고 고집했다. 그동안 딸에게 하지 못했던 말들을 죄다 적게 했다. 딸이 어렸을 때의 일도 얘기했다. 내가 동냥을 다니고 굶어 가면서 딸을 키우던 때의 얘기 말이다. 그리고 또 처녀가 되었을 때의 이야기도 했다. 내가 얼마나 피눈물 나는 노력과 고생을 했는지 이야기했다.

아들이 막 편지를 받아쓰고 있는데 수데가 들어왔다. 그날 저녁 그애가 나를 보러 오지 않았더라면 나는 평생 그애를 용서하지 않았을지 모른다. 손녀는 와서 마당에 서 있었다. 들어오기가 겁이 났던 것이다. 내가 아들에게 답장을 불러주는 화난 목소리에 놀라고 있었다. 이웃 사람들이 손녀를 에워쌌다. 수데는 돌아가겠다고 하고 이웃 사람들은 내가 화가 난 것이 아니라 서럽고 섭섭해서 그러는 거라고 말리고 있었다. 수데는 이웃들에게 떠밀려 안으로 들어왔다. 그리고 이내 울음을 터뜨렸다. 나도 같이 울었다. 울지 않고 배길 수가 없었다.

몇 주 동안 나는 손녀가 주는 돈을 받지 않았다. 그리고 몇 달 동안 딸을 보지 않았다. 수데는 자주 들렀다. 하루는 그애가 가려고 일어서면서 돈을 손에 쥐어 주었다.

"할머니 쓰시라는 것 아니니까 받아 두세요. 아이들 몫이에요. 아이들 과자나 사 주세요."

그애는 내 아들의 자식들을 위해 돈을 주었다. 손녀는 착한 아이였다.

얼마 안 있어 딸도 다시 오기 시작했다. 하지만 그애가 오면 늘 불안한 분위기가 감돌았다. 우리는 서로 할 이야기가 없었다. 무슨 이야기고 시작을 하면 싸움으로 끝나고 말았다. 그래서 그애 앞에서는 말을 안 하는 버릇이 생겼다. 말이 나오다가도 다시 들어가 버렸다. 딸이 대문에 들어서면 나는 얼른 장기판을 꺼냈다. 장기나 한 판 같이 두고 말려는 것이었다. 도무지 더불어 할 것이 없었다.

딸은 며느리 메이도 곧잘 괴롭혔다. 메이는 천성이 착하고 원만하다. 그런데도 우리 딸 때문에 속상해하곤 했다. 집 주인이 집을 팔아서 이사를 가게 되었을 때 메이는 이렇게 말했다.

"어머님, 형님한테는 알리지 말아요."

격식대로 하자면 딸애한테 이사하는 걸 알려야 할 거고 딸애도 이사를 도와야 하는 것이지만 나는 며느리의 마음을 알 것 같아서 그러자고 했다. 그런데 딸은 어디서 들었는지 이사 온 집으로 찾아왔다. 며느리와 나는 침대를 들여놓는 중이었다. 딸도 들어와서 침대 놓는 일을 거들었다. 딸은 침대 하나를 들보 밑에 갖다 놓으며 빈정거렸다.

"우린 들보 밑에서 잠자는 걸 무서워 안 하지!"

며느리는 아무런 대꾸도 안 했다. 하지만 얼굴 표정이 금세 나빠지며 침대를 다른 곳으로 옮겼다. 그날 하루 종일 며느리는 성나고 우울한 얼굴을 하고 있었고, 그것을 보는 내 마음도 울적하기 짝이 없었다. 은근히 화가 치밀어 올랐다.

나는 지금껏 살면서 내 성질대로 화낼 건 내고 살아왔다. 그런데 이제 와서는 화조차 제대로 터뜨릴 수 없게 된 것이다. 손주들이 보는 앞에서 내가 무슨 말을 할 수 있겠는가. 그저 치밀어 오르는 울화를 꾹꾹 내리누르고 말을 안 했다. 그래서 급기야 병이 났다. 열흘을 내리 앓다가 겨우 일어날 수 있었다.

일요일이면 딸이 우리 집에 왔다. 제 동생이 그 날은 집에 있고 또 그렇게 가끔 와 보는 것이 이집 식구로서의 의무라고 했다. 하지만 그애의 방문은 우리를 늘 긴장시키고 불안하게 했다. 그래도 나는 감히 그애하고 싸우지를 못했다. 혹시라도 그 사내한테 돌아가 버릴까 봐. 소문에 듣기로는 사내가 상하이에서 일자리를 잃고 지부로 돌아갔다고 했다. 딸이 베이징이 마음에 안 든다며 지부로 돌아가고 싶다고 할 때마다 싸늘한 불안이 가슴을 덮었다.

나는 베이징이 싫었다. 지부로 돌아가고 싶었다. 손녀가 돌아오면 베이징을 떠날 생각이었다. 손녀가 있는 대학에서 그애를 미국에 있는 큰 대학으로 일 년 동안 유학을 보냈다. 나는 그애가 공부를 마치고 돌아올 때까지 아무 데도 가지 않고 기다리겠다고 했다. 손녀가 돌아오면 딸을 손녀에게 맡기고 나 갈 데를 갈 생각이었다.

이제 아들은 혼자 힘으로도 살아갈 수 있었다. 저이 가족 먹여 살릴 만치는 벌고 있었다. 이제는 내 도움이 필요 없었다. 나는 그애가 제 살림을 꾸릴 정도로 벌게 되면서부터 그애 월급에는 참견을 안 했다. 월급은 모두 제 아내에게 주었다. 수데가 돌아오면 나는 내 친구들이 있는 지부나 봉래로 돌아가 내 여생을 그들과 보내고 싶었다. 친구들과 어울려 옛날이야기를 하면서 지내고 싶었다. 참으로 나는 일생을 가족만을 생각하며 살아왔다. 이제 그들이 나를 필요로 하지 않는 때가 바로 눈앞에 다가온 것이다. 그러나 수데가 유학 가 있는 동안은 내가 필요할 것 같았다.

고향으로 돌아가서 어릴 때의 정이 묻은 곳을 찾아보고 몇 안 되는 옛 친구들을 만나 본 후 지부로 가서 작은 방을 얻어 친구들 속에서 여생을 보내고 싶었다. 그러나 우선 손녀가 오기를 기다려야만 했다. 손녀와 나는 딸이 그 사내에게 돌아가는 것을 두려워하고 있었다.

자리를 잡다

손녀 수데는 미국에서 돌아오더니 전보다 더 잘했다. 그애는 대학에서 좋은 자리에 있었고, 여자 선생님들이 같이 사는 집에서 살았다. 벌기도 많이 벌었지만 쓰기도 너그럽게 잘 썼다. 일요일마다 집에 찾아오는데, 아이들에게 뭐라도 사다 주고 또 그애들의 교육비도 가끔 부담해주었다. 제 엄마에게도 매달 생활비를 대주었고 에미도 만족스러워했다.

딸은 친구들과 마작을 하며 소일했다. 사람들은 딸을 마님이라고 높여 불렀다. 그애는 부유한 부인들이 하는 옷차림을 하고 다니면서 사고 싶은 것은 아낌없이 무엇이든 샀다. 아마도 딸은 제 인생의 가을이 봄보다 감미롭다고 느꼈을 것이다.

그러다 어느 날 내가 병이 났다. 얼굴 한쪽이 마비되고 팔다리도 한쪽은 쓰지 못했다. 딸이 매주 돈워 놓은 화를 내뿜지 못하고 차곡차곡 쌓아 둔 데서 생긴 병 같았다. 틀림없이 그건 오랫동안 눌러 온 울분 때문이었다. 그러고 보니 요 몇 년 동안 마음껏 화를 내본 적이 없었다. 아침에 일어나려는데 몸이 말을 듣지 않았다.

내가 몸져눕게 되자 딸이 왔다. 그애는 나를 위해 돈도 많이 썼다. 아들도 약값을 많이 썼다. 딸은 내 곁을 떠나지 않고 꼬박 간호를 하면서 의사의 처방에 따라 약을 썼다. 굉장히 비싼 약이었다. 장안에서 제일가는 의사들을 데려와 진찰을 시켰다. 내 자식들이 여러 의사가 처방해준 약들을 열심히 먹여주었다. 손녀 수데도 자주 보러 왔고 서양 의사를 데려오기도 했다. 정말 나는 최고의 간호를 받고 호강을 했다. 자식들의 정성으로 나는 곧 회복될 수 있었다.

이 일로 해서 딸이 모든 불평불만에도 불구하고 결국 나를 사랑하고 있다는 것을 깨달았다. 이제는 딸이랑 싸우지 않고 만날 수 있었다. 그러나 아직도 가벼운 말다툼은 여전했다. 아마 이런 말다툼은 한쪽이 죽는 날까지 계속할 것이다. 딸은 병이 나은 다음에는 그리 자주 오지 않았다.

이젠 지팡이를 짚고 걸어 다닐 수가 있었고, 얼굴도 본래대로 회복되었다. 다만 기운이 예전만 못했다. 나는 옛 친구들을 만나보고 옛날 쓰던 가구도 처분할 겸 해서 지부로 갔다. 장화네 집에 묵으면서 옛 친구들을 모두 만나보았다. 즐겁고 유쾌한 한때였다. 그러나 지부에서는 마음을 푹 놓고 쉴 수 없다는 걸 알았다. 마음은 언제나 손자들한테 가 있었으니까. 나는 그애들이 보고 싶었다. 내 마음은 그애들 걱정으로 가득했다. 한시라도 그애들 생각을 잊을 수가 없었다.

이젠 지부에도 가 보았으니까 후회가 없었다. 나는 자식들과 손자들 곁에 있기로 했다. 살붙이가 있다는 것은 참 좋은 일이다. 늙어서는 제 식구들한테 둘러싸여 있어야 좋은 법이다.

아들은 집을 사고 싶어 했다. 내 집을 지니고 살아야지 하는 마음이었다. 우리는 팔려고 내놓은 집 하나를 봤다. 바닥은 시멘트이고 천장에 회칠을 한 건물이었다. 아주 딱딱한 느낌이었다. 그 집에 들어가 있으니까 마치 감옥에 들어온 기분이었다. 집의 놓임새도 마음에 들지 않았다. 도저히 그 집에선 못살 것 같았다. 북쪽으로 방이 셋, 남쪽으로 방이 여섯 개 있었는데 집채하고 마당하고의 조화가 제대로 맞지 않았다. 정말 아무렇게나 지은 집이었고 멋도 조화도 실용성도 없었다. 이 집에서 살면 우리 식구 가운데 누구 하나가 좋지 않은 일을 당할 거란 생각이 들었을 정도니까. 그렇게 생긴 집에서 잘 될 팔자를 가진 사람이 살 것 같지 않았다.

나는 지금 행복하고 그런대로 생활에 만족한다. 베이징에서 기반이 잡힌 셈이다. 아직도 손주를 위해 바느질도 하고 친구들에게 줄 선물도 만들 수 있다. 그리고 명절 음식도 만든다. 손자들은 저이 생일에 내가 만들어주는 바오쯔(고기소를 넣어 만든 중국 만두)를 아주 맛나게 먹는다.

손주 녀석들은 아주 착하고 똑똑하다. 위 애 둘은 학교에 다니는데, 집에 들고 오는 성적표를 보면 공부를 잘하는 것 같다. 셋째는 몸이 약한 편이다. 오랫동안 병치레를 해서 식구들이 모두 위하다 보니 약간 제멋대로 자란 편이다. 우리는 그애 때문에 골치를 좀 앓을 거다. 그래도 내 아들은 이 셋째를 제일 사랑한다.

나는 아이들을 모두 사랑한다. 그렇지만 그 중에서도 꼭 하나를 고르라고 하면 첫째를 꼽을 것이다. 왜냐면 그애는 맏아들이니까.

며느리는 막내를 제일 예뻐한다. 으레 엄마들은 막내를 예뻐하는 법이다. 아이들도 이걸 알고 있다. 그리고 누구는 누구를 예뻐하고 누구는 누구를 귀여워한다는 얘기를 자기들끼리도 재미삼아 한다. 그애들 말로는 저희 고모는 둘째 조카딸을 제일 예뻐한단다. 그러니까 어른 하나가 아이 하나씩을 맡아서 예뻐하는 셈이다.

딸은 아직도 혼자 살고 있다. 그렇지만 우리하고 가까운 곳으로 이사를 왔다. 어린 손녀는 밤이면 고모네 집에 가서 자고 오기도 한다.

딸은 아직도 철이 없다. 하지만 이제는 우리도 전같이 싸우지 않는다. 가끔 가벼운 말다툼이나 하고 만다. 나도 달라졌다. 전 같으면 그냥 넘기지 못했을 일도 그냥 눈 감고 넘겨 버려야 한다는 걸 배웠다.

우리 집은 행복하고 평화롭다. 아들과 며느리는 나한테도 잘하고 부부간에도 금슬이 좋다. 손주들은 가끔 떼도 쓰고 싸우기도 하지만 아이들이란 으레 그렇지 않은가. 게다가 집이 식구에 비해 작으니까 그럴 수밖에 없기도 하다. 아들은 한 달에 사십오 달러씩을 벌었다. 이젠 먹고 입고 겨울에 따뜻하게 불을 때고 사는 데 불편이 없다. 하지만 집만은 조금 작은 것 같다.

나는 건강이 좋은 편이다. 무엇보다 팔다리를 쓸 수 있어서 좋다. 지금도 바느질을 한다. 다만 기운이 모자란 것 같다. 쉬이 피로해져서 전처럼 여러 시간씩 바느질을 할 수가 없다. 지금은 극장에 가든지 장터에 가서 이야기꾼의 얘기를 듣는 것도 힘이 든다. 사람들은 내가 늙어서 그렇다고 하지만 정작 나는 늙었다는 기분이 들지 않는다. 꿈속에서는 지금도 늘 혈기왕성하다.

나는 지금도 고향 시절 꿈을 곧잘 꾼다. 어머니나 오빠하고 같이 있는 꿈을 꾸기도 하고, 사위와 싸우는 꿈도 잘 꾼다. 어떤 때는 삼촌하고 앉아 얘기하는 꿈도 꾼다. 그런데 어떤 꿈에서든 나는 언제나 젊고 기운이 팔팔하다.

손녀 수데는 출세한 여자다. 그렇지만 결혼을 아직도 안 한 것이 걱정이다. 나는 손녀에게 시집을 가야 한다고 말하지만 그애는 결혼이 꼭 필요한 것만은 아니라고 한다. 그건 신식 말인 것 같다. 우리네 생각으로는 가족이란 어떤 무엇보다도 중요한 것이다.

일본인들이 다시 오다

아들과 수데는 일본 사람들 이야기를 자주 했다. 그들이 중국 땅을 빼앗으려 한다고 했다. 나는 납득이 가지 않았다. 왜 자기 땅을 두고 남의 땅을 가지려 하는 것인지. 그런 건 도둑이나 하는 짓인데 말이다. 그래서 나는 자식들에게 그런 일은 절대 일어나지 않을 거라고 했다. 하지만 아들과 손녀는 그들이 곧 쳐들어올 거라고 거듭 말했다.

수데는 만약에 일본인들이 올 경우에 어쩔 것인가 미리 생각해 두자고 했다. 일본인들이 와서 세력을 잡게 되면 저는 베이징에 남아 있지 않을 거라고 했다. 손녀는 제 친구들과 베이징을 떠나 다른 곳에 가서 중국을 위해 일할 거라고 말했다. 나는 이것도 이해할 수 없었다. 왜 손녀가 좋은 직장과 식구를 버리고 낯선 사람들 틈에 끼어 살려고 하는지.

아들은 저녁마다 신문을 읽어주었다. 차차로 나는 수데가 하는 소리가 무슨 뜻인지 깨닫게 되었다. 신문에는 매일 일본 사람들 이야기가 났다. 아들은 일본 사람들이 나날이 더 가까이 오고 있으며 중국 땅과 재산을 빼앗고 있다고 설명해주었다. 이런 얘기를 들을 때마다 나는 오래 전 만주에서 고향으로 돌아오면서 보았던 광경이 떠올랐다. 바다에 시체가 빼곡히 둥둥 떠다니고 있었다. 무서웠다.

갑자기 은이 값을 잃었다. 이제 은은 아무 쓸데없는 물건이 되어 버렸다. 은을 사다가 들키는 사람은 감옥에 간다고 했다. 얼마 전까지만 해도 손녀가 내게 은화를 가져다 줄 때마다 나는 그것들을 두들겨 보고 그 중 소리가 좋은 것들만 따로 모아 두었었다. 그런데 이제 그게 아무 쓸모없는 물건이 돼 버린 것이다.

전쟁이 일어났다고 했지만, 한 해 한 해가 별 큰 변화 없이 지나갔다. 아이들의 학년이 높아 가는 것만이 변화라면 변화였다. 일본 사람들이 점점 더 가까이 오고 중국 땅이 차츰차츰 그들의 땅이 되었다는 걸 아들의 입을 통해 알았을 뿐이다. 우리네처럼 사는 사람들에게는 사실상 이리되나 저리되나 크게 다를 건 없었다.

그날도 다른 날과 마찬가지로 아들애한테 아침 식사를 차려주었다. 아들은 식사를 마치고 출근했다. 그러나 며느리와 내가 아침상을 치우기도 전에 아들이 다시 들어왔다. 군인들이 큰길을 막고 서서 건너지 못하게 하더라는 것이었다. 그래서 그날은 출근을 못했다. 아들 말로는 거리가 한밤중처럼 텅텅 비어 있고 총검으로 무장한 군인이 여기저기 보초를 서고 있다고 했다.

우리는 대문 틈으로 밖을 내다보았다. 사람들은 우리처럼 모두 대문을 닫아걸고 집안에 들어가 있었다. 군인이 나서서 싸울 때 사람들이 할 수 있는 일이란 고작 그것뿐이었다.

도시는 고요했다. 나는 이 도시가 그렇게 조용한 것을 본 적이 없었다. 매일 아침 아들은 길을 건널 수 있는지 알아보러 큰길까지 갔다오곤 했다. 셋째 날 군인들은 통행을 허가했다. 해 뜰 때와 해 질 때만 길을 건널 수 있게 했다. 성 밖에 있는 채소밭에서 야채를 실어다 팔던 장사꾼들이 다시 물건을 팔러 다니기 시작했다. 양식을 사 두었다.

어느 날 대포 소리가 울렸다. 낮이고 밤이고 할 것 없이 하루 종일 울렸다. 도시 남쪽에서 전투가 벌어졌다는 소문이 나돌았다. 사람들은 골목에 모여 서서 서로 서로가 들은 얘기들을 나누었다. 모두들 불안해하고 있었다.

어디선지 피난민들이 몰려들기 시작했다. 우리 동네에는 남성 밖 마을에서 피난 온 가족이 친척집을 찾아와서 며칠 묵고 갔다. 손녀의 말에 의하면 병원에도 피난민들이 모여들고 있다고 했다.

우리는 모두 공포에 떨었다. 하지만 어디로 도망을 가겠는가. 피난을 가기는 쉽다. 하지만 아들은 다른 곳에 가도 위험하고 고생스럽기는 마찬가지일 거라고 말했다. 그럴 바에야 차라리 그냥 머물러 있자고 했다.

손녀는 병원에 있는 제 친구들과 산에서 싸우는 유격대에게 식량을 대주는 일을 하고 있었다. 그애는 나한테는 자세한 이야기를 해주지 않았다. 알면 나한테 위험이 닥칠지 모른다고 했다. 매일 우리는 성 밖에서 들려오는 총소리를 들었다. 유격대가 있는 산에 폭탄이 떨어지는 소리도 들었다.

손녀는 새로운 중국이 세워지고 있다고 말했다. 유격대와 일반 국민이 힘을 합쳐 싸워서 전쟁을 이길 거라고도 했다. 나는 그게 다 무슨 소린지 도무지 이해할 수 없었다. 전쟁이 없는 것이 우리네로서는 제일 좋은 것이었다.

수데는 우리보고 빨리 피난을 가야 한다고 했다. 일본인들이 아직 오지 않은 곳으로 말이다. 하지만 그러려면 일본인들이 진을 치고 있는 곳을 지나야 하는데, 그건 너무 위험하다고 아들이 수데에게 일렀다. 그래도 수데는 가야 한다고 했다.

결국 우리는 남기로 했다. 어쩔 수 없었다. 아이들은 너무 어려서 먼 곳까지 걸어갈 수 없고, 가는 동안의 고생도 이겨낼 수 없을 것이다. 또 아들은 낯선 고장 어디에 가서 일자리를 구할 것이며, 일을 못 구하면 누가 어린 것들을 먹여 살린단 말인가. 더구나 딸 만쓰는 그런 여행을 하기에는 살이 너무 많이 찌고 힘도 없다. 살 수 있는 운명이라면 살아남을 것이다. 아들에게 일거리가 있는 한 우리는 여기서 살 작정이다. 그러지 못하면 다 같이 죽을 생각이다.

근처에 사는 일본 사람 둘이 어느 날 시골에 가더니 돌아오지 않았다. 같이 간 중국 사람들도 소식이 없었다. 우리는 되도록 대문 밖으로 나가지 않고 집 안에서만 살았다. 수데는 성 밖에서 그들의 시체가 발견됐다고, 유격대가 죽인 거라고 했다.

손녀의 행동이 점점 수상스러웠다. 난 손녀가 떠나가는 것이 싫었다. 그애 때문에 불안했다.

지난 설날엔 그애 엄마가 빵을 쪘는데 빵이 크게 부풀어 오르더니 터져 버렸다. 마치 석류가 갈라지듯 터져서 형편없이 돼 버렸다. 정월에 찌는 빵의 모양을 보고 그 해 운수를 점치는 풍습이 있다. 내 딸의 올해 운수는 망칠 수다. 그런데 딸의 운수에 손녀의 운수가 딸려 있을 것 아닌가.

하루는 길에서 어떤 남자가 내 손자손녀 중 누군가를 잡으려고 하는 꿈을 꾸었다. 잡힌 애는 수데인 것도 같고 친손녀인 샤올란 같기도 했다. 나는 그리로 달려갔다. 그랬더니 남자가 이번에는 내 머리채를 잡았다. 나는 집으로 달려와 문을 두드렸다. 딸이 나왔다. 딸도 우리를 따라나섰다. 우리는 다 같이 재판관에게 갔다. 그런데 중간에 딸이 빠져나가려고 했다. 저만 복잡한 자리를 피하려는 것이었다. 나는 딸에게 빠지면 안 된다고, 다 같이 가서 우리 쪽 사정을 설명해야 한다고 했다.

이것은 죽음을 의미하는 꿈이다. 전에 내 늙은 시아버지가 돌아갈 때도 이와 비슷한 꿈을 꾸었었다. 우리 중 누군가가 죽어서 심판대로 끌려가는 꿈이었다. 어쩌면 그건 우리 딸일지도 모르고 아니면 손녀 수데가 일본 사람들 손에 죽을 징조인지도 모른다. 정말 그애를 떠나보내기가 겁났다. 그 꿈이 내 죽음을 의미하는 것이기를 바랄 뿐이다. 나는 이러나저러나 곧 죽을 사람이니까.

손녀가 하직을 고하러 왔다. 제 방에 있던 물건들을 우리 집으로 가져왔다. 손녀는 제가 그런 것들을 다시 필요로 하게 되더라도 여러 해가 지난 다음일 거라고 했다. 손녀는 또 저금한 돈을 내 아들한테 맡겼으니 저이 엄마나 우리가 필요할 때 찾아 쓰라고 했다. 그애는 가능한 돈을 보내겠다는 얘기까지 했다.

언제 떠나는지, 어디로 가는지도 가르쳐주지 않았다. 그애는 남의 집에서 일하는 사람의 옷차림이나 농사짓는 여자의 차림을 하고 가겠다고 했다. 그러면 안전할 거라고. 일본 사람들은 농부를 잡아서 조사하지는 않는다고 했다. 하지만 수데같이 교육을 많이 받고 손이 고운 여자가 어떻게 농부의 차림을 하고 발각이 되지 않을 수 있을지. 나는 손녀 때문에 두려웠다.

떠나는 걸 보고 싶지만 손녀는 그렇게 할 수 없다고 잘라 말했다. 아무도 그애가 언제 떠나는지, 어디서 무얼 타고 가는지 알지 못했다. 눈물이 그애 얼굴에, 그애 어미 얼굴에, 내 얼굴에 흘러내렸다.

이 책에 대하여

중국인 삶의 초상

아이다 프루잇

필자는 어느 날 젊은 중국 부인하고 이런저런 얘기를 하며 시간을 보냈다. 그 아낙네에게 중국 가정의 출산, 결혼, 임종 등과 관련된 옛 관습들을 더러 아느냐고 물었다. 그랬더니 자기는 그런 걸 거의 모른다고 했다. 그러나 자기 남편 밑에서 일하는 남자가 어머니와 함께 살고 있는데 그 노모가 그런 걸 잘 알만 하고, 또 기력이 좋고 별달리 일도 없기 때문에 도움을 줄 수 있을 것이라고 말했다.

이렇게 소개받은 노인은 일주일에 세 번씩, 아침 식사 시간에 우리 집에 와주기로 했다. 아침 식사 시간을 택한 것은 그 시간만은 내가 자유로이 쓸 수 있었기 때문이다.

노인은 2년 동안 줄곧 와서 수많은 이야기와 중국의 옛 관습에 관해 들려주었고, 결국 필자에게 자신의 전 인생을 펼쳐 보이게 된 것이다.

우리는 친구가 되었다. 시간이 지나면서 그녀는 얘기를 해주러 우리 집에 오는 것이 아니라 나와 함께 시간을 보내는 게 즐거워서 오게끔 되었다. 봄에는 마당에 꽃이 피어나는 것을 보며 꽃 얘기를 나누었고, 여름에는 우리 집 강아지들의 배앓이 걱정까지 같이 할 정도로 친해졌다.

처음 얼마 동안은 그녀에게 아침 식사를 하자고 권했다. 그러나 그녀는 항상 "난 벌써 아침 식사를 했다오." 라고만 대답했다. 아마 남의 집에 그런 식으로 와서 식사를 대접받는 것은 자존심에 관계되는 일인 모양이었다. 하지만 나는 곧 그녀가 오렌지나 바나나 한 개 또는 커피 한 잔 정도는 아침 식사로 여기지 않는다는 것을 알게 되었다. 즉, 그런 음식들은 중국식으로 보면 간식에 불과한 것이었고, 따라서 손님으로서 대접받아도 무방했다. 노인은 커피도 한 잔 이상은 안 마시고, 과일도 한 개만 먹었는데, 담배만은 끝없이 피워댔다. 그래서 나는 늘 담배 상자와 재떨이를 그녀 곁에 놓아두었다.

"나는 원없이 살았어요. 놀라운 광경도 많이 봤답니다. 바닷물이 시체로 가득 덮이는 것도 이 두 눈으로 똑똑히 봤으니까. 연못에 빵 부스러기를 던졌을 때 금붕어들이 물 위에 잔뜩 떠오르는 것 같았어요. 난 이 세상의 높은 양반들도 많이 보고 그 분들을 위해 마련한 음식도 먹어봤지요. 고생도 무섭게 많이 했어요. 배도 많이 곯고 내 자식들이 팔려가는 꼴도 지켜봐야만 했답니다. 난 모든 걸 일류로 경험한 셈이지요."

이렇게 말하며 그녀는 자기 무릎께로 눈을 떨구고 그녀 특유의

미소를 지었다. 이 미소야말로 그녀와 내가 어떻게 그렇게 쉬이 가까워졌는가를 설명해주는 증거이기도 했다.

"하지만 난 좋은 옷을 한 번도 입어본 적이 없어요. 난 언제나 이 농민의 옷차림만을 해왔답니다. 이젠 어떻게 바꿀 수도 없어요. 이런 차림에 너무 익숙해져 버렸으니까."

그녀는 입고 있는 푸른 웃옷자락을 들춰 보이며 웃었다.

일생을 거의 다 살았다고 할 수 있는 이 노부인은 지금 손주들에 둘러싸여 있다. 그녀는 자식을 낳아 길렀고 또 자식에게서 난 손주들을 길러냈다. 그녀에게 인생의 형체는 꽤 분명한 모습으로 파악되었다. 그녀의 인생 과업은 끝난 것이다.

유머와, 사물을 객관적으로 보는 눈을 가진 점에서 그녀는 동족들과 다를 것이 없다. 그러나 이 두 가지 속성을 유난히도 풍성하게 지녔다는 점에서 보통 사람들과 다르다. 이런 풍요는 그녀가 신에게 부여받지 못한 이 세상의 재화나 권력을 보충해주는 것 같다.

일본 사람들이 가져온 재난이 끝나는 날 그녀에게는 즐거운 여생이 펼쳐지리라. 자식들과 손주들을 보살피고 그들의 의논 상대가 되어주고, 그들과 어울려 즐거운 시간을 보낼 수도 있을 것이다. 이제 그녀는 대 여가장이 되었다. 그녀의 과업은 끝났으나 그녀의 인생은 아직 끝나지 않았다.

강간이라든가 살인 사건, 또는 아편 중독 같은 것보다도 한 민족에게 있어서는 훨씬 더 가공할 만한 압제와 지배가 내가 그곳을 떠날 때의 베이징에서 시작되고 있었다. 이 압제의 방법은 너무도 간

교해서 그녀의 직관적인 사고와 소박한 생활의 지혜로는 쉽게 알 수 없을 것이며, 그것을 깨달은 무렵에는 이미 그 압제의 체제는 굳어진 후일 것이다.

도시는 조용했다. 그녀와 그녀의 가족 같은 계층의 사람들에게는 일본인이 그들에게 씌우는 강제의 고삐가 얼른 느껴지지 않을 것이 당연하다. 아마도 그들은 가장 뒤늦게야 이것을 깨닫게 될 것이다.

일본인들의 고삐는 이네들이 전혀 모르게 조금씩조금씩 씌워지고 있었다. 이들이 속히 구출 받지 못한다면 아마도 이들은 영혼의 자유를 영영 상실한 채 삶을 이어가야 할 것이다. 그녀가 옛날 구걸하면서 살던 인생도 지금에 비하면 천당같이 느껴질 정도의 고역스럽고 천하고 궁핍한 삶을 살게 될까 두렵다.

부디 침략과 압제의 어두운 밤이 속히 걷혀서 그녀가 몇 년 더 평화로운 여생을 즐기고 손주들이 튼튼한 기반을 잡는 것을 지켜볼 수 있게 되기를 빌 뿐이다.

역자 후기

중국 여인의 인생과 노동에 관한 기록

설순봉

「중국의 딸」은 이 책을 꾸민 아이다 프루잇이 말한대로 한편으로는 중국의 고유한 관습 및 의식 절차에 대하여 서술하고 있으며, 다른 한편으로는 19세기 후반부터 20세기 전반까지의 환란 많은 중국 현대화의 현장을 살았던 한 가난한 중국 여자의 일생을 기록하고 있다.

우리나라와 문화적으로 많은 공통점을 가지고 있는 이 나라 전통의 이런저런 국면을 이 이야기의 구술자인 라오 타이타이는 중요한 일화와 함께 흥미롭고 통찰력 있는 시선으로 실감나게 설명하며 묘사하고 있다. 이 글을 통해 독자는 우리의 문화 전통이나 특정한 관습들을 새로이 기억하게 될 것이며, 또한 중국의 것과 우리의 것을 비교함으로써 문화나 관습들에 대한 보다 깊고 의미있는 이해를 갖게 될 줄 믿는다.

닝 라오(라오 타오타이: 노부인이라는 뜻)는 전쟁과 외세에 의한 압제, 그리고 경제 및 정치체제의 급격한 변화가 많은 사람들에게서 익숙한 삶을 빼앗고 허다한 중국인들을 아편쟁이로, 혹은 파산자로, 또 혹은 정신적 부패로 몰아 넣던 시기에 태어나 살았다. 가난하고 보수적인 가정에서 태어나 아무런 생활의 능력도 길러 갖지 못한 그녀는 결국 삶의 절박함으로 인해 무능력한 아편쟁이 남편에게서 출가하여 구걸, 행상, 중국 관리와 외국인들 집의 남의 집 살이 등으로 전전하며 삶을 이어간다. 자기에게 딸린 가족들을 심한 굶주림과 빈곤에서 경제적 안정으로 이끌 뿐 아니라 급기야는 새 중국의 젊은 일꾼으로까지 길러내는 그녀의 일대기는 그것만으로도 흥미롭고 유익한 읽을 거리이다. 그러나 이 이야기는 난관을 성공적으로 극복한 인간의 이야기에 그치지를 않는다.

라오 타이타이의 인생기록이 제공하는 공헌들 중 특히 오늘날의 사회에 중요한 기여를 하는 것은 그녀의 이야기가 문화나 전통이 다른 또 하나의 문화나 전통과 창의적으로 합쳐질 때 어떤 건설적인 효과를 이룩하는가 하는 점을 잘 부각시켜 보여준 데 있다. 남달리 자기 의식과 전통에 대한 자부심이 강한 라오 타이타이는 가까이는 자기 동족 중 계층이 다른 사람들과의 접촉에서부터, 멀게는 서양 사람들과의 교류까지 각기 다른 문화와 접촉한다. 어떻게 자기와 자기의 것을 잃음이 없이 남의 것을 받아들이고 소화하여 보다 우월한 자기의식과 현실감각을 길러나가는가 하는 것을 우리는 수많은 관찰과 사고의 피력에서 볼 수 있다. 이것은 지금처럼 문화와 문화, 또는 전통과 전통간의 창조적이고 건설적인 통합을 통해 많은 사회 문제의 답을 찾으려는 작업이 심각하게 시도되고 있는 때 도움이 되는 참고 자료가 될 것이다.

그러나 이런 거창한 의미보다 어쩌면 이 이야기를 더 값있게 하는 것은 라오 타이타이의 생명에 대한 경외심과 삶에 대한 유연하고 수용성 있는 자세인 것 같다. 그녀의 생명의 존엄성에 대한 믿음과 삶에 대한 무조건적인 긍정은 오늘날과 같이 생명이 존경받지 못하고, 사는 체계와 풍토가 비인간화된 시대에 더욱 특별한 의미를 가지고 있다.

라오 타이타이의 구술을 바탕으로 하고 있으나 서양인의 관점에서 중국 이야기를 서술했다는 점은 이 책에 다소의 제한을 주고 있는 것도 사실이다. 다른 한편 문화나 여러 가지 삶의 조건이 다른 서양인의 눈으로 중국의 이런저런 면을 보여준다는 점에서 중국과 문화나 전통이 많이 비슷한 우리가 중국을 이해하는 데에 특별한 도움을 줄 뿐 아니라 우리 자신을 이해하는 데에도 소중한 도움을 준다.

끝으로 이 책의 기술 방법인 구술 역사(Oral History)적 서술과 이 책을 만들어 낸 아이다 프루잇에 대하여 일언하겠다.

왕후장상(王侯將相) 또는 다른 종류의 영웅들의 행적으로 엮어지던 전통적인 역사가 새로운 민주의식의 대두와 더불어 많이 수정되었다고는 하나 그럼에도 불구하고 오늘날까지 역사의 주인공이 되는 것은 여전히 정치 사회 경제 또는 문화에 영향력을 가진 사람이

나 세력들에 한정되어 있다 해도 과언이 아니다. 이런 역사의 제시로 인해 가려지는 것은 보통 사람의 보통 인생이다. 종종 민주적인 역사가들이 민중을 역사의 주체로 삼기도 하지만, 그런 경우에도 그 민중을 이루는 보통의 인간 하나 하나는 구체적 형체가 없는 역사의 평균치로서 다루어질 뿐이다. 물론 그 모든 영웅과 세력들이 중요한 역사의 형성적 요인이 되는 것은 사실이겠지만 보통 사람의 삶의 진실은 이런 요인에 지배되면서 동시에 이런 것에서 독립된 일상적 삶의 시계에 엄연히 홀로 존재하는 것이라 할 수 있다. 이러한 보통 사람의 삶의, 별로 요란할 것 없으면서도 절실한 진실을 역사 기록의 자료로 다루어 보자는 것이 비교적 새로운 역사기술의 방법인 「구술(口述) 역사」라는 것이다. 이것은 60년대 이후에 두드러지게 된 경향이지만, 아이다 프루잇은 이미 1945년에 이 책 「중국의 딸」로서 구술 역사의 선구자적 작업을 이룬 셈이다. 프루잇은 혁명 이전의 중국 여인의 생활에 대한 구술 기록의 고전이 된 「중국의 딸*A Daughter of Han*」 이외에 최근에는 「은씨부인 – 북경 생활의 회고 *Old Madam Yin – A Memoir of Peking Life*」라는 또 다른 구술 기록을 내놓은 바 있다.